L'AMOUR DANS 5000 ANS

Fernand KOLNEY

L'AMOUR
dans
5000 ans

A. QUIGNON, ÉDITEUR
16, RUE ALPHONSE-DAUDET — PARIS

A LA MÉMOIRE
DE MON MAITRE,
L'IMMORTEL SWIFT,
QUI M'A ENSEIGNÉ
LA SATIRE D'IDÉES,
CE LIVRE EST DÉDIÉ.

F. K.

PREFACE

En ce roman, j'ai posé la question du bonheur humain, de la Civilisation supérieure et de la Justice intégrale. Même en réalisant ce que nous appelons actuellement l'Absolu, la Science peut-elle nous conduire dans ce hâvre de promission dont tant de prophètes de toute école et de tout credo ont déjà sondé les profondeurs et délimité les rivages? La dissection morale du cœur humain, l'étude impartiale de cet ensemble de phénomènes qui crée alors qu'il est lui-même suscité par une cause qui nous échappe, l'analyse — autant qu'elle peut être tentée — de cette impulsion innée de la matière, de ce magnétisme attractif, rayonnant et coordonnateur, qui ressemble à un Vouloir et qu'on est bien forcé d'appeler la Nature, ne m'ont pas permis de l'espérer.

Qu'on me fasse crédit d'une aride mais courte discussion. Les philosophes positivistes actuels, qui proclament la fatalité du progrès moral de l'homme ne sont pas autre chose, en somme, que des spiritualistes dévoyés et inconscients. A l'Esprit-bonté, à l'Esprit-justice, ils ont fait succéder la Nature-bonté, la Nature-justice. Ils la chantent et la glorifient comme les croyants chantent et glorifient leur Dieu; et par cela même, ils ont abdiqué tout esprit critique, tout esprit d'examen. S'ils observaient, ils apercevraient bientôt que la Nature va en droite ligne vers un but défini qui est la perpétuité des espèces, qu'elle broie tout ce qui s'oppose à cette œuvre, qu'elle est souverainement injuste, qu'elle ne reconnaît que la force et que sa fin est contraire aux intérêts de l'Humanité qui ne pourra jamais lui imposer sa sublime mais utopique conception d'équilibre et d'équité.

Ces pseudo-penseurs ont fait tomber d'un échelon le principe d'Harmonie, voilà tout. Au lieu de l'appeler Dieu, ils l'appellent Matière ou Nature, et c'est le même Moloch, le même carnassier inassouvi qui est l'objet de leurs cantiques d'enthousiasme. Parmi les littérateurs, voyez Rousseau et, plus bas, Zola.

Jusqu'à Lamarck, le monde véritable était resté caché aux yeux de l'Humanité. Après Darwin qui paracheva son œuvre, un philosophe surgit pour mettre les spéculations de morale d'accord avec la réalité des faits naturels, d'accord avec les découvertes du transformisme. De là cette philosophie abominable, cette morale nietzschéenne qui tend à légitimer le droit du « plus fort », du « plus apte » et s'efforce à munir chaque être socialisé d'une gueule de requin.

Aussi, avec Nietzche s'avère la banqueroute du matérialisme, impuissant à fomenter une éthique sans défaillance. En quoi faut-il croire désormais? En rien. Que faut-il espérer? Rien. En effet, à l'homme leurré, cent fois blousé par toutes les religions, ne vient-on pas demander, toutes les religions, ne vient-on pas demander avec l'idéal social ou philosophique, un acte de foi aussi ridicule que les précédents? Le fétichisme de la nature n'est-il pas aussi bouffon que le fétichisme divin et révélé?

Hélas! l'humanité ne peut que vivre sa vie, cahin-caha, dans le désordre et la douleur, jusqu'à ce que sonne pour elle l'heure inéluctable, en suspens dans les siècles futurs, qui amènera sa disparition, comme les cataclysmes telluriques ont amené déjà la disparition de tant d'espèces animales dont nous considérons actuellement les fossiles avec un si profond étonnement scientifique.

Scruter le Néant, le meubler coûte que coûte pour déformer à loisir l'entendement des faibles, fut l'œuvre des mythologues, des idéologues et des mystagogues dont s'encombrent les bibliothèques depuis 3.000 années! Peut-on conjecturer que l'esprit humain trouvera bientôt ses assises de sérénité en l'un quelconque de ces maupiteux in-folios de casuistique, de scholastique ou de métaphysique?

Tout est irrémédiablement mauvais et l'Avenir ne peut qu'être parfilé sur la trame de malfaisance dont fut ourdi le Passé, voilà la vérité. La seule sagesse qui nous reste est d'accueillir le nihilisme d'ordre philosophique, qui incite à tout supprimer, à tout détruire du chaos moral dans lequel nous nous débattons, et cela par extinction, par inertie volontaires.

Ne plus croire, ne plus espérer, n'implique point de ne pas être heureux pendant la durée de ce bref accident qu'est la Vie. Toute une Science du bonheur doit, au contraire, découler du nihilisme qui, seul, procure à l'homme cette heureuse ataraxie de l'intelligence, en possession, cette fois, des définitives certitudes, en même temps qu'il affranchit sa sensualité des règles de morale caduque qui, jusque-là, avaient pu la brider.

Toutes les conventions ineptes, toutes les formules stupides, tous les liens abstraits, l' « impératif catégorique » lui-même, doivent tomber et tomberont, sous peu, devant l'homme moderne en tendance vers le maximum d'expansion de son individu, devant l'homme sélectionné par le néo-malthusianisme, qui vient enfin demander compte à la Civilisation et à l'Univers de la condition atroce qui lui a été impartie.

Il sait ou il saura que la morale acceptée n'est qu'une cangue destinée à courber la tête des timorés et à maintenir le monde dans l'étroite servitude, au profit des jouisseurs et des dirigeants cyniques, affranchis, eux, de tout scrupule. Sur le radeau désemparé de l'Idéal, il a le droit indiscutable d'étancher sa soif à toutes les pluies salvatrices qui se déversent d'un ciel, un instant entr'ouvert pour les largesses de Félicité. Il a le droit de s'assouvir à toute la joie que la Vie peut bien se laisser prendre; et le Censeur, qui lui commanderait de se refréner, ressemblerait au capitaine du galion, en perdition, qui commanderait à ses naufragés de respecter la cambuse et de périr d'inanition devant la soute aux vivres. Aussi, bien haut, le nihilisme n'hésite pas à proclamer que l'homme n'a pas de devoirs, qu'il ne les ait au préalable délibérés et acceptés, puisque, comme dit Lucrèce, il n'a pas demandé à naître et qu'il a subi la violence d'être engendré.

Ce principe de finalité a inspiré ce livre qui, à l'égal de ses aînés, rompant avec les vieilles formules, c'est-à-dire avec le roman psychologique ou passionnel, tente une diversion vers le roman d'idées. Le procédé en est simple : il consiste à ne point limiter le champ de la critique, à réagir ensuite dans la mesure des faibles moyens de l'auteur contre cette haine du style qui caractérise le roman actuel et fait déclarer à presque tous les écrivains, dans leurs préfaces, qu'ils usent congrûment d'une « forme sobre », sans « vains ornements », sans « recherches d'images », sans « souci inutile d'imprévu et de fantaisie » : ce qui équivaut à dire qu'ils se gardent de la littérature comme d'un chancre inavouable. Ainsi qu'on le remarquera, la chose n'est pas sans habileté, car elle permet enfin à tous les hongres de se faire passer pour étalons.

En effet, existe-t-il moyen plus pratique pour eux d'expliquer l'absence totale d'invention, de pittoresque, de couleur, qualités rares qui signalent le réel artiste, que de déclarer par avance ces dons rédhibitoires et de les répudier comme indécents?

Les trois Ecoles : Romantisme, Naturalisme, Symbolisme, qui tinrent boutique de chefs-d'œuvre, durant ces cinquante dernières années, ont, tour à tour, chacun le sait, mis la clef sous la porte. L'art d'écrire est donc actuellement en gésine d'un nouveau mode, et la parturition se présente mal, affirment les Aristarques. Va-t-il falloir pratiquer l'opération césarienne, sans autre espoir, peut-être, que d'aboutir à un mort-né?

Etudions succinctement la question et ne redoutons point les quolibets des sots ou des ultra-modernistes. Une seule formule d'art mérite nos regrets : j'ai nommé le Romantisme. Avec lui disparurent la magnificence de l'expression, la haine du juste-milieu, l'exécration des sentiments vulgaires, et ce n'est même point dans Flaubert, sec, laborieux et apprêté, qu'il faut aller chercher ce que les bousingots emportèrent dans la tombe. Aux trois coups du marteau d'or que le « père Hugo » frappa sur le front glacé du Classicisme, par lui trucidé, le Naturalisme fit succéder les hoquets du croque-mort Bazouge, pour, à son tour, enterrer le Romantisme. Impuissant à sortir du tout-à-l'égout de ses conceptions, pourléchant amoureusement la sanie, sans réussir à énoncer les causes de l'infection sociale ou individuelle, le Naturalisme, sans critique, sans philosophie, sans autre esthétique que celle des cours du soir, le naturalisme — si l'on en excepte l'auteur de Salammbô — n'a rien produit qui puisse résister au Temps. Défunté, lui aussi, dans la fleur de l'âge, la concession de cinq ans qu'il occupait au cimetière du Parnasse ne tarda pas à être attribuée au Symbolisme, jeune hermaphrodite aux yeux de Lohengrin, qui mourut de scrofulose congénitale, de gâtisme prématuré et d'habitudes contre nature.

Paix aux cendres de ces morts. Les anciennes modalités de la Littérature ne cadrent plus avec les aspirations modernes, qui ont besoin, avant tout, de recherche, d'analyse, non plus cette fois sur les surfaces, mais bien en profondeur. Mais en cette considération ne pourrait-on emprunter au romantisme ce qu'il a créé d'indestructible, et prélever sur le Naturalisme le calque étroit de la vie qu'il a su imposer : cela pour créer ainsi un art romantico-réaliste?

Nous ne pouvons pas, en effet, retourner au classicisme, « source de beauté et d'harmonie », comme beaucoup le préconisent et s'y efforcent. La route est heureusement coupée qui permettrait aux Lettres de faire recul jusqu'en ce musée des fossiles et de reprendre ainsi le convenu du *classicisme, c'est-à-dire* interpréter comme lui des situations excessives avec des termes mesurés.

> *La fameuse Locuste*
> *A redoublé pour moi ses soins officieux*
> *Elle a fait expirer un esclave à mes yeux*
> . . . .
> *D'un empoisonnement, craignez-vous la noirceur?*

On le voit, ce souci exclusif de la grâce et de la forme virgiliennes a fait passer Racine à côté de la réalité, de la sincérité, à côté de la véritable restitution des états d'âme de ses personnages, lesquels roucoulent des vers musicaux en se contant des forfaits indicibles. Sa langue n'est pas et ne peut être la langue des hommes. Il y a là une convention, une préoccupation de ne point être vrai, mais seulement bien disant, qui sont moins acceptables que les outrances, les relatifs, les incompréhensions, les hystéries des Ecoles ultérieures.

Pour les écrivains dignes de ce nom, pour ceux que leur art enfièvre, tourmente, désespère et réconforte, que reste-t-il à tenter, en désespoir de cause? Ceci, peut-être : se débarrasser de ce sentiment animal de la Nature, que Rousseau a infligé à la mentalité française, et qui crée actuellement encore toute notre sensibilité. Cet amour exclusif de la lune, des petits oiseaux, des étoiles, des frais ombrages, des sources murmurantes, cette adoration systématique de la Nature visible, qui nous grise de sa plastique pour mieux nous dérober son âme, fait ressembler l'homme à un ruminant paissant, sans y rien comprendre, dans le pacage de la Terre.

Le grand problème de l'Equité, de l'harmonie sociale n'est autre que celui-ci : l'être pensant peut-il croire que l'intelligence parviendra jamais à annihiler l'instinct et à subordonner les poussées profondes de l'homme à l'intérêt collectif des groupements sociaux? Qui pourrait l'affirmer sans imposture?

Mais, au lieu de continuer à être des dégénérés grecs, des minus habentes latins, au lieu de continuer à délirer dans ce bucolisme de peuples primitifs, n'y aurait-il pas lieu d'accorder notre littérature avec ce que nous savons des lois de l'Univers et d'ordonner une façon plus neuve de sentir? Ne serait-il pas possible de se repasser d'une génération à l'autre la volonté incoercible d'innover enfin? Ne pourrait-on pas s'emparer des conquêtes positives du dernier siècle et se lancer, en même temps, à la poursuite de tout ce qui est couleur, originalité, inattendu, invention, pittoresque? Ne conviendrait-il pas, avant tout, de rénover le lyrisme, présentement diffamé; ne faudrait-il pas étudier les causes profondes comme sources d'idéologie et donner ainsi aux Lettres ce qui leur a toujours manqué, c'est-à-dire l'inflexible rigueur scientifique dans les constats et les inductions?

J'en appelle à tous les romanciers qui n'ont pas

encore résilié le respect d'eux-mêmes. Ne doit-on pas évacuer courageusement la toxine galiléenne qui nous fait accepter la permanence de la douleur comme seul et indiscutable apanage du genre humain? Ne doit-on pas revenir à la splendide impudeur de la Latinité pour étudier, autrement que dans un souci de gaudriole, l'angoissante question du Sexe? Ne doit-on pas entreprendre ce qui n'a point été fait encore, à savoir : une vaste enquête sur l'essence même du Monde, ainsi que sur le véritable caractère des faits, une enquête qui ne partirait d'aucun a priori, ne tiendrait compte d'aucun dogme et nous fixerait enfin sur la bienveillance de la Nature à l'égard de l'Humanité? Là seulement, réside le salut, et, j'en ai l'espérance, il se rencontrera bien quelques purs artistes pour sauver la littérature moribonde, pour s'ouvrir, eux aussi, les veines, afin de transfuser leur sang généreux à notre Idole, dolente et pâle, qui agonise un peu plus chaque jour sous les souffles fétides des cuistres et l'embrassement victorieux des asinaires!

II

Si le lecteur venait à s'étonner que des événements distants de cinq mille années aient pu être conjecturés avec précision, il me faudrait l'aviser que M. Eliphas — l'ami dont j'ai maintes fois

parlé en mes précédents livres (1) — a élaboré
une substance dont l'ingestion permet de plonger
dans l'avenir les yeux de l'esprit.

Tout le monde a vu fonctionner l'arithmomè-
tre, la machine à calculer. Il suffit d'aligner les
chiffres et de donner ensuite deux ou trois tours
de manivelle pour obtenir le total, le quotient ou
le produit. Eh bien! il en est de même avec l'in-
grédient magique dont M. Eliphas a composé la
formule et qui, sans erreur possible, apporte la
rigoureuse aperception du futur. Les données du
problème social ou humain, une fois posées dans
l'intellect, on avale deux ou trois boulettes de la
pâte azurée. Aussitôt, de mystérieuses combinaisons de logique s'établissent dans l'entendement
et la solution s'offre, d'elle-même, au réveil, dans
tout l'éblouissement de l'évidence triomphante.

Cent fois déjà, pour mon propre compte et pour
le compte d'autrui, j'avais pu vérifier l'infaillibi-
lité des diagnostics et des prévisions oraculares
dues à la substance miraculeuse.

Mais lorsqu'au sortir du songe qui élucida pour
moi toutes les énigmes, et encore sous le coup
d'un émerveillement bien compréhensible, je de-
mandai à M. Eliphas de me livrer son secret pour,
sur l'heure, en faire bénéficier mes semblables,
il secoua négativement la tête et me répondit avec
colère « que les hommes ne méritaient pas de
devenir intelligents ». F. K.

---

(1) Voir *Le Salon de M*[me] *Truphot, Les Aubes Mauvaises*
et *L'Affranchie.*

L'AMOUR DANS 5000 ANS

CHAPITRE PREMIER

On était parvenu au sixième mois de l'année 6905.

Ce matin-là, Sagax, préposé par ses frères au repeuplement de la Cité, Sagax, le Créateur d'hommes, allait et venait dans le Laboratoire de Fécondation artificielle.

Au-dessus de sa tête, des tubulures de cuivre, aux tons de pampres rougis, serpentaient en s'entre-croisant, semblables à des lianes capricieuses; des tuyaux géants, où ronflaient des gaz irascibles, faisaient entendre, le long des murs, la grondante menace des forces asservies. Des pilons énormes tournaient tout seuls en des jarres fantastiques. Dans des cuviers monstres emplis de liquides en ébullition, dans des foudres faits d'un métal pareil à l'aluminium, mais transparent, trempaient de petits câbles qui avaient pour mission de canaliser la chaleur comprimée, de la transporter à distance, pareillement à l'énergie électrique. Des cornues gigantesques autour desquelles, comme une couvée inquiète près de la mère, se pressaient des douzaines de fines éprouvettes, de multiples et débiles matras montraient leurs ventres pâles dans l'arrière-plan, alors qu'en des rets, des lacis arachnéens, des fils de laiton s'emmêlaient.

A travers une des baies de l'immense salle, on pouvait voir un soleil ébréché et cacochyme, un disque fromageux et bordé de noir qui montait lentement vers le zénith, se dandinant dans une robe jaunâtre de rayons crasseux. Sur des tablettes d'or pur, à portée de la main, ou prisonniers en des armoires de platine, un régiment compact de fioles étiquetées, une énorme quantité de bocaux, de tubes et de ballons étaient rangés en front de bandière. Et tous ces récipients contenaient des cultures de spermatozoïdes sélectionnées avec minutie...

Depuis quatre mille ans, les hommes s'étaient dérobés à la Norme jusque-là acceptée, avaient compris qu'il était monstrueux de se continuer au gré de l'instinct, à l'instar des animaux, sans autre règle que l'appétence sexuelle, sans se prémunir contre les accidents de l'hérédité, contre les fatalités physiologiques et psychiques, contre l'arriéré néfaste, contre l'aléa terrible qu'imposait la Nature, Volonté amorale et tyrannique.

Au milieu des ruines de l'ancien Monde, après

le Grand Cataclysme, une floraison de civilisation
supérieure s'était donc épanouie.

Si paradoxal que le fait puisse paraître, le
Genre humain était devenu compréhensif. Le génie de l'individu avait asservi le génie de l'Espèce. Des penseurs étaient venus pour faire
l'analyse de l'acte génésique qui enfantait dans
la ténèbre, qui, sans rien prévoir, créait un être
dans le gouffre de bonheur où la chair en vertige
culbutait l'intelligence et imposait l'aliénation
de soi-même. Et le procédé scientifique dont la
mise en œuvre se perdait dans la nuit des temps,
et qui assura, malgré tout, la perpétuité de la
race pensante, était fort simple, à ce qu'il paraissait.

Il consistait, par des moyens chirurgicaux, à
prélever, sur un type parfait de compréhension,
de savoir ou de beauté plastique, quelques ani-
malcules contenus dans sa liqueur séminale.

Ces vibrions, traités ensuite comme jadis on
traitait les bouillons virulents, servaient à féconder les Reproductrices, issues, elles-mêmes, d'une
lignée sans défaillance. Peu après la puberté et
par une opération indolore, on empruntait au
sujet procréé, — s'il était exempt de tout défaut
moral ou physique — ce qu'antérieurement on
avait soutiré à ses prédécesseurs : après quoi on
le dévirilisait, ou, pour mieux dire, on desséchait
ses vésicules sacrées à l'aide des rayons stérili-
sants.

L'efficacité de ces cultures était soigneusement

entretenue, et il ne se passait point de semaine
que Sagax ne les travaillât, ne les filtrât, ne les
décantât. Souvent même, il pratiquait des coupa-
ges, des mélanges entre elles. Ceux qui l'avaient
précédé, dans son apostolat, avaient étudié minutieusement les tares qui pouvaient subsister encore chez les individus, et, en remontant aux
causes, c'est-à-dire à l'imperfection de certains
élixirs, mal épurés, mal clarifiés, ils avaient re-
dressé sans peine ces erreurs de détail.

Le Grand Œuvre, cet héritage que Sagax avait
recuilli à charge de ne point le laisser péricliter,
était donc impeccable. La formule des fertilisants
qui donnaient l'homme parachevé, l'homme
affranchi des démences du Sexe, était, en effet,
établie, fixée à jamais. Depuis des siècles et des
siècles, la Science élaborait les gélatines qui faisaient éclore enfin l'Humanité orientée vers les
seules joies de la Lucidité et de la Connaissance!

Sagax était de taille élevée, bien pris dans une
musculature de colosse dont la sveltesse aurait
été entretenue par les jeux et les combats. Il avait
la peau blanche, l'épiderme de lait caillé des anciennes races qui vécurent près du Septentrion.
Ses cheveux drus, d'un châtain mordoré, rappe-
laient la couleur des goémons séchés au soleil et
couronnaient un front sans rides. Il atteignait
alors le plein épanouissement de sa forme, arri-
vait à l'apogée de la jeunesse. Il avait cent dix
ans.

Il s'assit sur son escabeau de travail et conjectura que l'heure était venue de déjeuner. Comme il répugnait à se déplacer, il mit le doigt sur un bouton. Un tube flexible sortit de la cloison, et à son exprémité présenta une coupelle entourée de vapeur parfumée. Sagax, dans un sourire d'aise, reçut sa nourriture que lui faisait parvenir ainsi l'appareil à stériliser.

Il mâcha lentement le petit triangle de pâte brune qui contenait, en comprimés, les quantités voulues d'azote, d'oxygène, de phosphate et d'hydro-carbone nécessaires à l'alimentation de l'organisme humain. Son palais, en l'épanouissement de toutes ses papilles, se délecta sous la saveur de l'aliment complet. Une félicité matérielle le prostra, béat et extatique, dans des jouissances gustatives certainement ignorées des plus fins gourmets des Sociétés révolues.

Debout, maintenant, la chair allégée, le cerveau traversé d'ondes vivifiantes, il alla passer la revue de ses bocaux pour l'Acte qu'il allait accomplir le jour même.

A pas menus, il défila devant les rayons d'or étincelant sur lesquels, trempant dans des bain-marie à 37°, s'alignaient les dix mille récipients destinés à gratifier de l'existence les simples citoyens, la multitude sans relief à qui ne devait être dispensé qu'un talent médiocre. Ceux-là étaient les Elus, ceux qui devaient savourer en toute plénitude les joies de la vie, puisqu'ils étaient exonérés, par avance, des affres de l'investigation supérieure.

Une moitié de ces fioles à étiquette engendrait les mâles, l'autre les femelles, et elles étaient subdivisées encore par catégories : chacune d'elles ayant mission de procréer immanquablement un type déterminé d'avance, afin de maintenir l'heureuse diversité des hommes. Au-dessus, préservée de tout contact avec le vulgaire, se trouvait une sorte de niche tapissée d'étoffes bizarres, où se jouaient les flammes alanguies et versatiles, les reflets assouplis et ondoyants de tissus métalliques qui paraissaient être tramés avec les fibres lumineuses de l'arc-en-ciel.

Là, trônaient les magmas blanchâtres qui, en puissance, contenaient les Surhumains.

Ce somptuaire spécial, cet ennoblissement de la fonction par des attributs en tire-l'œil, cette faute contre l'égalité rigoureuse, en un mot, avait été voulue par Sagax qui concédait volontiers aux joies de la rétine, malgré les récriminations des Sages, ses collègues.

Sur le rayon inférieur, trois ou quatre flacons, minces et graciles, dont le col fuselé était bossué d'hernies, recélaient les mathématiciens futurs, ceux qui allaient donner à l'Espace et aux corps la prison des formules. Voisinant avec eux, un ballon en continuelle fermentation, à l'abdomen tourmenté, marqué du chiffre *1.312*, hospitalisait les poètes et les prosateurs de l'avenir, et leurs graines déjà semblaient se mésestimer et se combattre âprement. A leur droite, se trouvait le fameux bocal *8.703*, lequel, infailliblement, donnaît des philosophes qui avaient enlevé à la Métaphysique son pouvoir somnifère, et rendu intelligibles la Substance, la Matière et l'Entéléchie. A côté de lui, le *7.608* fournissait des athlètes qui réalisaient le triomphe de la plastique, et, par l'harmonie humaine, ravalaient l'harmonie défaillante de l'Univers.

Plus haut qu'eux tous, les dominant d'une coudée et reposant sur une housse nacarat, paradait le prestigieux *4.245* empli d'un liquide couleur de cornaline. Celui-ci engendrait les Physiologistes pour qui la Nature n'avait plus ni coquetterie, ni hargne, ni secrets.

Sagax, lui-même, était issu de ce bocal des Porphyrogénètes. Une minute arrêté, il le saisit avec des doigts respectueux et tremblants, le considéréa avec amour :

— Mon père! dit-il, plein de tendresse et de vénération.

Souvent, par la pensée, il avait voulu évoquer ses aïeux, tous ceux dont il était sorti par fécondation scientifique et rationnelle; mais qui donc pourrait jamais arriver à établir le pedigree, le lignage des zoospermes contenus dans le bocal qui l'avait mis au monde?

Sagax ignorait même le patronyme de celui qui l'avait précédé en sa charge. Car la Civilisation présente s'affranchissait de toute gratitude excessive envers les individus vivants ou trépassés. Le respect était commandé par le caractère et non par la fonction. Comme un fait d'ordre banal, apparaissait le génie, puisqu'il était fomenté par le vouloir humain et ne relevait plus du hasard.

Ceux qui dallaient les rues et empêchaient ainsi les citoyens de se donner des entorses, méritaient-ils moins de reconnaissance que les écrivains qui leur apprenaient à induire droitement, à encastrer les unes dans les autres les déductions rigoureuses et leur évitaient ainsi les entorses de l'esprit?

Chacun accomplissait sa tâche sans espoir de récompense morale ou matérielle, pour le seul plaisir d'être utile, vertueux et noble. Et les hommes, devenus justes, ne voulaient plus être régentés par les cerveaux du passé. Dans leur marche vers l'avenir, dans leur course toujours plus précipitée vers l'incessant progrès, ils répugnaient à se laisser tirer en arrière par les mains crochues d'outre-tombe.

Thalès, le Grand Pédagogue, Thalès le Collègue de Sagax, avait là-dessus une théorie. A force de démonter et de remonter le mécanisme de l'intelligence humaine, il en était arrivé à déclarer que, dans les Civilisations de la Préhistoire, le Passé avait toujours dominé le Présent. Mais ce n'était qu'une pure hypothèse aux yeux du Grand Physiologiste. Comment aurait-il pu se faire que des déterminantes abusives, un esprit vieillot, eussent servi de moteurs à des organisations, à des collectivités toutes neuves, alors que les idéologues défunts n'avaient pu en connaître ni les besoins, ni les aspirations?

La seule certitude que pouvait avoir Sagax, relativement au début de l'Age policé était celle du Grand Bouleversement.

Un jour, comme si tous les astres se fussent concertés, le globe s'était trouvé battu, tout à coup, ainsi qu'un œuf à la neige, dans d'effroyables décharges de magnétisme. Le Cosmos, pris de delirium, s'était efforcé à tout sabouler, dans une convulsion suprême. Des spires et des tourbillons de fluides forcenés, un réseau enveloppant de typhons électriques avaient, à l'improviste, ligoté la planète dans une indéchirable camisole de force. La membrure du sphéroïde gâteux craqua, un hurlement de douleur sortit de son sein, et une dyssenterie d'épouvante lui fit épandre ses déjections par les exutoires entr'ouverts de ses trois mille volcans ressuscités. Pareils à des vomissements verdâtres éjaculés par la Nature ivre-morte, la Méditerranée et l'Atlantique en ébullition avaient giclé sur l'Occident, afin de l'abolir à jamais.

La lune qui, auparavant, dans le grand ciel rapiécé de nuages, promenait avec suffisance l'érysipèle de sa face abêtie, la lune serve avait été balayée comme un détritus et, en des plaintes de chien perdu, s'était lancée dans le vide, à la recherche d'un nouveau maître.

Partout rebutée, elle était revenue, implorante,

offrir de nouveau à sa suzeraine le secours de sa domesticité pour l'éclairage nocturne. Fripée et desséchée, ainsi qu'un génitoire d'eunuque, déjà elle se raccrochait à sa place accoutumée, quand, attisé par un vent fabuleux, le Soleil se mit à incendier les Espaces en léchant cauteleusement les constellations voisines avec une langue de dévastation d'où coulait une salive de fournaises. Alors, dans l'espoir qu'on lui laisserait la vie quand même, la Terre s'était faite toute petite, dansant sur les vagues de l'éther, à la façon d'une immondice racornie sur la crête des houles.

Telle était la Tradition. Certes, comme pour tout ce que les hommes consignent par le souvenir, il devait y avoir beaucoup d'exagération dans la version de ces inconcevables événements, qu'aucune écriture n'enregistrait. Sagax n'ignorait point que les bipèdes à locomotion verticale n'avaient jamais pu prendre d'un fait réalisé devant eux une conscience identique; il savait que le lendemain même, il y avait toujours de ce fait cent relations contradictoires.

C'était là un travers de la mentalité humaine qu'il n'avait pu redresser, même chez les Parachevés contemporains, lui, qui, pourtant, avait acheminé les spermatozoïdes à l'apogée du Fini. Mais qu'y avait-il d'extraordinaire, en somme, à ce que l'Humanité d'alors n'ait pu déterminer les causes du désastre? Les parasites, les acarus qui profilent sur un corps fétide peuvent-ils concevoir le pourquoi du moindre soubresaut qui en écrase la moitié?

Ils n'en attribuent jamais la cause à la démangeaison qu'ils procurent et doivent se qualifier victimes. Ce n'était pas un paradoxe de dire que l'explication du menuet intempestif, esquissé par la Terre en dehors de toute gravitation congrue, se trouvait là, peut-être? En tout état de chose, le Cataclysme n'était point niable. Fallait-il l'imputer à la désorbitation d'une sphère du système solaire, laquelle, dans un accès d'humeur, s'était mise à vagabonder en dehors de sa parabole accoutumée? Ou bien devait-on ajouter foi à une inscription trouvée sur un monolithe vieux de plus de 4.000 ans? Tracée en caractères identiques à ceux présentement usagés, libellée dans la langue qui vivait encore, cette épigraphe énonçait dans un lyrisme ironique et trivial : « *Seule, une comète, une de ces catins endiamantées, aux dentelles de lumière, aux crins luxuriants, qui font la retape dans l'Infini, a pu venir se jeter ainsi au milieu des sept planètes conjuguées. Prise d'amour pour le Soleil, pour le mâle plein de superbe, elle l'aura supplié de se mettre en ménage avec elle, d'être son amant de cœur.* »

Mais que signifiaient les mots « catin », « amour », les locutions « amant de cœur » et « faire la retape »? Jamais aucun philologue n'avait pu le dire.

Sagax se promettait d'expliquer, quelque jour,

ce caprice et cette réaction de la Matière, bien que rien ne fût resté des Ages primitifs : ni livre, ni pièce, ni document péremptoire, et qu'entre la Civilisation actuelle et le Passé se creusât un vaste fossé, un saut de loup gigantesque, que nul, peut-être, ne pourrait franchir.

Mais le bocal 4.245 l'avait mis au monde pour tout savoir. Donc, il ne mourrait point, il le jurait, avant d'avoir eu raison de ce mystère qui, particulièrement, le lancinait.

L'année précédente, un problème, de moindre importance, il est vrai, ne s'était pas défendu, avait capitulé devant sa perspicacité. D'aucuns, dans la Cité Fraternelle, avaient, pendant longtemps, opiné de façon déroutante, déclarant que les hommes ne s'étaient pas toujours reproduits comme en l'époque actuelle. Une légende accréditait le bruit qu'ils avaient dû procréer, jadis, par des moyens barbares, à l'égal des espèces inférieures. Sagax, qui n'aimait point les légendes, n'avait pas eu de peine à démontrer l'absurdité de celle-ci. Sa rigoureuse controverse, son argumentation scientifique en avaient fait justice, sans recours possible.

Soudain, une angoisse inattendue charria des ondes glacées dans les artères de Sagax. Pour être parvenu au sommet de la Connaissance, atteindrait-il jamais la Cime suprême, le Pic miraculeux où se dérobe la source des Causes?

Cependant, la difficulté qu'aucun de ses devanciers n'avait pu surmonter, il en avait

triomphé, lui. *Il avait immunisé les spermatozoaires, qui plus tard devenaient des hommes,
contre toute maladie possible de la vie.* Ainsi, il
affranchit l'Humanité des désordres physiques,
et annihila la force mauvaise qui, antérieurement, faisait battre le cœur du Monde.

D'autre part, réaliser la transmutation des
corps simples, fabriquer des pierres précieuses
à pleins tombereaux fut pour lui jeu d'enfant.

Par surcroît, il croyait être sur le point d'obvier au défaut majeur de l'esprit humain; il
pensait pouvoir, avant peu, « comprendre les
choses en soi ». Et voilà que le passe-partout de
son intelligence était impuissant, désormais, à
crocheter, si l'on peut dire, les serrures de la
moindre énigme.

Oui, dirait-il, pourquoi la culture *1.758*, jusque-là affectée à géniter des penseurs sans défaillance, avait, tout à coup, engendré un sujet
qui, à peine âgé de vingt ans, venait de culbuter
dans la stupidité irréductible, dans l'occlusion
définitive, dans le crétinisme sans recours. Horreur! Il le voyait ce gâteux perpétré par lui. Le
front gonflé comme un cucurbite en maturité,
les yeux de porcelaine visqueuse, un visage de
fœtus sous des temporaux de titan, le maxillaire
inférieur battant sans trêve les muscles du col,
des jujubes mucilagineux aux coins des lèvres,
un ventre piriforme soutenu par des jambes qui
auraient joué à l'aise dans une peau d'anguille,

il allait, parmi le dégoût et la terreur de ses congénères !

Mais une plainte aiguë molesta subitement le
silence du Laboratoire de Fécondation artificielle. Quoique cette faiblesse fût indigne d'un
savant, Sagax, la bouche large ouverte donnait
l'essor à ses lamentations.

La main sur l'épigastre, comme si la tarière
du remords se fût enfoncée dans sa poitrine, il
râlait dans une contrition éperdue. Qu'était la
malfaçon de la culture *1.758*, auprès de la faillite
du bocal *1.324*? Celui-ci, à travers cent générations, avait produit des moralistes qui, aux yeux
émerveillés de leurs contemporains, éployèrent
les splendeurs suprêmes des âmes aux facettes
de diamant, des Sages qui avaient conquis les
trésors jusqu'à eux inaccessibles de la beauté
psychique, des Idéologues qui avaient fait pleuvoir sur leurs semblables la lumière frisson-
nante, la rosée de réconfort prélevées aux plus
pures constellations de l'esprit. Eh bien ! le
1.324 s'était autorisé à une jolie scélératesse !

Il avait élaboré un individu dénommé Phégor,
dont le vice ne pouvait être catalogué, car la
terminologie en exercice n'avait point prévu son
cas. Une particularité le signalait tout d'abord
à l'attention : il était né avec une verrue sur
l'œil droit.

Comme s'il voulait racheter cette infirmité
congénitale, sans précédent connu, il témoignait
de bonnes manières excessives, s'éclairait de

sourires, s'illuminait d'urbanité, hissant à chaque minute le grand pavois de l'éloquence sur le flot d'une intarissable verbosité. Opéré de l'épine dorsale, ce bipède obséquieux serpentait sur le sol à la moindre apparition d'autrui. De sa gorge sortaient, sans effort, des girandoles de compliments, des festons de madrigaux dont il enrubannait son interlocuteur, cependant que sa croupe fébrile esquissait une mazurka pleine d'invites. Puis, quand il avait capté le bon vouloir de son vis-à-vis dans le filet insidieux des prévenances et des louanges démesurées, sa voix, graissée à la vaseline des hypocrisies, promettait d'exceptionnelles félicités, et ses doigts impatients rôdaient vers le bas-ventre du partenaire...

Un matin, Sagax avait failli être culbuté par lui, et il pensa que le désir puéril de jouer à saute-mouton l'avait repris tout à coup. Mais l'instant qui suivit, le Grand Physiologiste, le Créateur d'hommes, fut astreint à employer la force pour éviter d'incompréhensibles titillations.

Sagax avait vu des chiens dans la Cité en user de même.

Pourquoi, pourquoi, à l'instar du bocal *1.758* qui avait engendré un gâteux au lieu et place d'un penseur étincelant, la culture *1.324*, qui devait susciter des Moralistes, avait-elle mené à bien l'éclosion d'un bimane soucieux de faire paraître, avant tout, des turpitudes canines? Comment solutionner jamais cette péréquation dans l'absurde et l'inattendu?

Et Sagax, qui se savait responsable, poussa un nouveau gémissement en point d'orgue, donna l'envol à un *forte* de désolation. Pouvait-il ignorer, en effet, que depuis ces jours néfastes, ses frères ne levaient plus vers lui des visages attendris de gratitude et que des yeux ensoleillés de joie ne le suivaient plus, comme auparavant, pour approuver son génie, lorsqu'il errait, solitaire et pensif, dans la Ville d'harmonie.

Néanmoins, il se calma, voulut consulter un chronomètre au mouvement perpétuel. Comme il s'approchait de la paroi transparente, il vit un chiffre gigantesque, le chiffre 2, monter dans les airs comme un condor qui cherche le vent, planer une minute, bousculer d'autres signes et s'immobiliser ensuite, horizontal, en une fulguration noire et crépitante. Peu après, un trait plus petit indiqua, à côté, la minute écoulée. L'horloge de la dernière colonie humaine qui s'obstinait à vivre sur la planète marquait l'heure.

Alors Sagax s'activa, car l'instant était proche. Il s'arma de la seringue d'or, de la seringue dosimétrique qui donnait la Vie. Plein d'onction, saisi d'une émotion sacrée, les doigts tremblants de respect filial, il s'empara de son auteur : le 4.245, qui devait humecter la Reproductrice Formosa, et ainsi perpétrer son frère, celui qui le remplacerait un jour dans la lourde charge qu'il avait assumée.

*
* *

Sagax sortit du Laboratoire de fécondation artificielle et un air odoriférant, diminué d'azote par la chimie triomphante, lui fouetta le visage, poussa des allégresses dans son sein, gonfla ses veines d'un sang revigoré qui charriait de l'optimisme. Devant lui, s'étendait la géométrie des vastes bâtiments en lesquels il régnait avec son collègue Mathésis, Préfet des Machines. Sur la gauche, dans un hall immense, des hommes velus n'ayant pour toute vêture que les poils rudes ou soyeux, annelés ou crépus, qui recouvraient leur corps, donnaient de temps en temps un coup de main sur un levier, tournaient une manette, précipitaient la hâte des pistons et des volants, car les simples mortels, ainsi nus, avaient répudié les vêtements qui différenciaient les castes dans la primitive Humanité.

Un grand nombre de ces travailleurs étaient comme feutrés de varech; d'autres toisonnés pareillement à la race caprine; certains s'engonçaient dans la fibre de bois des crins flaves; quelques-uns, alezans, semblaient s'être tissé un haut-de-chausses et un pourpoint avec des queues rutilantes d'étalons; beaucoup, angoras, marchaient sur leurs soies longues; et Sagax remarqua que ceux-ci avaient négligé de se faire tondre à demi, comme il l'avait cependant conseillé.

Vu de l'endroit où stationnait Sagax, le tableau était brossé en pittoresque, s'enlevait dans un coloris intense. Parmi les allées et venues réglées comme un pas de ballet, dans les figures de cotillon que semblaient esquisser les étranges ouvriers courant sus aux dynamos, puis s'arrêtant net pour virer les uns autour des autres, s'aplatissant sur le sol afin d'exhumer des câbles souterrains, d'établir un courant, se relevant pour consulter un manomètre, décongestionner un condensateur, la fresque vivante déroulait ses chatoiements et promulguait la beauté artiste des labeurs industriels.

Les hommes bruns tapissaient le fond du décor mobile avec leurs reflets d'anthracite; les rouges éployaient à chaque mouvement la féerie barbare des écarlates et des vermillons; certains, hirsutes, à la fourrure d'un violet bleu obtenu par l'artifice, paraissaient être drapés dans des salicors marins; et les blonds estompaient le tout, tempéraient les tonalités adverses, de leur rayonnement fugace de cuivre souffreteux. Enchevêtrées, les courroies de transmission les enveloppaient d'un immense filet trépidant, et des bielles excessives, dans une rotation éperdue, gravitaient, pareilles à des astres, autour des accumulateurs en fiévreuse activité.

Sagax, qui s'était approché à pas lents, les renvoya d'un signe, car cette équipe, de service depuis trente minutes à la préparation des aliments de la Communauté, avait fini sa tâche.

Trois hurrahs accueillirent son geste, saluèrent sa personne et en moins d'une minute, par le moyen de glissières à vitesse vertigineuse, la troupe velue et polychrome était absorbée par les lointains.

En chef débonnaire quoique vigilant, Sagax voulut s'assurer que les petites tablettes étaient bien engagées, par lots, dans les tubes de distribution, lesquels, s'épanouissant en multiples ramifications, devaient les acheminer, le soir même, dans le domicile de chacun. Il consulta les tableaux enregistreurs et vit que 11.821 charges de nourriture avaient été conditionnées et ensuite propulsées : ce qui dépassait le nombre des citoyens et comblait par avance ceux qui avaient robuste appétit.

Satisfait alors, il s'éloigna. A cent mètres, sur la droite, éclatait une série de sourdes détonations, un hymne menaçant et rauque de déflagrations profondes, une cantate de barrissements redoutables. Une aurore boréale rayonnait qui fit clignoter les paupières pourtant aguerries de Sagax, cependant que son épiderme se couvrait d'une rosée tiède. C'était la galerie des Machines prestigieuses, le Panthéon des divinités d'acier, le seul Olympe secourable et juste que l'Homme ait pu appeler jusque-là pour tempérer sa peine. C'est elles qui radiaient la chaleur et la lumière dans la calotte atmosphérique, propageaient un éternel été et suppléaient ainsi à la débilité du Soleil podagre, qui, un peu plus chaque année, dépérissait lentement dans la maladrerie des Espaces.

Tout à coup, Sagax eu un sursaut auquel préluda un frisson de dégoût. D'un appentis sortait Phégor, le fils dénaturé du bocal *1.324*. Il devait avoir caché là le produit de nombreux vols, d'antérieures et laborieuses escroqueries, facilités par son éloquence, car, à ses pieds, s'amoncelait une pyramide de petites tablettes alimentaires qu'il avalait maintenant en vitesse, au risque d'obturer son intestin qui, du reste, à en juger par sa rotondité abdominale, n'avait plus de grêle que le nom.

Les comprimés d'azote, de phosphate et de carbone disparaissaient en sa bouche d'engoulevent et il bâfrait sans rémission, toujours, éperdûment, les maxillaires claquant comme des castagnettes, l'œil humide, la prunelle chavirée dans les eaux tranquilles de la béatitude.

Mais soudain, Staroth, l'hydrocéphale, Staroth, la progéniture ratée du bocal *1.758*, accourut plein de gaîté babouine, la bouilloire énorme de son front pommelée de suie visqueuse, sa face de fœtus en perdition guillochée de cambouis, ses cuisses de grenouille écorchée succombant sous le poids de son ventre gonflé comme celui d'un noyé. A sa vue, le goinfre quitta ses nourritures, appâta le gâteux qui se jeta sur elles en gloussant d'aise. Et Sagax vit Phégor flairer l'idiot avec ténacité et, les lèvres suintant des salives de concupiscence, s'autoriser ensuite à des attouchements prolongés, comme si un entrepôt de bonheur eût été dissimulé dans le périnée du monstre...

Sagax, le Porphyrogénète, n'avait jamais assisté encore à une scène pareillement scabreuse, à un spectacle capable de décrocher d'un coup le cœur du Sage. Les hommes n'avaient-ils donc point réduit encore les forces agressives de la Nature? N'avaient-ils point, à tout jamais, asservi et jugulé la Volonté scélérate qui, jadis, féconda le Monde d'une semence de honte, de douleur et d'iniquité?

La Civilisation, victorieuse du chaos, allait-elle retourner au désordre et à l'Inéquilibre? Il pointa la dextre, et la pourpre dont il était vêtu flagella son corps dans un bond d'horreur et d'indignation. Mais le couple innommable l'avait aperçu et galopait déjà pour mettre des distances entre lui et sa colère. Sagax, le Trismégiste, Sagax connut la panique devant le Mal qui bravachait devant lui. Il avait mis au monde trois générations et voilà que le doute de soi-même rongeait comme un acide les ressorts de son énergie, lui tranchait sournoisement les jarrets. Sa Science était la mère qui ne devait engendrer que des hommes sans tares. S'il se trompait encore, ses semblables ne viendraient-ils pas lui crier à la face qu'elle suait l'imposture? Ne lui enlèverait-on pas le Sacerdoce? Et Sagax eut au front la pâleur du Surhumain qui constate, une fois de plus, qu'il n'y a pas de paix sur les cimes.

CHAPITRE II

Sagax avait franchi le seuil du Quartier des
Machines. Devant lui, à perte de vue, une multitude velue rutilait. Et quand il apparut, un
mugissement de joie contenue déferla. A droite,
à gauche, sur les côtés, il vit la masse d'hommes
reculer pour lui livrer le terrain, et à l'improviste
des milliers et des milliers de bras dressés striè-
rent la perspective de traits verticaux. Chaque
main élevée plus haut que tête était recouverte
d'une sorte de gantelet de fer, où moussa tout
à coup une écume d'étincelles bleuâtres. Et voilà
que, soudain, la foule quittait le sol, était aspirée
par le grand ciel d'un bleu âpre, se trouvait
maintenant hissée, sans effort, à trente mètres
au moins au-dessus de la terre. Brusquement,
elle se disloqua, se scinda en coulées parallèles
qui glissèrent dans la direction de l'Est. Les

Parachevés foulaient l'Espace ainsi qu'un plancher uni et résistant. Leur vitesse s'accéléra bientôt, et il n'y eut aucun choc, aucun heurt.

Quelques virtuoses semblaient pagayer avec leurs paumes, filaient sans peine apparente comme s'ils étaient emportés par des pirogues, sur un fleuve invisible. Beaucoup se contentaient de courir à une vélocité de rêve, chaussés, sans doute, de bottes de sept lieues. Produits par le magnétisme du pôle qui avait été déplacé, capté et qu'on utilisait ainsi à volonté, des courants de fluides aériens entraînaient les uns et les autres telles de simples plumes, faisaient voler des groupes entiers pareillement à un duvet d'oiseau. En moins de deux minutes, tous disparurent, avalés par une bouche colossale, par une gueule de verdure qui s'ouvrait, là-bas, en tache verte, près de l'horizon.

Un char de platine traîné par deux licornes automates, par deux licornes d'acier, s'était arrêté devant le Créateur d'hommes. Et un étrange escadron l'attendait pour le précéder. Cent vingt cavaliers, rangés en colonne, montaient à cru, sans étriers, des chevaux barbus, des sortes d'hémiones également automates. Et au bras levé du chef — un poète qui, debout sur les pointes, perfora la distance sur son Pégase hennissant — l'escorte déboula, prit le galop sur la large voie triomphale. Quatre pelotons, par conversions savantes, surgirent sur l'arrière, déroulèrent des figures de carrousel, des ailes de

moulin, toute une mosaïque équestre, aux bigarrures capricieuses, avant de venir fermer le
cortège. Des écuyers, les rênes tendues, servaient
de flancs-gardes et, dans leur attitude patri-
cienne, ennemie des gesticulations oiseuses, dé-
coupaient sur l'azur fébrile du ciel fatigué, le
camée de leur profil. Tous étaient intensément
velus et les fourrures pâles ou sombres, mordo-
rées ou améthystes feutraient d'impeccables
plastiques, découvraient, par instants, la fraise
purpurine d'un tétin de mâle, un sexe apaisé
d'athlète redoutable, un torse au pur modelage.
Le vent de la course ondait de vagues douces,
de remous diaprés, de moires persistantes, les
toisons naturelles, faisait s'envoler les longues
chevelures comme des panaches parfumés, des
voiles odoriférants. L'air s'engluait d'une senteur
musquée de peau humaine, d'un relent épaissi
de jacinthes fraîches dégagé par la transpiration
des épidermes, car l'animal humain avait perdu
son atroce odeur depuis qu'il ne se nourrissait
plus de chair morte. Moutonnante, la chevauchée
brûlait sans bruit le sol élastique, sous les sabots
de ses coursiers ferrés de caoutchouc.

Devancé d'un vol de flamants roses apprivoi-
sés, Sagax, une fois de plus, salua le génie de
son collègue Mathésis, Préfet des Machines.
C'était ce dernier qui avait inventé les chevaux
automates pour amuser les Parachevés, puisqu'il
est dans la nature humaine de ne pouvoir vivre
sans joujoux.

Mathésis en avait conçu l'idée le lendemain même du jour où l'on découvrit, enfouis dans le sol, et inextricablement enchevêtrés, deux mécanismes insolites, deux appareils à voler, datant de quatre mille années, peut-être. L'un et l'autre étaient lestés par une multitude de petites sphères d'acier qui contenaient une poudre blanchâtre dont la puissance explosive était restée formidable. Dans un petit coffre on découvrit aussi des centaines de petits tubes en amiante, qu'après patiente analyse Sagax reconnut avoir contenu des cultures de peste et de choléra, fléaux présentement disparus.

Dans les airs, l'effroyable choc avait dû épargner la vie des aviateurs sans doute ennemis. Ils étaient tombés luttant encore. Des armatures embouties, on avait extrait deux squelettes. Le plus grand avait les maxillaires si profondément enfoncés dans l'humérus de l'autre qu'il avait fallu lui briser les dents pour le dégager. Aux côtés de l'autre, on releva une tige d'acier portant cette inscription : *Escadrille des Albatros-237 R'*.

A ce souvenir, Sagax frissonna et il en vint à conjecturer que beaucoup des anciens mortels, n'osant point s'entre-détruire, aux yeux de leurs semblables, avaient fait tout le possible pour se dévorer dans les airs. Ils avaient voulu polluer l'Espace-vierge! Ils avaient donné à leur férocité des ailes d'aigle royal! Ainsi, du Zénith, une pluie de sang était tombée sur ceux qui souriaient encore à la bonté de la lumière!

Les deux kilomètres de la Voie Sacrée avaient été franchis en cent trente secondes par l'étrange machine qui portait le Créateur d'hommes. Les flamants roses qui l'entouraient d'un halo d'aurore et, le cou tendu, devançaient son front d'une fuite rigide de flèches vermeilles, semblaient être un symbole, quelque chose comme les traits frémissants de l'aube qui percent les ombres de la nuit. Dans les prunelles du Porphyrogénète, un étincellement crépitait. En ses yeux se déroulait lentement la vision savoureuse de la Ville dans l'artère de laquelle, globule d'intelligence, il roulait. Un à un, avec leurs alvéoles transparentes, avaient défilé les phalanstères qui, atteints, dépassés par la course, bondissaient en arrière, offrant leurs murailles de verre, leurs toits aux tuiles de rubis véritables, leurs porches d'émeraudes, leurs voûtes de chrysobéryls, leurs cariatides taillées à plein dans des perles gigantesques et soutenant des balcons de saphir ouvragé. Le soleil, secondé par la clarté factice, en avait tiré un flamboiement farouche, leur arrachant des éclats de pierres précieuses qui criblaient le ciel de javelines colorées, de sagaies mauves, écarlates, bleu aigre, vert paon. Là, côte à côte, sans qu'ils eussent rien à cacher de leur existence, les hommes vivaient, fraternels et pacifiques.

Moucheté à son tour d'éclaboussures lumineuses, tavelé de scintillements et galopant sous la basse ronflante des renâclements et des hennissements de ses hémiones automates, le cortège sentait venir à lui l'haleine parfumée du Parc prestigieux, le grand souffle balsamique de l'Edorado, du Walhalla terrestre.

Longue de cinq cents pas, une colonnade de topazes cyclopéennes le précédait. Exceptionnel jardin, Eden inouï de fleurs et d'arbres, l'esthétique humaine était revenue avec lui à son point de départ, aux balbutiements puérils, à l'attendrissement bucolique des premières Sociétés, à l'émotion emperlée d'innocence qui, jadis, avec tous les poètes lui avait fait baiser la face de la Nature, laquelle, sous la candeur feinte des Avrils, sous la timidité virginale des printemps, sous les prodigalités fastueuses des Etés, sous tous les postiches de la bienveillance, pour tout dire, dérobait son âme insensible au sort des humains.

Une populace de parfums champêtres où, de-ci, de-là, caracolaient les senteurs aristocratiques des parterres floraux, se précipita vers Sagax. Et, bien que la chose lui fût familière, il s'enivra, cette fois encore, de la grande cantate du Solstice, ouvrit son cœur à son allegro frémissant. C'était, en effet, le jour des modernes Erotidies, le jour auguste où, brandissant, dans la flamme rousse du Soleil valétudinaire, le bocal de pourpre, dont il était le propre fils, Sagax, armé de la Seringue d'or, Sagax, le Créateur d'hommes, devait féconder la reproductrice Formosa.

Accueillis par une houle de vivats, par un formidable hourvari de cris d'allégresse, qui s'élançaient vers eux des profondeurs les plus reculées, le char de Sagax, avec son escorte s'enfonçait, maintenant, en une course plus assagie dans le sein du tangible Empyrée.

Dix mille hommes étaient là qui se préparaient à célébrer les Fêtes de la Vie. De plus en plus, des acclamations montaient à l'approche de Celui qui portait le Feu sacré; des échos appariés jouaient au volant, se renvoyaient à la raquette des paquets de clameurs enthousiastes; et, dans la merveilleuse acoustique ordonnancée par l'art humain, des falaises invisibles faisaient voler, comme à la paume, la balle bondissante des hourrahs frénétiques.

Cinglé de bravos, cravaché de délire populaire, un frémissement parcourut l'échine du cortège, le jeta, avec le Grand Physiologiste, dans le cirque illimité, aux pentes tapissées de forêts, de pelouses, de vergers et de jardins, le lança comme une couleuvre captive d'un parterre odoriférant dans l'immense coupelle parfumée, le fit sinuer sur les versants du collier de montagnes qui s'agrafait çà et là du joyau intentionnel d'un glacier adamantin. Car le rite que Sagax avait fait instaurer vingt années auparavant, voulait que le Surhumain, qui allait créer un être de génie, approchât ses lèvres des lèvres de l'Eté, reçût à la figure le souffle de l'exaltation et les chaudes ardeurs du Juin factice, dont l'industrie humaine, malgré tout, assurait le retour et réglait le triomphe.

Devant Sagax, à perte de vue, c'était un moutonnement de frondaisons et de fleurs, une sorte de raz de marée verdoyant qui se précipitait, par-delà les rivières, les étangs et les lacs, pour escalader les arrière-plans. Des vagues, tranquilles, des ondulations de feuillages bruissaient dans le flou et le dégradé des lointains et, à l'improviste, des lames hautes, des lames de fond, venues des halliers impénétrables, se lançaient vers le ciel, comme si elles voulaient lécher le Soleil, ressusciter, par des caresses sournoises, sa piaffe de vieux beau mal en point. Et il ne fallait rien moins que les coulées ondoyantes, les décharges de lumière que les machines de Mathésis propulsaient infatigablement vers le ciel pour les rappeler à la réalité, pour leur faire comprendre l'inanité de leur entreprise, combien il était présomptueux pour elles de prétendre à revigorer l'astre en paralysie générale qui ne gâtait plus sous lui que des clartés ridicules, des calories dérisoires.

Une futaie fut atteinte au cœur par l'escorte de Sagax lancée comme un javelot, et s'ouvrit davant elle. La terre, irriguée de chaleur par des canalisations profondes d'air chaud, avait été sauvée du désastre par l'expédient humain. En cet endroit, les bouleaux, gainés d'argent, corsetés de l'armure des blancs chevaliers d'autrefois, étaient vêtus de candeur parmi la forêt ardente qui propageait les souffles aphrodisiaques de sa perpétuelle fécondité. Les acacias et les cytises y brûlaient l'aromate de leurs grappilles et secouaient lentement leurs faîtes comme des encensoirs rituels. Les platanes, dont le tronc se séparait en cinq souches, allaient faire révérence à leurs vis-à-vis et toituraient les routes d'une arcade feuillue d'où tombaient des plumes arrachées aux passions trop vives des nids. Les tilleuls, coiffés d'une toison épaisse où le peigne des aquilons n'avait jamais mordu, les tilleuls parfumeurs inspirés des nuits d'été, dispersaient des haleines énamourées qui faisaient bramer plus fort les cerfs au fond des halliers et pleuvoir des insectes en pâmoison. Des caroubiers au tronc entaillé de vingt blessures rougeâtres apparaissaient, tels des géants égorgés à la suite de quelque duel fabuleux; et des mousses vertes et patientes, des lierres vernissés et secourables, quittaient leurs pieds, se hâtaient vers eux comme pour panser leurs plaies sanguinolentes. Hauts barons de la sylve frémissante, des chênes énormes étendaient leurs cent bras, prenaient le voisinage sous leur égide, rangeaient, autour d'eux, leurs leudes tributaires. Des sophoras menaçaient le sol de leurs ramures géantes, lesquelles rampaient dans l'espace, se tordaient tels des pythons, des boas fabuleux, alors que le vent leur arrachait des sifflements prolongés. Et, troupe diffamée vivant à l'écart, de sombres mélèzes, aux reflets maléfiques, des mélèzes en déroute, semblaient être une horde de Korrigans acclamant la lune de minuit sur une lande pustuleuse et léthifère où pianote en sourdine la détresse des crapauds.

Mais le cortège, maintenant, répondait à l'invite des prés qui déroulaient la faille et le velours que le printemps tisse avec patience. Enivré par les senteurs balsamiques que le décor, ainsi qu'un philtre, dispensait à sa chair et à son esprit, Sagax, au cœur émotif, à l'âme artiste, laissa son regard plonger dans les profondeurs lointaines alors qu'en son être jouaient les harpes d'or de l'enthousiasme. Les prairies s'offraient, ourlées d'un liseré de saules, cernées par les têtards, par les arbres stropiats : une ribambelle de gnomes, aux épines dorsales tourmentées, à la tête excessive couronnée par le cheveu rare des maigres feuillages grisonnants. Le Créateur d'hommes se pencha. Sous les roues de son char s'étoffaient les voies vives, les laines épaisses des herbages. Et il aperçut des pâquerettes et des bluets par multitudes : toutes ces plèbes florales qui processionnent en cohortes compactes. Il découvrit des boutons d'or semblant tintinnabuler comme des grelots de jaune métal et d'où s'envolaient les angelus qui allaient porter l'espoir, sonner la fin du travail aux familistères minuscules, aux cités équitables de la glèbe et du gazon, aux fourmis vivant, elles aussi, dans les lois d'une commune harmonie. Près d'eux, les reines des prés érigeaient des clochers de dentelles, où des grillons chantaient au lutrin, où des coccinelles, des bêtes à bon dieu, prenaient le voile à la manière des non-nains qui, dans les âges d'inconscience, se vouaient au service des fétiches irréels. Ennemis de toute discipline et séditieux par nature, des coquelicots aux pétales barbares, que le vent modelait en bonnets phrygiens, s'égaillaient en enfants perdus, et, tout à coup, réunis par masses profondes, menaient l'assaut des fiefs de blés sauvages défendus par les grilles des avoines folles.

Une rivelette, qui serpentait sur la colline, fit entendre, soudain, un chant monotone de jouvencelle qui file au rouet et montra ses nymphéas, ses sagittaires aux pointes de pertuisanes rampant dans l'eau, fit paraître des nélumbiums nonchalantes, mauves, blanches, roses, violettes qui sablaient l'eau d'une poudre de safran, la recouvraient plus loin d'une éruption sanguine. Des iris en touffes y servaient de perchoirs à d'extraordinaires oiseaux : bengalis, cardinaux, martins-pêcheurs, mésanges pourprées, bergeronnettes dont la queue est un bâton de chef d'orchestre qui marque la mesure au roitelet porte-lyre.

L'horizon accourait au-devant de l'escadron fantastique qui galopait toujours. Et, derrière de vieux murs en partie éboulés et coiffés à la chien par les bouclettes retombantes des lierres, des vignes vierges, des clématites et des houblons

sanvages, ce furent des vergers et des vergers.
Parmi les gibbosités des arbres cagneux, dans
les convulsions des branches suppliciées par les
continuelles gésines, se suspendaient les fruits
d'or ou d'émeraude. Patriarches vénérables, ancêtres d'arrière-saison, des troncs séniles se
gaussaient de leurs voisins, lesquels, présomptueux, et dans l'excès de leur jeunesse mala-
droite, ne produisaient que des baies acides et
ratatinées. N'était-ce pas l'image, le symbole de
la vie pour les penseurs comme Sagax? En le
satin vert-d'eau de leurs feuillages, des framboi-
siers laissaient pendre des pointes de sein avivées
par l'approche des pubertés. Dans un voisinage
d'amitié, des cerisiers élaboraient des orfèvreries
violentes, sertissaient des rubis, suspendaient des
bancs de coraux sous leurs voûtes sombres. Et
tous les arbres, au jour du renouveau, se recouvraient d'une écume de fleurs pâles, qui les alan-
guissait et parait de chlorose le trémoussement
impur de leurs souches fiévreuses.

Feutrés comme d'un tapis aux soies nuancées
par des aspérules d'un rose de gencive, des routins ondoyants accueillirent et allongèrent la
colonne ardente pour la jeter à la face de serres
inattendues. Figuiers, aliziers, jujubiers vivaient
là en bonne harmonie, dans une confiance et
une estime réciproques. Des grenadiers, que
leurs feuilles pomponnaient de rubans et de
fanfreluches incarnadins, paonnaient ainsi, en
tenue de godelureaux, parmi les faquins d'alen-

tour. Les palmiers étaient semblables à des
découpures de tôles barbelées, à des festons de
fer battu qui s'enlevaient en violence sur l'écran
du ciel que le travail des machines maintenait
à l'indigo. Nostalgiques, paraissent se souvenir
malgré tout du terrain natal à jamais disparu,
les orangers et les citronniers, créoles capricieux
et pleins de nonchaloir, se faisaient prier, en-
tourer de soins, pour aboutir, chaque saison, à
des avortements de mandarines ou de limons.
A leurs pieds, ouvertes ainsi que des sexes animaux, et rampant comme le vice, d'indécentes
orchidées stillaient par leurs trompes des pollens
séreux.

*Et tout cet Eden des derniers hommes, cet
Eldorado des Parachevés était artificiel. Le vé-
gétal et l'ordre naturel des choses, tels que les
révérèrent les anciens hommes avaient été répu-
diés par les Parachevés. Partout Hermès avait
remplacé la déesse Isis. Triomphe de la science :
le marbre, le granit, le métal, le porphyre, la soie
avaient été asservis au rôle de l'arbre, de l'herbe,
de la fleur ou du fruit, et reproduisaient les formes, les couleurs, les parfums, de la prairie, de
la forêt ou du steppe disparus à jamais. Baude-
laire s'y serait délecté comme en une création
suprême de l'art, une mise au point du monde
entaché de trop de vulgarité, une victoire définitive de l'esprit sur la matière asservie au goût
désormais raffiné des derniers mortels.*

Pendant une heure encore, Sagax et son escorte se ruèrent dans le miraculeux Walhalla, ivres de vitesse et de désir, comme s'ils voulaient, en une rage de possession, étreindre, enrouler le divin décor dans les anneaux de leur fièvre inextinguible. Des ravins moussus béaient devant eux, pareils à des vulves qui appelaient la semence des averses. Et de leurs profondeurs, une rumeur sourde montait qui semblait être le rauquement de l'Eté en rut. Des futaies successives et comme toutes choses, artificielles, s'accotaient à l'Occident. Les anciens hommes eussent déclaré qu'elles s'architecturaient en des temples grecs, des alhambras, des palais assyriens, des cathédrales gothiques. Des ogives de verdures, des parvis de roches, des trèfles de lumière, des porches d'ombres géminés les complétaient. La terre s'ocellait de lacs lointains qui l'orfévraient de leurs cloisonnés de turquoise tremblotante. Accidentellement, une coupole de feuilles d'or bosselait la perspective comme un dôme byzantin, et parfois le minaret d'un peuplier vertigineux s'enlevait pour menacer le ciel de sa pointe héroïque.

Malgré le génie déployé par les Parachevés pour faire partout triompher l'artificiel, la Nature tentait parfois un retour offensif. Bien que le sol du Walhalla des Parachevés eût été partout *métallisé*, elle prenait parfois le dessus sur le vouloir humain. Dans les distances, des massifs de roses étaient plaqués, comme des broches finement guillochées, à sa gorge, que le Cosmos avait talonnée. Des colliers sextuples de bruyères améthystes s'enroulaient précieusement de loin en loin au cou apeuré de ses montagnes. Des glaciers mettaient des plaques de diamants sur ses seins crevassés. De-ci, de-là, des pendeloques de rhododendrons piquaient d'escarboucles mutines la chevelure sombre de ses forêts haut dressées. Et une bonne odeur venait quand même de son linge de dessous. Ses aisselles encensaient la verveine et sa bouche soufflait malgré tout des aromes d'herbes qui propageaient les sentimentalités. Son sexe dispersait toujours la senteur chaude qui incline aux pâmoisons. La Nature profonde, la Nature qu'on ne voit pas, celle qui avait si longtemps transformé le Monde en mauvais lieu et en coupe-gorge, peut-être ricanait-elle intérieurement de la vanité humaine qui prétendait aux triomphes définitifs de la Pitié et de la Clairvoyance...

Une clameur prodigieuse, tout à coup, provoqua les nues. L'Illustre et ses deux cents cavaliers s'engageaient dans le propylée en granit vert d'un cirque immense édifié au centre de la Vallée des Délices. Rangés sur les gradins, dix mille hommes, n'yant pour tout vêtement que leurs fourrures naturelles, faisaient, dans un unisson de délire, éclater leur enthousiasme. Et comme mitraille, les acclamations, ricochant sur cent échos, projetaient leurs gerbes pour violenter la torpeur des paysages circonvoisins et faire vibrer en notes graves et prolongées les lointaines maisons de verre, demeures des Parachevés.

Le corps blanc, l'œil bleu, la tête pourpre surmontée d'une corne unique, les montures d'acier n'allaient plus qu'à pas comptés. Au milieu de l'escorte déployée en croissant, sur le sol sablé de poudres diaprées, elles s'avançaient vers le monticule sacré. Ce tertre, de forme animale, mantelé d'orfroi et de byssus, exhaussait très haut l'autel d'ivoire ramagé de rubis, soutaché d'émeraudes, feuillagé de chrysoprases où devait s'accomplir le surprenant phénomène. Une table de porphyre, supportée par un piédouche d'onyx, le dominait et saignait dans le ciel attentif.

Sagax, vêtu de la pourpre, était descendu de son char et, dressant dans ses mains le bocal 4.245, le bocal incarnadin qu'il offrait de loin à la tendresse de la multitude, comme une patène bienfaisante, il allait vers l'autel. Devant lui, posés à terre, les flamants roses le précédaient, ouvraient la marche, en maîtres des cérémonies qui, jadis, préludaient aux apparats du Gange, frappaient les trois coups dans les apothéoses matinales du Nil phosphorescent. Un orgue, aux dimensions gigantesques, grand comme une ancienne basilique, s'anima, piaula d'abord en des balbutiements d'enfantelet, flûta des cris acérés, rodomonta ensuite dans un verbe d'ogre et, gonflant sa poitrine, soufflant des bourrasques dans ses deux mille larynx de métal, donna à l'allégresse humaine une parole grave d'ouragan, une voix de tempête pour mieux imposer la joie de l'Heure incomparable.

D'un petit temple aux colonnes de jaspe, au fronton de lapis, accroché au versant de la colline proche, sortait une théorie de jeunes femmes, aux cheveux dénoués, à la tunique de lin blanc. L'orgue saluait leur approche. Et devant elles, venait Formosa, le front ceint d'une couronne de roses blanches et portée sur une litière de cuir amarante gaufré de bleu par quatre éphèbes roux, aux prunelles de myosotis. Le long des saules, des troënes artificiels, des cytises dus à l'art humain, le cortège se déroulait, frôlant des statues éparses, dépassant d'autres temples qui paraient le décor de cette pure et sévère splendeur des marbres au sein de la verdure tranquille.

Maintenant, Formosa était dans le cirque, et l'orgue, glougloutant des hoquets de satisfaction, s'était calmé, à sa vue, dans un dernier râle de plaisir. Une émotion quasi-religieuse séchait le sang dans les veines des spectateurs, et l'amour de la Beauté, dégagé de toute contingence sexuelle, faisait courir des ondes de feu dans leurs moëlles et leurs échines. Un transport unanime soulevait le populaire sur le vaste amphithéâtre, rapprochait les toisons flaves ou brunes, faisait cliqueter les têtes qui s'entrecho-

quaient. Toute cette humanité aux pelages disparates déroulait sur les hautes stalles !.. conflit des
couleurs, l'insurrection des tonalités adverses.
L'or des fourrures fauves protestait contre l'ébène des torses bruns; le gris semblait se cabrer
devant l'écarlate, alors qu'à côté des poitrines
châtain éclatait subitement le coup de cymbale
des pectoraux écureuil.

— Tu la vois. Tu la vois! chantait la foule.
C'est Elle, la Clarissime, celle dont les yeux cha-
toyants sont teintés comme les ailes de colibris...
Celle dont les flancs sacrés vont nous affranchir
de la lourde charge du Savoir... Celle dont le
sacrifice va nous permettre de continuer à jouer,
fraternels, aux bords des sources, sous les pê-
chers en fleurs...

Formosa, debout sur la table de porphyre,
avait laissé tomber sa robe et la clarté éparse
baisait son épiderme moiré de pourpris éva-
nescents. Ses cuisses rondes et pures, à la pulpe
satinée, campaient son buste d'idole aux seins
vibrants de chair marmoréenne touchée de rose.
La courbe harmonieuse des hanches gonflées des
sèves généreuses de la jeunesse, était fustigée
par la longue chevelure d'ambre avec laquelle
jouait la brise énamourée. Et ses yeux étranges,
de la couleur des brugnons, étaient pailletés de
bleu, comme estampés de lazuli.

Ainsi, elle s'offrait à tous, proclamant que son
corps était sans mystères pour le regard de chacun, car l'humanité actuelle avait vêtu son âme

du blanc corselet, du lilial gorgerin de l'innocence, et le rut qui assassine la raison et jugule
la volonté avait, pour toujours, caché sa face
hideuse dans le sein du Grand Pan.

Déjà, Sagax avait fait un signe pour coucher
Formosa sur la table où deux paons blancs
étaient venus se poser, immobiles et hiératiques.
Très pâle, le front plissé, le dessous des paupières
quadrillé de rides subites, les entrailles comme
brûlées par le tord-boyaux de l'angoisse, il allait
assumer, une fois de plus, la lourde responsabilité de créer... Et il doutait de lui, maintenant; il
se souvenait de la culture *1.324* et du bocal *1.753*.
Allait-il, derechef, géniter un monstre ou un
crétin? Qu'importe, il fut brave. Dardant la seringue d'or, il se prépara à emprunter à son père,
au *4.245*, la semence purpurine qui l'avait lui-
même mis au monde. Il fit un pas, un autre encore, et soudain recula, désemparé, avec un gémissement de bête blessée... Sa main tremblante
retomba lourdement, et dans le vide, esquissa un
geste d'impuissance.

Alors Mathésis, le Préfet des Machines, se précipita, et en toute hâte, escalada les degrés de
l'autel.

Mathésis, à l'instar du Créateur d'hommes,
était drapé dans la pourpre. Sensiblement plus
âgé que ce dernier, il venait d'entrer dans sa
deux cent troisième année. Très grand et fort
maigre, il se laissait vieillir depuis peu, n'obviait
plus à la dégénérescence de ses cellules, dédai-

gnait d'aménager son physique de façon à complaire à autrui. Hirsute, son crâne était planté
d'un roncier de cheveux gris, identiques à des
poils de chèvre. Ses os d'ascète bruissaient à la
marche et sa face brunie semblait être teintée de
pénombre. Des sourcils de varech séditieux sur-
montaient ses orbites où ardaient des prunelles
en combustion, et il avait sous les narines d'énormes moustaches encore noires, des moustaches
roulées qui ressemblaient à de gros morceaux de
charbon de bois. Quoique débonnaire, il était
d'apparence hostile et rébarbative, à l'exemple
de la Science, qu'il personnifiait et qui, depuis
si longtemps, assurait la vie du Monde habité.

Ses bras, longs et effilés ainsi que des leviers,
se tendirent vers les gradins du cirque; il arqua
le dos dans un ahannement, comme s'il voulait
en arracher le peuple tout entier pour l'attirer
jusqu'à lui. Tourné vers le Fécondateur, il parla,
lyrique :

— La Nature que tu viens d'affronter, Sagax,
et que nous avons asservie aux seuls intérêts et
à la seule grandeur de l'Homme, la Nature aurait
dû couler en tes veines la généreuse effervescence
sans laquelle le penseur ne peut songer à enfanter une œuvre durable et belle. Tu le sais, l'homme, par opposition à l'animal, détient la faculté
de créer dans les seules fièvres de l'intelligence,
et la joie qu'il va connaître à susciter le confon-
dant miracle doit coudre à ses épaules les ailes
de l'exaltation sacrée. Il n'en est rien pour toi,

et je ne m'expliquerais pas le phénomène si je n'avais vu à ton front les rides que le doute y a burinées, et si, à ces lignes douloureuses, je n'avais épelé ton découragement. Tu penses avoir démérité aux yeux de tes frères. Mais ce n'est qu'une vaine apparence.

« Entends-moi, avant de couler la flamme dans le creuset palpitant, avant de jeter à nouveau une étincelle dans l'Avenir; avant de nous donner ton égal et ton successeur, qu'un juste orgueil exalte ton cœur et transporte ton corps, car tu n'es pas coupable...

Sagax n'avait pu se contenir plus longtemps sous la parole qui lui faisait évacuer son remords. Eperdu, une grappe de bonheur fondait lentement dans son être; l'ambroisie des réconforts versait à son âme l'ébriété du délire. Il avait saisi de ses deux mains la dextre du Préfet des Machines pour le remercier et pour l'adjurer d'en dire plus long encore. La tête renversée en arrière, des larmes de gratitude giclaient hors de la petite vasque de ses orbites. Puis, comme Formosa les dominait tous deux de sa nudité splendide, debout sur la table de porphyre, il cria :

— Oh! si tu le peux, si ton savoir a élucidé le mystère, arrache de mes épaules le cilice de honte, dis à mes frères que je n'ai point failli!...

Sur les larges dalles de l'hémicycle, l'anxiété était intense. Serrés les uns contre les autres, les corps velus projetés en avant ne semblaient plus

faire qu'un seul bloc humain, une coulée multi-
colore dont l'émotion avait soudé les bigarrures
et que zébraient, de place en place, les coulées
blanches des toges de femmes. Les muscles ban-
dés par l'attention tiraient les faces, ouvraient les
bouches comme des goulets d'ombre. Et, au-dessus des gradins, couraient des brousailles de
bras, des girandoles de mains entrecroisées et
requérantes.

*— Je le proclame, il est sans reproche... Tout
vous sera expliqué avant peu... A l'origine, le
bocal 1.758, qui a produit l'idiot, contenait des
spermatozoïdes prélevés sur un psychologue asi-
naire qui florissait vers l'an 1900 et qui exhortait
les peuples à s'entregorger. Son nom n'a pu être
reconstitué. Celui qui a conçu Phégor fut adultéré de zoospermes empruntés à un homosexuel
qui vivait à la même époque sous la dénomination de Polyphème des Vespasiennes.*

Mathésis avait parlé.
Une bourrasque de joie subite arrachait à leurs
stalles les hommes vêtus de leurs seules fourrures naturelles. Maintenant, dans une cadence
de délire, vingt mille poings frappaient dix mille
poitrines. Le cirque avait acquis, tout à coup,
une voix de tornade déchaînée et hurlait :

— Oui, oui, il est pur, nous le savions; il est
sans tache, comme la rosée de mai, comme la
salive de l'aurore...

Sagax, alors, étreignit Formosa. Ses mains

pieuses et recourbées en forme de conques gaî-
nèrent les seins de la femme, pour l'allonger, frémissante, sur la couche auguste des noces scientifiques.

De chaque côté de ses épaules, les paons
blancs, bientôt, firent la roue, étalèrent les dentelles d'aube de leurs queues ocellées, éployèrent
l'astre de leurs plumages aux méridiens d'émeraudes, aux entrelacs de saphirs. Agacée par une
brise légère, la chevelure de la Femme moussait
derrière sa tête en une blondeur de nébuleuse
et ses flancs qui appelaient la Vie moutonnaient
sous un ressac de frissons qui soulevaient la
nacre de l'épiderme. Les doigts experts du créateur d'hommes couraient sur la peau lactée des
cuisses qui s'écartaient doucement, s'élevaient
vers les nues comme pour recevoir le ciel. Face
au peuple, le sexe, touché, s'ouvrit comme une
fleur collerettée d'or, montra la soie rose de ses
replis... Un zigzag fulgurant de clair métal, qui
plongea en traînant après lui des barbes, des
éclats de soleil, et la seringue sacrée avait disparu dans l'estuaire de la Reproductrice. Maintenant, le corps plein de roulis, les tétins lancés
à toute volée dans le sursaut du vertige, le ventre aspiré par le nombril, ainsi que par un maël-
strom de folie, les deux bras tordus par la jouissance et une écume pourpre au pertuis, Formosa
râlait en un spasme voisin de la mort...

La volupté, dispensatrice de désordre, d'hébétude et de haine entre les mortels, venait de

reparaître dans le Monde nouveau, pour l'incliner, peut-être, comme l'Ancien, à la décadence et à l'abîme !...

Devant le spectacle pour lui insolite autant qu'inédit de la Femme en plaisir pendant l'acte de la fécondité artificielle, — à travers toute sa longue carrière le fait ne s'était jamais réalisé encore — Sagax le Créateur d'hommes avait été repris de ses terreurs. Une sueur d'épouvante avait élargi les portes de son front et fumait à ses tempes. De nouveau, il se jeta sur Mathésis, pareillement atterré, crocheta ses omoplates de ses doigts recourbés.

— Tu l'as vue, tu l'as vue ! geignait-il. On aurait dit d'une bête qui vient d'accueillir le mâle... Le bocal 4.245, mon père, n'est-il plus, lui aussi, qu'un vase de déboires, une urne de déréliction ?...

Et, le corps plié en deux, l'épine dorsale en faucille, serrant contre ses pectoraux l'auteur de ses jours, il se préparait à dégringoler les degrés de l'autel, lorsque Mathésis, secourable, masqua sa fuite, déroba sa déroute.

Convaincu que quelque chose d'inouï, un fait prodigieux qui ouvrait peut-être une ère de désolation, un cycle de chaos, venait de se produire, il voulut consacrer l'affliction, déclencher le deuil. Brusquement, il se pencha, toucha un bouton et suspendit ainsi la marche des Machines qui assistaient le soleil...

Alors, une écluse morne, là-haut, bascula des

pénombres, laissa couler des demi-ténèbres qui ruisselèrent sur l'immense cirque et la Cité jumelle. Atteinte de cataracte, la prunelle chassieuse de l'astre clignota vers l'occident et ne filtra plus qu'une lumière maculée. Un suaire grisâtre et crasseux enveloppa la Terre qui parut claquer des dents avec ses canines de falaises, ses molaires de rochers. Le ciel se mua en un baldaquin de catafalque, déjà larmé d'étoiles, et prêt à dérouler sur la planète agonisante les crêpes et les draps mortuaires de la Nuit définitive. Une pluie de cendres sembla enliser toutes choses, estompant peu à peu la violence des colorations, engluant le décor somptueux, souillant les perspectives lointaines, enroulant le paysage édénique dans la housse gigantesque de ses linges malpropres. Ce qui restait du monde habité apparut éclairé comme un taudion visqueux. Et une panique sacrée poignait les êtres, faisait clamiter les hommes, scandait des mesures de déroute en cette marche funèbre des obsèques de l'Espoir. Dans la nue coléreuse, un Soleil spongieux et plein d'escarres, un Soleil purulent, rongé par un cancer d'ombre, semblait pris de syncope, défaillait dans le giron de nuages amincis qui s'allongeaient vers lui comme des bras d'infirmiers...

Conscient du formidable événement qui venait de se produire avec la Femme toute vibrante dans sa chair, Carminus, le poète chef d'escorte, debout sur la table de porphyre, à la place de

Formosa qui s'était enfuie, elle aussi, insultait la Source des Causes, jetait l'anathème au Soleil.

— Soleil présomptueux, tu nous avais dit : Je suis le Père aux caresses de lumière, aux conseils de superbe, aux étreintes d'ardeur; et j'ai orné du tapis de mes rayons, des voiles diaphanes de mes aurores, des pourpres fumantes de mes couchants, la demeure des fils de ma dilection. Le pollen d'embrasements qu'éjacule ma vigueur a fécondé la matrice du Vide, et voilà que, moi, le Satrape de l'Asolu, j'ai fait sept enfants, sept planètes dociles à ma compagne l'Etendue.

« Les Distances frissonnent et se pâment au moindre de mes attouchements, et quand je secoue ma crinière d'incendies, l'alcôve du Cosmos est trop petite pour refréner les sursauts de la Matière qu'engrossent mes stupres quotidiens.

« J'ai créé la Vie par la piaffe orageuse de mes brasiers et par le spasme de mes viscères de flammes. J'ai dévoré les noires entrailles du Chaos; j'ai mangé la face du Désordre pour susciter l'Harmonie et l'Equilibre, pour leur permettre de bercer l'Univers dans leurs bras conciliants.

« Je suis le ministre du Rythme, l'Alchimiste des joies promissiales, l'Architecte du Nombre, le Contempteur de l'Inanimé, le Tuteur de la Gravitation, le Pivot du Mouvement, le Génitoire de l'Infini. Et quand je me couche, harassé du labeur magnanime qui m'a fait ensemencer le champ des Espaces et bleuter d'azur le miroir de l'Ether, la Nuit, fille impure des premières noces du Monde avec la Confusion, la Nuit, entremetteuse et proxénète, la Nuit, seule ennemie que je n'aie pu vaincre, vient rôder près de vous, secouant l'angoisse dont ses jupes sont pleines...

« Mais, débonnaire et vigilant, je reviens chaque jour pour empêcher que les Ténèbres, de leurs étreintes sournoises, n'étouffent le globe que j'ai engendré. Et lorsque, ébahis et jamais repus de ma magnificence, vous me regardez, vous les enfants de la Terre, je gorge vos yeux de la splendeur de mon Front et je promène, de nouveau, du Sublime à tous les carrefours de l'Immensité. Vous êtes mes vils adorateurs, mes invisibles esclaves, les insectes bombinant autour de ma fièvre, et c'est pourquoi j'ai eu pitié de votre détresse et de votre débilité. J'ai fouillé dans mes poches de fournaises; j'ai laissé tomber jusqu'à vous un pourboire d'industrie, une sportule de science, sur quoi vous vous êtes jetés en ilotes affamés et grelottants. Plagiaires ridicules, vous m'avez imité de loin; vous avez innové les arts du feu, les métiers sidérurgiques. Et c'est depuis ce jour que vous allez moins nus, mangeant parfois à votre faim, et poussant des charrues que vous avez arrachés à ma commisération...

« Hypérion, Fabuleux tyran des Espaces, Emphatique Soleil, tu mens!...

« Avant toi la Confusion, l'Inexistant, le Nihil, Ovaires engourdis du Monde non défloré, dres-

saient, par grappes stériles, les embryons des
Souffrances, les graines du Mal, les germes du
Crime qui t'appelaient déjà, Fornicateur monstrueux. Sur le Néant assoupi, veillait la Nuit
virginale qui, de sa complainte de silence, en-
chantait le sommeil du Grand Tout. Tu vins et,
de suite, l'Hystérie sauta sur la gorge de l'Univers, souffla ses déraisons par son larynx qui
cracha des granulations de planètes. Tu crias :
« Je suis le Potentat des Equilibres, l'Autocrate
de l'Harmonie », et tu n'enfantes que le Désarroi et l'Anarchie.

« A ta voix, la douleur acquit le don d'ubi-
quité et le vitriol des larmes commença à raviner
les joues des multitudes qui imploraient le ciel
ricanant. A ta vue, le mensonge éploya ses ailes
diaprées et, comme un papillon, s'élança vers tes
combustions astrales pour retomber vers nous.
Tu fis battre le sein de la Pourriture plus fort
que le cœur des Justes. Une coulée d'imposture
ruissela de ton diadème ardent, de ta crête stupide, pour nous faire croire, pendant vingt mille
années, au triomphe possible de l'Equité.

« Selon le gré de ton humeur, selon ton caprice de Caporal des voûtes stellaires, tu dispensas
la Santé, la Beauté, la Force, l'Intelligence sans
jamais tenir compte de la Justice. Au Levant
comme au Couchant, ta boutique d'apothéoses,
ton bric-à-brac d'apparats étaient toujours ouverts pour le plus fort et jamais pour le plus
digne. Tu prêtas ta lumière à tous les monstres

et tu confortas de ton indifférence toutes les scélératesses. Toi, dont l'haleine aurait tout desséché, toi dont le Geste flamboyant aurait pu tout ordonnancer selon le Bien et le Vrai, tu laissas les Conquérants égorger les races, éventrer de leur Ambition la palpitante Humanité.

« Pourtant tu n'avais qu'à te voiler la face, à dérober ta clarté pour rendre à jamais impossible les inexplicables forfaits dont, à travers tous les âges, s'est épouvantée la planète, ta fille.

« Mais tu ricanais du haut de ton Zénith, à voir ta volonté gonfler d'un lait empoisonné les mamelles de la Terre; tu te délectais au spectacle des peuples culbutant dans les oubliettes de l'ignorance, dans les culs-de-basse-fosse de la Barbarie, sans pouvoir jamais atteindre la rive heureuse des Vérités et des Pacifications!

« Le passé des hommes nous est connu depuis hier et c'est pourquoi je te brave et t'insulte. Si mon audace t'effare, foudroie-moi de tes ultimes et sordides rayons, car tu exècres tout ce qui est pur et ne te complais qu'aux décompositions. Lampe nuptiale qui, depuis l'origine des âges, éclairas les épousailles de l'Immonde et de l'Injuste! Grossesse d'iniquités, ton ventre, gonflé de fulgurations, n'a jamais connu que les gésines de la Malfaisance! Quiconque, ici-bas, fit des rêves généreux; quiconque fit paraître un cœur fier et un libre esprit, te vit attelé au panégyrique de l'Ignoble. A la queue de tes étalons empanachés d'éclairs, tu attachas tous les nobles êtres qui réclamaient l'Absolu, et ils périrent, traînés par tes quadriges de dérision, dans les plaines désertiques de l'Impuissance. Parvenu de la Gravitation, Roturier du Cosmos, tu promènes un orgueil du rustre et ne vois point l'angoisse qui se roule à tes pieds. Luminaire imbécile, Pourlécheur des atrocités, tu as surpeuplé tes domaines en multipliant abusivement les mortels; tu as fait faucher à tes créatures des moissons de détresse, et, comme salaire, tu ne leur as jeté que ta propre gloriole. Banqueroutier de l'Espérance, Failli du Réconfort, Faussaire de la Pitié, un de tes rivaux, las de tes rodomontades, t'a souffleté un soir en quelque mauvais lieu de l'Infini, et voilà que tu agonises dans le pus de tes dernières ignitions, trop lâche pour combattre encore, trop fétide pour nous apitoyer!...

Carminus venait de quitter l'autel et son Pégase automate, enfourché d'un élan, lacérait l'espace devant lui, emportait le Blasphémateur dont le geste menaçait toujours.

Là-bas, sous les froides caresses de l'atmosphère, le paradisiaque paysage se givrait lentement. Les vallons pâlissaient, se recouvraient d'un épiderme de glace, les arbres se gainaient d'une carapace opalescente, et des mucosités de stalactites pendaient déjà à la barbe des forêts déclives. Une blême épouvante tombait du ciel qui dégorgeait un flux de colère et de détestation. Debout au milieu du cirque, dix mille hommes grelottaient dans l'ondoiement des épaules, dans le frisson omnicolore des torses toisonnés. Les bras haut dressés, la bouche vociférante, eux aussi insultaient à l'astre gâteux qui, après les avoir conviés à la vie, résiliait son emploi, les abandonnait sur leur épave, dans le naufrage du Monde...

CHAPITRE III

La veille au soir, sur les sept heures, Mathésis avait, heureusement, rendu la vie aux Machines. Le péril ainsi conjuré, les frimas n'avaient été, pour les derniers hommes, qu'un court épisode, un phénomène insolite dont ils s'extasiaient maintenant. Peintre et graveur de vitraux, l'hiver avait, à l'étonnement et à l'admiration de tous, dessiné à l'aquarelle du givre, festonné au burin du gel d'exceptionnelles fleurs sur la face pâle des vitres fleuronnées. Chardons de dure aux dards tourmentés, iris volutés, dahlias aux lourdes collerettes, fougères lancéolées, toute l'orfèvrerie des décembres abolis avaient fondu bientôt sous l'haleine des Parachevés que la curiosité plaquait contre les façades de verre de leurs phalanstères transparents. Et ce spectacle inattendu devait, pendant bien des semaines encore, ali-

menter la conversation puérile des Neutres revenus à l'innocence du berceau.

Levé avant tout autre, Sagax s'était précipité
vers le Saturateur. En grande hâte, il avait ren-
forcé les décharges du gaz spécial qui, mélangé
à l'atmosphère, rendait les citoyens bienveillants,
intensifiait dans leur âme l'amour du prochain.
Savoir que la certitude de la joie et du bien-être
rend seule pacifique, savoir que l'incertitude de
l'avenir et l'injuste souffrance transforment en
bêtes féroces les bipèdes jusque-là sociables et
bénévoles, était un rudiment de psychologie. Et
il redoutait que la crise d'effroi, l'accès d'épouvante subi en commun, douze heures auparavant,
ne vinssent à susciter la hargne et même la
cruauté chez les habitants de la Ville-Joyau.

De retour en son Laboratoire, cet acte accom-
pli, il s'était attelé à une autre besogne. Il avait
fécondé 105 femmes.

Une vingtaine encore restaient à engrosser.
Sans aides, il œuvrait depuis plus de trois heures, humectant avec les liqueurs vulgaires cette
fournée qui devait procréer les individus sans
attributions spéciales, la foule dont la seule
préoccupation consisterait à se laisser vivre.

Dans neuf mois, cette opération donnerait,
sans aucun déchet, 25 enfants du sexe féminin
et 100 du sexe masculin, car le nombre des mâles
devait toujours être quadruple de celui des
femelles. Sagax avait lui-même préparé ses bocaux, les avait rangés par séries, les utilisant, au

fur et à mesure, pour obtenir, à volonté, des bruns, des châtains, des violets, des blonds, aux yeux assortis, des sujets de haute taille ou de stature moyenne, selon les besoins de l'heure, que lui indiquait du reste un petit tableau placé devant lui.

Aucune des Reproductrices n'avait marqué un émoi en relation avec celui qu'avait fait paraître Formosa dans la Fête de la Vie.

Une cause morbide, avait dû faire descendre cette dernière au niveau de l'animal et lui infliger ainsi des réactions physiologiques semblables à celles des mammifères sans prétentions. Oui, mais quelle était cette cause? Voilà ce que Sagax cherchait vainement. Et ce n'était pas aujourd'hui, sûrement, qu'il arriverait à tirer l'inconnue de ce nouveau problème, car il n'était guère en forme.

Il venait de passer une nuit affreuse pendant laquelle son cerveau n'avait cessé de dérouler une multitude de rêves baroques, de visions émollientes qui l'avaient laissé les membres en langueur et l'encéphale douloureux, comme après les excès de travail.

Inquiet, dès qu'il fut debout, il s'empressa de calculer, au *Biomètre*, la force de ses cellules, sa résistance organique, par rapport à celle des précédents jours. Diligemment, l'appareil lui notifia, qu'en moins de quarante-huit heures, il avait vieilli de 2 ans. Dès qu'il aurait quelque

loisir, il lui faudrait réparer cette déchéance physique avec la substance qu'il avait composée et
dont la propriété était de refréner la décrépitude
humaine jusqu'au delà du deuxième siècle de
l'existence.

Il avait beau s'appliquer, le travail lui était
pénible. Sans savoir pourquoi, alors qu'il avait
besoin de toute la possession de soi-même, il
aurait aimé voir son esprit courir des risques
d'aventures dans les vastes pampas de la fantaisie. Une béatitude molle et un peu triste alourdissait ses flancs; des chatoiements bizarres se
déroulaient en sa pensée, et un enthousiasme
gris faisait entendre des arpèges étouffés dans
son cœur.

Ce n'était pourtant point son labeur de l'heure
présente qui pouvait l'exalter ainsi, sans qu'il y
prît garde. Il l'accomplissait tous les deux ans
à la même époque et, depuis plus de dix lustres,
cette partie de son Sacerdoce n'avait plus rien,
à ses yeux, qui pût fomenter une effervescence
quelconque. D'autre part, il se formulait ses
idées, à soi-même, avec une recherche de vocables précieux, une sucrerie d'épithètes douceâ-
tres; et, quand sa voix sonnait intérieurement
à son oreille, elle lui paraissait enduite d'un
sirop d'aménité qui ne pouvait, pensait-il, manquer d'engluer Formosa, à la première occasion.

Même, il fut sur le point d'empiéter sur le domaine du poète Carminus, de peser ses syllabes
à la balance dosimétrique, de faire des vers, en

un mot, pour mieux accueillir les aurores qui se levaient dans son être. S'il draguait sa cervelle avec méthode, il en retirait des impressions plus nettes. Le souvenir des particularités plastiques de Formosa s'y était inscrit en images brillantes, incrusté en intailles lumineuses. Il revoyait la Femme dont les yeux changeants étaient pailletés de lapis, dont la toison d'ambre fauve balançait des émanations ardentes, dont les seins, veinulés de bleu, étaient pareils à deux coupes d'onyx renversées. Et il crut devenir fou à lier, quand, machinalement, il regarda ses doigts parce que des contacts délicieux semblaient encore y demeurer, rien que pour avoir, la veille, frôlé la pulpe fraîche, l'épiderme plus blanc que l'aubier, de la Reproductrice.

Inopinément, il se secoua pour se délivrer de la suggestion mauvaise, rallia ses idées en école buissonnière et se remit à la besogne.

Au hasard du lot, son regard réquisitionna une des vingt femmes non fruitées encore. Celle-ci, très grave, s'allongea sur la table de marbre, glissa sous ses reins une alèse de gutta, renversa brusquement la tête qui plongea dans le brasier d'une chevelure de cuivre incandescent, offrit son ventre de rousse sur lequel couraient des reflets satinés aussi purs que le duvet de l'eider. Aseptisée, la seringue, bientôt, survenait, dardée par la main sûre de Sagax, dépassait l'orifice dérobé par un flocon de soie mousseuse, couleur pelure d'oignon, puis s'enfonçait lentement et, au coup de piston, éjaculait la vie. Un athlète était créé.

Tamponnée d'ouate, la génitrice, ensuite, se prêtait à l'examen. Mais, pas plus sur celle-là que sur les autres, le Grand Physiologiste ne releva une anomalie quelconque. Toutes avaient subi, au moment de la puberté, l'ablation du petit monticule de sensibilité, et les fibres profondes qui innervaient le canal intime avaient été desséchées au fluide ardent. C'était là une opération commandée par le bon ordre et le parfait équilibre de l'économie générale et qui, dès l'apparition du premier homme et de la première femme sur la Terre, avait dû s'imposer, comme la section du cordon ombilical, par exemple.

De cela, Sagax ne pouvait douter. Formosa ayant été ainsi traitée, il devenait bien inutile de la convoquer pour se livrer sur elle à des investigations anatomiques qui, certainement, ne révèleraient rien. Quand bien même, en effet, elle n'eût pas été neutralisée, son enchantement épidermique, au moment de la fertilisation, ne devenait pas plus explicable, car la race humaine n'avait jamais pu, en cette affaire, se comporter comme les bovins ou les félins pour ne citer que ceux-là.

Le fait continuait à être aussi déroutant que si Formosa eût été surprise, déglutissant ses nourritures à la façon des génisses à quatre estomacs. Mais, à l'idée qu'il pourrait palper à nouveau les flancs galbés et les parties sacrées de la

Reproductrice, à cette évocation pourtant si simple, une sensation d'horreur mêlée à l'avant-
goût d'un extrême délice se leva en Sagax. « Non,
oh non! il ne la reverrait jamais! »

Et il recula, impulsivement, surpris que l'exercice de sa charge lui valût, désormais, des
impressions si inattendues et d'un ordre si déconcertant.

Une heure encore, après avoir retiré la toge
qui gênait ses gestes dans la fatigue croissante
des membres, le Grand Physiologiste ensemença
les femmes qui, patiemment, attendaient leur
tour. La sueur, maintenant, perlait à son thorax,
que le privilège patricien du Savoir lui permettait de garder sans toison, à l'égal des Reproductrices et de ses collègues en Sagesse. Et quand
la dernière d'entre elles fut expédiée, un sentiment puissant le galvanisa. Pareille aux joies que
peut goûter la Nature lorsqu'elle vient de mener
à bien une de ses formidables parturitions, une
félicité suprême redressa son échine courbatue
et ses reins surmenés.

Consécutivement, en manière de paradoxe et
par prurit taquin, le souvenir de Formosa agui-
cha son esprit, derechef. Pourquoi le hennin d'or
de ses cheveux était-il si requérant? Pourquoi
aurait-il voulu sentir dans ses mains le frémissement des seins qu'il avait vu vibrer, la veille?
De quelle hallucination constante était-il donc
la proie, pour que les prunelles mouchetées de
lazuli se jouassent en sa mémoire comme un

reflet d'astre dans une onde agitée? Jamais pareil émoi suscité par l'extérieur d'autrui ne s'était, à sa connaissance, introduit dans un cœur d'homme et, à plus forte raison, dans le sien. S'attendrissait-il à la répercussion dans son intellect de la grâce d'une mésange ou de la sérénité massive d'une croupe de ruminant? Le phénomène, cependant était du même ordre. La beauté se retrouvait dans les objets, les animaux et les êtres supérieurs et, jusque-là, on ne s'était point méfié d'elle, on ne l'avait point suspectée capable de pareilles noirceurs. Voilà qu'elle semait la graine des déraisons dans le cerveau du plus illustre des Parachevés!

Sagax s'affola presque. Les fines mailles de sa lucidité étaient impuissantes à retenir des sensations aussi fuyantes, pour les passer ensuite à la pierre de touche d'une psychologie péremptoire. La veille, Mathésis s'était trouvé dans l'obligation de l'excuser devant la multitude, et l'explication qu'il lui avait fournie à propos du monstre et de l'idiot lui semblait un peu spécieuse, après méditation.

Lui avait-il dit la vérité, toute la vérité? Sûrement, quelque chose d'inouï s'était introduit dans le monde et son investigation n'en pouvait trouver la formule. Allait-il errer, comme cela, sans fin, dans les arcanes ténébreuses de l'Impénétrable? Ce jour-là, ainsi qu'en les jours précédents, le Mystère déroberait-il sa face dans la nuit opaque pour faire sonner à ses oreilles un rire de dérision? Puisque ses facultés baissaient pareillement, il n'avait plus qu'à se laisser vieillir. Une fois de plus, la saignée du doute en soi-même vida ses artères, distendit ses nerfs qui pendirent, dans ses muscles, comme des ficelles mouillées. Sans retenue, il s'abreuva de l'amertume du découragement.

Viennent le sommeil et l'oubli de toute rancœur! Sagax s'allongea à terre, fit jouer une manette qui, en tournant, se plaignit dans un bruit de toile qu'on déchire et, bientôt il se trouva soulevé par un fluide à trois pas du plancher. Depuis longtemps, c'était ainsi que dormaient les Neutres, soutenus sans contact et couchés sur un matelas invisible de magnétisme, sur un sommier d'effluves qui les baignait de ses ondes revigorantes, stérilisait leurs toisons et massait leurs membres fatigués.

Mais, sur sa couette, le Créateur d'hommes se retourna en vain.

Enroulé dans ses draps de rayonnements, il ne put aboutir à la perte de la conscience, au bon repos fébrifuge qui eût tamponné d'un pansement frais son esprit endolori. Un prurigo brûlait son épiderme. Rétracté, les genoux vers le menton, il se surprenait à épeler mentalement les syllabes de félicité qui composaient le nom de Formosa. Et il soupirait, propageant des brises qui allaient rider l'eau d'une cuvette voisine. Même, une seconde, ses mains brassèrent l'espace comme si elles voulaient agripper un corps

irréel et cependant saisissable. Puis, ayant cons-
taté l'inanité de sa gesticulation, une animadver-
sion de soi-même et du prochain le mit debout.
Alors, il se précipita, courut vers un pilulier,
avala coup sur coup deux « boulettes de bienveillance », deux granules du gaz solidifié qu'il
avait composé, estimant sans doute que, vu son
état pathologique, la dose en suspens dans l'atmosphère n'était pas suffisante pour maintenir
au coefficient suprême le sentiment de fraternité, la tendresse pour son semblable qu'il
devait éprouver, lui, à l'instar de tout autre parmi les Parachevés.

Son effervescence irascible tomba et il remit un
peu d'ordre dans soi-même, résolut de traiter son
délire par la thérapeutique du labeur, d'immerger sa pensée dans le bain vivifiant des spéculations scientifiques. Il passa dans le Cabinet de
travail attenant au Laboratoire de Fécondation.

Là comme partout, comme dans la Ville-
Joyau et dans la demeure des Sages, des murs
de verre épais et translucides. Sagax était placé
sous le regard de tous, comme tous étaient placés sous son contrôle. Au milieu de la pièce,
dressée sur une colonnette de granit, se trouvait,
en effet, une merveille d'optique et de mécanique. Cet appareil avait la forme d'un cube d'un
demi-mètre de côté, environ, et tous les phalanstères, toutes les alvéoles transparentes des Parachevés, s'y réfléchissaient, y convergaient en
images d'une netteté parfaite. Une lentille centu-

plante portait les êtres et les choses à la grandeur normale, faisait embrasser, dans ses moindres détails, la vie de l'immense ruche, avec ses voies, ses places, ses carrefours, permettait ainsi de se rendre un compte exact de la situation et des comportements de chacun.

Le Grand Physiologiste jeta un coup d'œil de père sur l'appareil miraculeux, et son menton eut un hochement d'approbation à l'adresse de ses fils bien sages. Toute la ville dormait après le repas de midi, faisait la sieste, après l'ingestion des tablettes de comprimés. Lui seul ne s'était point alimenté et il y songea seulement. Mais il ne se sentait pas plus d'appétit qu'en l'heure précédente, et, dans la peur que son mal ne s'autorisât à quelque nouvelle facétie, il plongea éperdument parmi le fatras de sa besogne.

Sa table se recouvrait d'une multitude de dessins, de planches. de gravures, représentant les crânes qui, à travers les siècles antérieurs, avaient paru anormaux à ses devanciers et, dans un coin de la pièce, un éboulis de têtes de mort, un monticule d'occiputs, de frontaux et de pariétaux se dressait comme un tumulus.

Un événement surprenant, que Mathésis avait laissé pressentir dans les Fêtes de la Vie, s'était réalisé. Corégium — le héros de l'heure — était de retour, depuis l'avant-veille, de son expédition aventureuse. Dès la plus tendre enfance, par une éducation raisonnée, il avait entraîné son corps à tous les exercices de force et trempé son cœur,

aguerri ses nerfs, pour affronter tous les périls.
Aussi avait-il réussi, où les autres avant lui
avaient échoué.

L'héroïque entreprise qu'on tenait jusque-là
pour irréalisable, il l'avait menée à bien : il était
parvenu à s'enfoncer dans l'inconnu du Monde
qui, autour de la dernière oasis où s'était réfugiée la Vie, ne formait plus qu'une contrescarpe
de désordre, un rempart de chaos.

Avec une troupe de compagnons déterminés,
le hardi garçon avait marché, le visage tourné
vers le couchant. Montée sur les chevaux automates, dont le mécanisme sans défaillance pouvait braver tous les obstacles, la caravane emportait deux ans de vivres et un petit appareil qui,
la reliant aux machines de la Cité, lui fournissait ainsi, en quelque lieu qu'elle se trouvât, la
lumière pour se guider, la chaleur pour vivre
et la force motrice pour fouiller les terrains.
Tous avaient le corps gaîné d'une cotte de mailles, faite d'un métal aussi souple que l'épiderme
et dont la propriété était de ne jamais se refroi-
dir une fois qu'il avait été porté à une tempéra-
ture voulue.

Pendant dix mois, ils avaient erré. Une membrane de désolation revêtait l'étendue où plus
rien ne vivait, ni plante, ni animal, ni insecte.
La Planète apparaissait là comme une pièce
d'anatomie conservée dans le frigorifique de
l'éternel Hiver. Presque partout, la neige recouvrait le sol ainsi qu'une toison rase de vieillard.

L'antérieur relief du globe s'était brouillé sous la contraction des croûtes inférieures, et des montagnes hautes de quatre mille pieds avaient culbuté dans les plaines, obstruant de leurs formidables barricades les défilés par lesquels, jadis, avait passé l'espoir des Races.

Emportés par la terreur, les fleuves s'étaient enfuis, pareils à des vipères géantes, et d'une chevelure d'Euménide, étaient allés coiffer ainsi l'horizon grimaçant. Des avalanches monstrueuses se chevauchaient, dressaient des cimes de forêts, lançaient dans les airs des mâts givrés qui empalaient, au passage, les nuées basses d'où partait alors une mitraille de grêlons. Des territoires qui avaient dû contempler la splendeur des civilisations excessives, et que le Soleil attouchait encore de ses rayons défaillants, montraient une poudre de villes, une cendre de capitales, alors que des myriades d'ossements, que certaines eaux avaient pétrifiés, des myriades de squelettes, la face contre terre, la tête des cubitus ramenée contre les arceaux des côtes, semblaient être des nuées de blanches sauterelles dévorant, faute de mieux, la glèbe maudite.

L'angoisse des solitudes tombait du ciel en nappes lourdes et un jour glauque, un éclairage polaire enlinceulait la Nature dans le crépuscule des Limbes renaissants. Un baldaquin de deuil et de quasi-ténèbres s'accrochait au blême firmament, et un silence torpide était le geôlier des choses sidérées par l'haleine des cataclysmes.

Une randonnée de la petite troupe vers l'Extrême-Ouest lui avait fait, à l'improviste, heurter de front les suprêmes épouvantes. Là-bas, le mystère défendait son domaine avec frénésie, levait, contre quiconque prétendait le violer, une dextre de folie. Et il avait fallu battre en retraite, presque au hasard, les yeux frappés d'horreur et chavirés d'effroi, car la destruction s'y poursuivait avec méthode et virtuosité.

Corégium rapportait que le sphéroïde, retourné à la période glaciaire, se convulsait en des gestes de banquises, en un tétanos dont les spasmes faisaient s'entrechoquer les icebergs vagabonds. Les océans gelés glissaient, couraient à la rencontre les uns des autres, poussaient des clameurs fratricides, s'attaquaient à l'éperon, se jetaient des fjords à la tête, puis, éventrés, se roulaient dans les affres de leur tumultueuse agonie. Les Alpes, que la panique du globe avait déracinées, entrechoquaient leurs cimes et glissaient vers l'Atlantique occidental. Les vertèbres profondes de la Terre éclataient comme des os putréfiés, projetaient vers le ciel des lambeaux de muscles qui étaient des fragments de péninsule, des morceaux de continent...

Mais un soir, les pionniers avaient bivouaqué sur l'emplacement d'une Métropole qu'ils croyaient être Paris, une cité fabuleuse qui, à leur dire, avait longtemps hypnotisé le monde policé. Et ils avaient fouillé le sol, mettant à jour des coins de palais inouïs, d'extraordinaires monuments, toute une déconcertante somptuosité. Risquant cent fois d'être broyés par les mâchoires des voûtes oscillantes, ils avaient déambulé dans les entrailles emmêlées, dans les avenues prestigieuses, dans le labyrinthe des voies magnifiques, dans une poussière de gloire qui témoignait qu'ils se trouvaient enfin devant le Peuple-Roi.

Et, bientôt, à leur grand étonnement, ils se rendirent compte que cette Nation avait parlé un idiome qui était encore celui des Parachevés et qu'on appelait alors le *français*. Une seule constatation avait dérouté quelque peu Corégium et ses seconds. Partout, à chaque pas, se dressaient devant eux une multitude d'individus, pour la plupart hideux qui, statufiés, perpétuaient dans le bronze ou le marbre, la gaucherie native de leurs manières et la prétentieuse sottise de leurs personnes. L'explorateur pensait que ce devaient être les fantoches dont cette tribu plaisantine s'amusait à l'ordinaire, et qu'elle représentait ainsi, sur les voies publiques, pour donner aux jeunes générations l'horreur du grotesque. Isolé au milieu d'une vaste place dénommée *Carrousel*, il y en avait un, surtout, qui, tête nue et vêtu d'un costume inénarrable, s'avérait particulièrement bouffon. Son index courroucé citait les lointains à comparaître devant lui, car il semblait les rendre responsables du vol de son chapeau et, du haut en bas de l'asperge de pierre à laquelle il était accoté, ses contemporains, pour

se venger sans doute de lui, avaient gravé tous
les lieux communs emphatiques qu'il avait proférés dans le cours de sa carrière.

Par ailleurs, des monuments immenses, des
palais exceptionnels, aménagés avec un art prodigieux, paraissaient être les demeures où ces
êtres avaient vécu en commun. Mais de petits
tas de cendre quasi impalpables étaient tout ce
qui restait des citoyens d'alors, victimés par la
terrifiante Catastrophe.

D'après un étrange document, qui relatait son
histoire, cette cité formidable, qui avait dû contenir des millions d'habitants, n'était plus composée que de *lupanars*, mot étrange dont l'ac-
ception n'avait pu être élucidée encore. Naguère,
les mortels qui y vivaient avaient peu à peu
perdu le goût du travail, dépossédés automati-
tiquement qu'ils étaient du fruit de leur labeur
par des hommes de proie nommés « spécula-
teurs ». Peu à peu, les banques où opéraient
ceux qu'on appelait les « crocheteurs de l'épar-
gne » avaient chassé des ateliers les manuels, des
studios les intellectuels et des laboratoires les
savants. Les foules avaient pris alors le goût de
la paresse et de la débauche, vocables inconnus
eux aussi des Parachevés. De déchéance en
déchéance ce Paris était devenu le Prostibule du
Monde, ne subsistant plus que de ce seul trafic
de la chair.

Fait étrange, partout et par myriades on retrouvait deux choses toujours les mêmes.

C'était d'abord un livre qualifié *Code*, qui renfermait les règles ayant administré cette Natioh et l'énoncé des punitions qui s'abattaient sur les coupables de tout ordre; ensuite un meuble de porcelaine, un meuble baroque en forme de guitare pattue. Corégium et plusieurs de ses compagnons, qui avaient voulu lire le recueil de textes et de formules, l'avaient rejeté bientôt, épouvantés, après avoir failli perdre leur raison dans la brousse inextricable d'une infinité de lois, décrets, arrêtés, dispositions, arguties, qui se mélangeaient réciproquement à des doses diverses, pour former des combinaisons juridiques plus nombreuses que celles des différentes parties de la Matière entre elles.

La majeure partie de ce formalisme venait d'un peuple antérieur de près de 3.000 ans aux Français de cette époque. Parmi ces derniers et pendant de longs siècles, les membres d'une classe spéciale passèrent la première moitié de leur vie à apprendre et à révérer ces textes pour avoir le droit de les violer, pendant la seconde moitié, comme fonctionnaires de justice, ou autrement dit « Magistrats ».

De l'examen minutieux du second objet, c'est-à-dire du violon quadrupède, il résultait, que c'était en ces récipients que les vivant d'alors renfermaient les cultures de zoospermes de leur Laboratoire de fécondation artificielle. On n'en pouvait douter, car quelques spermatozoaires desséchés, avaient été retrouvés, collés contre la porcelaine des parois. Mais étant donné la défectuosité de ces ustensiles, étant donné surtout que la poussière et l'air pouvaient y pénétrer avec tous les ferments qu'ils véhiculent, il y avait tout lieu de croire que les générations ainsi obtenues ne devaient pas être des mieux sélectionnées au physique et au moral.

A rencontrer partout ces deux choses, voisinant fraternellement, à les découvrir sans cesse par quantités excessives, fallait-il en déduire qu'elles synthétisaient les goûts de la Race, qu'elles constituaient les deux pôles de ses aspirations?

Une autre stupéfaction de Corégium avait été de s'empêtrer tous les dix pas dans des monceaux de costumes déroutants qui tous comportaient des fourreaux étroits pour y passer les jambes et les bras. Le plus grand nombre de ces vêtements étaient alourdis de galons, surchargés d'entrelacs, brodés de festons et d'astragales, imbriqués d'argent, strapassés d'or. Ces paillons avaient appartenu aux chefs des Phalanstères. Et cet amour du déguisement était encore une des caractéristiques, une des déterminantes de cette peuplade. Non moins cocasses étaient aussi des coiffures cylindriques ou pareilles à des cucurbites, à jugulaires de vermeil, embellies par surcroît de plumes d'autruche ou de paons spicifères, qui étaient ceux des Magnats de l'ordre socialiste. Des gravures qui enseignaient le moyen de trouver un plaisir dont le

secret s'était perdu depuis, rien qu'à baiser les
lèvres des femmes, étaient accrochées à profusion, sur les murailles.

A chaque minute, jouant son sort, n'évitant
qu'à grand'peine les éboulements qui menaçaient
de l'emmurer vive, la petite cohorte avait réussi
à s'insinuer, telle une troupe de termites, dans
un bâtiment gigantesque.

C'était la Bibliothèque, cerveau de cette nation
où à travers les siècles, elle avait enfermé les
trésors de sa science et de son génie. S'y étant
enfoncés avec hardiesse, ils en rapportaient tout
un convoi de documents miraculeux. Au surplus,
dans un coin de Musée attenant à ce caravansé-
rail des livres, ils avaient trébuché, tout à coup,
à l'angle d'un couloir, contre un monticule de
crânes saugrenus à peu près intacts. A leur vue,
l'étonnement de Corégium et de ses compagnons
fut tel que chacun esquissa un bond de côté, un
bond de kanguroo qui vient de marcher sur une
épine. Dans le trouble de cette surprise commune,
deux des explorateurs avaient même culbuté,
s'étaient allongés à plat ventre sur les têtes de
mort pour le moins cinq fois millénaires. Leur
chute en avait pulvérisé plusieurs. Quatre-vingts
d'entre elles restaient heureusement, qu'ils
avaient menées à bon port, en les entourant des
égards dues à leur vétusté.

C'étaient elles qui s'amoncelaient en blanc
ossuaire dans le coin droit du Cabinet de Sagax
et, sur elle, il allait travailler. Minutieusement,

il les rangea en lignes parallèles, autant que possible par grosseurs. Mais, de suite, il fut stupréfié. Et son larynx fit entendre des sons étouffés, deux : « Oh! oh! » proférés sur la basse profonde de l'ébahissement.

Il recula d'un pas, comme en déroute, et revint pour articuler nettement, cette fois :

— Des crânes de monstres!

Avec dégoût, avec un tremblement de répulsion pour le passé d'épouvante et de barbarie qu'il devait représenter, il en prit un. Celui-là, pas plus que les autres, n'offrait une similitude quelconque avec ceux de l'humanité en cours. Confronté avec les gravures, les dessins, les planches anatomiques qui représentaient quelques particularités de l'ordre tératologiques observées dans les siècles déjà lointains, il les réhabilita par comparaison. Indéniablement, ces crânes avaient appartenu à une espèce intermédiaire, à une ligature de la chaîne animale qui menait de l'anthropoïde à l'homme, car, par régression, l'indice céphalique ramenait ces sujets, bien au delà des primates, dans les âges du pur instinct.

Et Sagax se baissa de nouveau, séria ses recherches. Il cueillit à terre une dizaine de ces boîtes à pensée qui portaient les stigmates les plus réprouvables. Alors, il s'extasia; son âme de savant savoura en pur gourmet la déconcertante anomalie. Certes, on ne pouvait pas les classer au type des négroïdes, le degré de perfection relative de ces singes améliorés étant encore éloigné d'eux de plusieurs stades.

Dérisoire, en effet, était leur capacité cervicale et leur angle facial aurait été répudié par l'hamadryas ou par le sapajou hurleur dont on avait trouvé les fossiles l'an dernier. Le couvercle où avait prospéré jadis le jardinet suspendu de la chevelure était plat, à l'opposé de ceux de l'heure présente, lesquels s'arrondissaient en dôme pour ne pas mettre à l'étroit la matière grise qui ordonnait les carrousels de l'Idée. La boîte osseuse en quoi s'étaient tenus, pour ces pithécanthropes, les grandes assises de l'Intelligence, les chambres ardentes de la Volonté, les parlements de la Circonspection, était renflée, à l'intérieur, de spatules et de nodosités, et cela démontrait, indéniablement, que leur lucidité embryonnaire avait dû vaciller comme un lumignon fumeux dans l'effrayante ténèbre du Monde abstrait, dans le fatras des causes et des effets.

Mais l'alvéole du cervelet, siège de la sensualité, était démesurément développée. Là, s'étaient domiciliées des abjections nauséabondes, des attirances d'anthropopithèque qui ne s'est pas encore hissé à l'état humain, toute une bestialité sans parenté connue. Anatomiquement, le fait ne pouvait être controversé : pendant soixante ans, peut-être, les parois de ce petit local avaient suinté avec amour les bassesses impudentes, les turpidités cyniques.

Sagax, armé d'un compas, recommença la cueillette, et, maintenant, sur sa vaste table, s'alignaient les quatre-vingts crânes qui paradaient, en artistes, dans la virtuosité des malformations hors concours. Au milieu d'eux, content de soi et ravalant le voisinage, s'offrait le roi de l'horreur.

Celui-là, de son vivant, avait dû s'avantager d'une tête hypertrophiée, de pariétaux spongieux, de maxillaires d'alligator et d'une gueule de squale. Le dessus de son chef déroulait des montagnes russes sous lesquelles avait dansé une cervelle grosse comme une noix décortiquée. A la base, le sphénoïdal se cabrait, séditieux, et le tout avait, sans aucun doute, surmonté une membrure et un embonpoint de cétacé.

Piqué par les cent aiguillons de l'impatience, le Créateur d'hommes se dirigea vers la caisse de fer des documents et la descella avec précaution. Des papiers tassés en bloc compact, des livres de toute grandeur, des brochures de tout format s'offrirent à lui. Et, si l'on peut dire, il reçut dans les yeux la poignée de poivre de la stupéfaction, à constater que toutes ces pièces étaient écrites dans la langue même qu'il parlait, ainsi que l'avait du reste affirmé Corégium.

Jusque-là il n'avait pu le croire. Les Parachevés descendaient donc en droite ligne de ce peuple qui faisait paraître des boîtes crâniennes aussi décourageantes! Pris de vertige, atteint d'une sorte de frénésie, tant était grande sa volonté de savoir, il se départit du calme nécessaire aux investigations du savant. Il plongea ses bras dans le colis qui lui dérobait encore le mystère du passé, brassa les documents, les rejeta après les avoir parcourus d'un œil qui brûlait les lignes et butinait l'à-peu près de leur sens. Il pensa un moment s'être fourvoyé; cet idiome ne pouvait être le sien. Mais non, il n'avait point erré! Alors, positivement, il eut peur d'être tombé sur la monographie d'une maison de fous furieux.

Une rosée vaporeuse suintant de ses tempes, le front strié d'une portée de musique faite de rides parallèles, deux parenthèses au-dessous du nez, il se lançait à la poursuite du secret des Ages, le pourchassait dans ses derniers retranchements.

Apprendrait-il jamais à quelle sorte d'hommes avaient appartenu ces crânes? Sur le point, vingt fois de résoudre l'énigme. vingt fois il fut rebuté dans une contre-voie. La relation des forfaits, des déraisons, des vices, des crimes auxquels il ne voulait point croire, le faisait claquer des dents! Tout ce qui semblait s'envoler de cette caisse maudite le saoulait d'effroi, entraînait sa raison dans une sarabande dont il était le possédé. Il se penchait sur elle comme sur un cuvier aux vapeurs délétères dont le cœur se grise malgré tout. C'était le pressoir vénéfique où le Mal avait foulé, jadis, les plus fines grappes de ses vendanges. L'âme de l'ancien Monde s'en était échappée, frôlait maintenant sa face de ses ailes fétides. Et, devant l'évidence, il resta médusé, un pied en l'air, la bouche arrondie en pavillon d'olifant, car ses doigts venaient de harponner un parchemin formel.

Le texte — dont le titre manquait — débutait par un prolégomène traduit d'un auteur étranger, nommé Aristophane qui, selon toute apparence, avait écrit dans la plus lointaine antiquité. Il énonçait :

AGORACRITE (*Au peuple.*) :

— D'abord si quelqu'un disait, en te haranguant : « O peuple, je t'aime, je t'adore; tes intérêts me sont à cœur et je veux seul te conduire par mes conseils », oui, si quelqu'un débutait ainsi, tu sautais de joie et tu te rengorgeais.

LE DÉMOS, *personnifié par un vieillard :*

— Moi, vraiment?

AGORACRITE :

— Ensuite, l'orateur se retirait après t'avoir dupé.

LE DÉMOS :

— Dis donc? J'étais joué de la sorte sans m'en apercevoir?

AGORACRITE :

— Tes oreilles s'étendaient et se plissaient comme un parasol.

Ici, quelques pages manquaient, et ce passage faisait suite :

« Faméliques des provinces, ratés des arrière-départements, médecins subventionnés par les Pompes Funèbres, avocats punais, hors d'état d'ordonner les lieux communs les plus fossiles, ils étaient accourus à Paris pour satisfaire les instincts immondes que quinze générations de roture morale leur avaient impartis. Elevés dans les cuisines ou dans les plus fangeuses officines d'huissiers, perpétrés dans l'intervalle de deux lessives par leurs mères qui faisaient des ménages, vivipares que les requins de la procédure avaient mis au monde entre un protêt et une saisie, l'absence complète de bonnes manières et de toute décence extérieure leur interdisait à jamais de tenter la fortune dans les salons bourgeois. D'avance, ils se sentaient hors ,d'état « pour arriver », d'émouvoir la fressure des douairières ou d'échauffer la scrofule de leurs filles, selon les mœurs en cours. A l'unisson, ils décidèrent de faire carrière dans les Assemblées délibérantes.

« Il en vint des ghettos et des prisons, des comptoirs et des boutiques de fripiers, des beuglants et des tripots, des corps de garde et des sacristies. Virtuoses de la surenchère, une fois hissés sur les tréteaux, ils promirent aux miséreux le partage des richesses, la dépossession immédiate des assouvis, le bonheur universel et la jouissance intensive. La plupart opinaient même pour l'égorgement sans sursis des forbans de tout acabit et réclamaient, à grands cris, la guillotine à vapeur.

« Puis, quand le peuple, blousé une fois de plus, eut processionné en multitudes enthousiastes

7

pour leur porter ses bulletins de vote et les eut
poussés ainsi dans les conseils de l'Etat, ils se hâ-
rèrent de se prostituer à l'Argent.

« On les vit se ruer sur les jouissances les plus
déshonorantes de la vie, sur les profits les plus
pestilentiels, sur les honneurs qui avilissent; on
les vit goinfrer en des mangeailles coûteuses, se
riboter de grands crus, et, de leurs vomissements
empourprer la nappe du nouveau Banquet de
Trimalchion. On les vit offrir leur dos à fouler
aux rois de passage et lécher les pieds des trou-
pes de couleur, depuis qu'elles défendaient leurs
châteaux en Seine-et-Oise et leurs comptes courants chez les grands banquiers juifs. On les vit
piller en naufrageurs le galion de l'Eglise qu'ils
avaient sabordée, et arrimer, comme l'un d'eux,
qui fut Président de la République des faux mon-
nayeurs, 600.000 francs d'épaves en moins d'une
année.

« On les vit embastiller les ingénus qui, pour
s'en réclamer, reproduisaient leurs anciennes
professions de foi. On les vit sournoisement faire
périr de famine les écrivains libres qui les avaient
marqués au front du stigmate d'infamie. On les
vit, les soirs de gala, se dévêtir en toute hâte dans
les coulisses des lupanars officiels pour ne pas
perdre une minute et ne point laisser passer leur
tour. On les vit crier: « bas les mains! » aux quelques hommes intègres qui voulaient prendre au
collet tous les voleurs des marchés de la guerre
et des régions dévastées, afin de leur faire rendre

gorge. On les vit protéger les affameurs qui concertaient systématiquement la hausse des vivres et avaient reconstitué le Pacte de Famine, premier ferment de la grande Révolution.

« Et quand la plèbe gronda, on les vit, de leurs cannes, appuyer sur les fusils des noirs, afin de les faire tirer juste; après quoi, ils volèrent les cadavres pour les faire enterrer la nuit, dans le silence de leurs journaux, car, murmuraient-ils, la face des suppliciés est aussi un indécent pamphlet qu'il faut, de suite, étouffer...

Le document, mutilé en sa finale, arrêtait là ses commentaires, mais un acte de dépôt à un Musée de l'époque, dit *Musée Dupuytren*, s'y trouvait heureusement annexé. Cette pièce énonçait que les squelettes de ces individus, qui, de leur vivant, servirent de cage à des cœurs si putrides, d'ostensoir à des âmes si méphitiques, avaient été exposés pendant un an, après la victoire du Peuple, sur un pinacle d'immondices. Accrochés ensuite au gibet d'une tour métallique haute de 300 mètres, une tête de porc, renouvelée chaque semaine, avait été plantée sur les vertèbres de leurs cous. A travers les nuits chatoyantes de l'été, parmi les ténèbres hargneuses de l'hiver, le vent conviait à la danse les blancs fantômes dont les groins dodelinaient. Et dans leurs thorax ajourés, des oiseaux nocturnes : orfraies, hiboux, chouettes ou busards, faisaient leurs nids, s'élançaient vers les rapines avec des cris pareils à l'ancienne éloquence de ces tribuns. Les citoyens, les jours de Fêtes fraternelles, venaient les insulter; même on décernait des prix aux poètes qui avaient prêté une forme nouvelle à la vindicte populaire et qui s'étaient distingués par le brio des obsécrations.

Sagax avait devant lui quelques crânes appartenant à ceux qu'on appela jadis les *Politiciens*.

CHAPITRE IV

Une semaine s'était écoulée depuis que Sagax avait identifié les crânes insolites; et ces huit jours, il les avait passés à macérer dans toutes les angoisses. D'abord, le malaise moral dont Formosa l'avait contaminé, bien loin de décroître, s'était installé à poste fixe dans le profond de son cœur et s'était donné licence d'y tout bousculer. Omniprésent à ses yeux, l'admirable Reproductrice rayonnait des hypnoses qu'en l'heure actuelle il ne pouvait qualifier encore. Cette morbidité déconcertante, faute de mieux, il la dénommait « maladie des apparences » et il s'avouait désormais impuissant à lutter contre elle.

Une puissance exécrable à laquelle il n'avait jamais été confronté jusque-là, l'expulsait de soi-même, l'arrachait à la tutelle de son génie. Comme il s'était enfin analysé avec méthode, il avait déduit que les principaux caractères de ce cas pathologique étaient de dériver l'individu, d'annihiler sa perspicacité, de détruire sa volonté et de le jeter, tel un être désemparé, dans toutes sortes d'aspirations dégradantes où son intelligence menaçait de sombrer définitivement.

Cette monomanie sans précédent, fallait-il donc qu'il en fût atteint le premier parmi tous ses frères et devrait-il la confesser un jour, en se déclarant incurable et, par cela même, hors d'état de continuer le Sacerdoce!

Il avait crû pouvoir donner le change à ses déraisons, grâce à un surmenage volontaire. Mais là encore, il s'était pris lui-même en flagrant délit de présomption. Le mal avait ricané de sa stratégie enfantine. Le souvenir de Formosa, la remembrance de sa plastique triomphante l'avait suivi jusqu'aux agapes de l'horreur, au banquet de la dégoûtation où il s'était assis pour se gaver d'effroi. Quelques documents de la caisse de fer avaient été, en effet, durant de longues séances, analysés un à un et scrutés par lui dans leur sens acquis et leurs allégories possibles.

Ce raid dans les Temps immémoriaux n'avait été pour le Créateur d'hommes qu'une lente pérégrination dans l'épouvante. Lui, dont l'esprit, pourtant, aimait à lancer au loin les fragiles constructions de l'hypothèse, jamais, jamais, il ne se serait autorisé à conjecturer que des bimanes à langage articulé auraient pu se complaire jadis, quelle que fût leur barbarie, en des folies pareillement atroces, en d'aussi fantastiques aberrations. Et, semblable à l'élan qui précipite sa course pour se délivrer du chien vil suspendu à sa gorge, il s'était précipité avec rage, dans la nuit préexistante des Ages, pour se débarrasser de l'obsession de la Reproductrice.

D'invraisemblables forfaits, des scélératesses inouïes étaient alors venus minauder à son approche, l'avaient raccroché au passage, satisfaits de rencontrer, de rechef, un Annaliste. Le Crime l'avait amignardé de ses mains captieuses, afin de circonvenir un vivant qui pût glorifier encore sa beauté et sa force défuntes. Mais jusque-là, il n'avait rien trouvé qui se rapportât à la révélation que Mathésis avait faite la veille. Et il s'était enfoncé plus avant. Alors, dans la nauséabonde ténèbre des Temps révolus, il avait entendu aboyer la férocité des anciens civilisés; il avait vu la Terre se séparer, pour ainsi dire, en deux versants sous une épine dorsale, une chaîne osseuse faite de cadavres amoncelés. Et quand, hagard, l'entendement et le corps broyés comme par une meule de panique, il avait surgi de la lumière, le sourire de la Femme était là qui l'attendait pour le culbuter en les définitives stupidités...

— Sagax, je viens pour que tu m'accompagnes, car quelque chose de grave se passe de nouveau dans la Cité.

Ces paroles venaient de soustraire le Grand Physiologiste à sa lancinante idée fixe. Il se secoua, et considéra longuement le Préfet des Machines qui venait de pénétrer à l'improviste dans le Laboratoire de Fécondation. De suite, il vit que la conjoncture était grave et qu'un surcroît d'amertume l'attendait, à n'en pas douter. Il dissimula mal un frisson d'angoisse que légitimait l'apparence de son visiteur. Mathésis était plus hirsute encore qu'à l'accoutumée. Sa chevelure en poils de lama paraissait avoir été sarclée par des mains désespérées, ses grosses moustaches boudinées pendaient, toutes de guingois, et les copeaux d'acier de ses sourcils déroulaient, jusqu'aux pommettes, leurs annelures découragées.

Sagax augura qu'il apprendrait toujours assez tôt le récent désastre.

— Je te suis, dit-il simplement.

Comme ils allaient sortir, ils entendirent un léger bruit dans le cabinet de travail. Un bond les y porta, et ils arrivèrent juste à temps pour apercevoir le monstre, le fils contre nature du bocal 1.324, fourager, à l'aide d'une longue baguette, dans l'appareil des convergences. A leur vue, l'antiphysique poussa trois gloussements de surprise, mais, bien qu'il fût retardé d'un gros ventre, ses jambes, cravachées par la terreur, l'expédièrent en un clin d'œil sur le dehors. Trop dignes pour le poursuivre, les deux Sages s'entreregardèrent une seconde. Ils avaient compris.

L'examen du petit tube de verre où se reflétait la Ville-Joyau ne leur apprit rien, dans son désordre, dont ils ne fussent certains déjà. Armé d'une tige de fer, l'anormal l'avait faussé pour qu'on ne pût connaître ses comportements à domicile et y mettre ordre. La tête penchée, le Grand Procréateur eut un soupir qui fit prendre l'essor à un morceau de papier-filtre qui recouvrait une éprouvette, et Mathésis plongea ses mains dans ses cheveux, comme s'il voulait arracher de sa cervelle des poignées d'afflictions.

Dans le Secteur des Machines, le travail venait de cesser, et les dynamos, les turbines et les accumulateurs, livrés à eux-mêmes, ronronnaient doucement, besognaient dans une application assagie, se conduisaient en écoliers zélés que l'on peut, sans crainte, affranchir parfois de l'autorité des pions et des pédagogues. C'était l'heure du *Soporal*, l'heure délectable où les Parachevés, après avoir ingéré une boulette du topique de bonheur, dégustaient les joies infinies du rêve, laissaient, dans leur cerveau, piaffer la chevauchée ardente des bienfaisantes fantasmagories, ouvraient leur esprit aux chars étincelants de l'Irréel qui entraînaient leurs sens subjugués dans les steppes savoureux de l'Illusion.

Ils prirent le trottoir de gauche. Devant eux, couraient les balayeuses automatiques qui, sans l'aide humaine, tournaient au ras du sol, semblables à des rotatives, faisaient la toilette de la chaussée, pareilles à d'énormes brosses à che-

veux qui se seraient activées sur un crâne ras.
Une rosée aseptisante combattait l'essor de la
poussière, la tassait en grumeaux qu'avalaient
de loin en loin, des trous béants et tôt refermés.
Dans leurs Phalanstères aux murs transparents,
les citoyens reposaient, allongés sur leurs matelas de fluide. Parfois, les deux Illustres voyaient
des corps se rétracter, des torses panteler, des
poitrines houler, des bras trouer l'air, comme
si des voluptés patientes eussent pétri, telle une
pâte, toutes ces chairs étendues. L'inébriant
inoffensif, dont Sagax avait trouvé la formule
pour enchanter son prochain, pour expulser du
monde la banalité mère du spleen, agissait.

— Veux-tu prendre l'espace? demanda soudain Mathésis, nous serons plus tôt rendus.

Et sa main indiquait le ciel.

Mais Sagax préférait marcher, il secoua la
tête, et ralentit son pas. Depuis quelques instants, une question lui brûlait les lèvres qu'il
ne put différer plus longtemps. Il arrêta son collègue et la formula nettement.

— La sottise et la turpitude des deux individus qui tu m'as signalés étaient-elles donc à
ce point virulentes qu'elles ont traversé cinquante siècles? Dis, réponds-moi, ce fait échappe
à ma compréhension. Comment l'idiot et le
monstre ont-ils pu naître d'embryons maudits
venus de l'an 1900, ainsi que tu l'as affirmé hier?

Le Préfet des Machines ajusta ses regards sur
les yeux du Créateur d'hommes, le dévisagea une

seconde, constata sans doute son marasme moral, et branla le chef plusieurs fois.

— Je connais ton caractère émotif, Sagax, et j'ai peur, si j'en viens à te donner *ex abrupto* tous les détails de la vérité, que tu te trouves sans courage, demain, pour poursuivre ton œuvre. C'est d'ailleurs tout un monde qu'il te faut découvrir, et la caisse de documents que tu possèdes le fera apparaître bien mieux que ma parole, puisqu'elle renferme une pièce semblable à celle qui m'a initié, la seule que j'aie eu le temps d'étudier, du reste. Sache-le, j'ai tout lieu de croire que la malfaisance de certains zoospermes est restée neutralisée pendant 5.000 années. Elle commence seulement, hélas! à produire son plein effet. Fouille, fouille les archives du Passé, Sagax, tu sauras tout, avant une semaine, peut-être...

Et ses deux bras levés vers une coulée de nuages battus en mayonnaise par la brise postiche ;

— D'ici là, sans doute, j'aurai avisé et trouvé le moyen de nous sauver tous!

Dans la sixième avenue latérale, une fresque semblait être peinte, depuis peu, contre les parois translucides des familistères en bordure. Cette fresque était vivante : elle était faite d'hommes pressés les uns contre les autres. Des têtes curieuses se haussaient, des épaules s'agitaient, des bouches, travaillées par la stupéfaction, s'évasaient en entonnoir, et à chaque minute, les corps alignés se tassaient pour faire place à un nouvel arrivant qu'un geste ou un appel venait de requérir. Sur les balcons de saphir feuillagé, débordait un trop plein de Parachevés qui, penchés à demi, rapprochaient leurs toisons dans une gamme de couleurs discordantes. Un silence pesant tombait, troublé seulement, à intervalles réguliers, par une sorte de gazouillis. Mathésis, le front assombri par la tristesse, prononça :

— C'est ici qu'ils se rejoignent, depuis avanthier, toujours à la même heure...

Au-dessus de la tête des deux Sages, sur le trottoir de fluide aérien, des Neutres, qui avaient délaissé le *Soporal*, passaient en vitesse, se dirigeaient vers le Jardin des Délices, afin d'y prendre leurs ébats quotidiens. Mais le spectacle que leur offrait inopinément le hasard était pour eux si insolite qu'ils se cabraient soudain, cherchant à faire échec au magnétisme qui les entraînait, désireux de s'arrêter, de stationner coûte que coûte. Quelques-uns tentaient l'impossible, se pinçaient le front entre les genoux, regardaient en bas, dépassaient malgré tout la large voie, roulant sur eux-mêmes comme de grosses boules poilues et riant aux éclats d'un spectacle pour eux si comique. Tous dèscendaient plus loin, au premier arrêt, accouraient ensuite à perdre haleine, pour obstruer le fond de l'avenue, l'emplir bientôt d'une cohue moutonnante et badaude.

Affranchi du contact des choses, soustrait au

réel, un couple marchait, sans rien voir, à la rencontre de Sagax et de Mathésis.

C'était ce couple qui suscitait tout cet émoi.

L'homme allait, montrant des yeux en giration dans l'orbite, donnant à sa moustache, d'une main satisfaite, des tours avantageux, cependant que ses jambes flageolaient d'émotion et que l'ondoiement de son corps cherchait à mettre en valeur les différentes perfections de son individu. Parfois, son bras ceinturait la taille de sa compagne; sa paume frétillante constatait avec insistance les rotondités de la gorge, et sa rotule, frôleuse, quémandait des contacts qui le laissaient, ensuite, frémissant, ou grattant le sol des pointes, ainsi qu'un étalon. Sous les paupières baissées de la femme, un petit croissant d'émail, tout ce qui restait de la sclérotique chavirée, était seul visible, et sa poitrine, en fermentation, libérait des haleines languissantes, des souffles exténués. Ils n'étaient plus qu'à quelques pas de Mathésis et de son collègue lorsque, soudain, le Parachevé, qui était un rouge, tomba aux pieds de sa compagne, lui saisit les doigts qu'il pressa contre son sternum, enfoui dans son pelage. Il resta ainsi, la face renversée, paraissant adjurer le Zénith, et une étincelle électrique s'alluma à chacun des poils de sa toison rubescente qui se hérissa dans l'ardeur des fièvres saugrenues. En manière de réplique, la Reproductrice lui avait entouré le col de ses deux mains enlacées et, avec de petits cris d'aise, elle le relevait, se frottait à sa poitrine, l'attirant ensuite jusqu'à sa bouche toute parfumée de vocables d'amitié. Maintenant, ils s'étreignaient, elle, s'enroulant à lui comme une vigne folle, et leurs lèvres s'écrasant sous la frénésie d'un farouche baiser...

Brusquement, ils s'enfuirent en poussant des cris stridulants. Une pluie tumultueuse, qui crevait à l'improviste du ciel pacifique, les fouaillait avec rage. Sans qu'ils y eussent pris garde, un nuage était accouru de l'est, traqué par le vent des Machines, et, comme il battait l'espace de sa course incertaine, un courant d'air froid l'avait souffleté, inopinément. Le couple aliéné, fustigé par l'averse, détalait, se perdait dans le profond de la Ville, alors qu'un éclat de rire unanime partant des façades, éployait ses arpèges et ses trilles.

Les préparatifs de la manœuvre qui, toutes les 24 heures, produisait ainsi la pluie artificielle et profitable, n'avaient pas échappé à Mathésis. Comme elle ne devait survenir qu'un peu plus tard, selon l'horaire fixé, il pensa que son lieutenant, qui ne manquait point d'humour, n'avait pas résisté à l'envie de l'avancer de quelques minutes, afin de doucher copieusement les deux individus dont son appareil des convergences lui signalait les égarements. Réfugié avec le Créateur d'hommes sous le porche du phalanstère 114, il ne put brider un sourire, bien qu'il fût saturé d'affliction par la scène à laquelle il venait d'assister. La voûte d'émeraude les im-

mergeait dans une clarté violette où, comme
des poignards d'or, dansaient des éclats de topaze, radiés par l'encorbellement des fenêtres
basses. Dans la cour, tout près d'eux, une vasque
de rubis sanglotait et, de son sein, un jet d'essence de rose montait pour défaillir et soutenir
ensuite une lourde corolle de gouttelettes em-
baumées.

— Sagax, toi à qui rien n'échappe des fonctions matérielles et psychiques de notre organisme, connaîtrais-tu quoi que ce fût qui pût
être comparé à cette folie dont nous venons d'être
les témoins attristés?

Depuis un moment déjà, le Grand Physiologiste cherchait en vain sa voix dans son larynx,
car l'effroi lui avait tranché les cordes vocales.
Son corps paraissait n'être plus soutenu que par
des jambes en coton mouillé et, devant la question de son compagnon, il tituba, crut qu'il allait
tomber. L'aberration de ce couple n'était-elle pas
identique à celle qui lui avait été impartie?
Volontiers, lui, lui, le Créateur d'hommes ne se
comporterait-il point pareillement avec Formosa?
Depuis peu, n'était-il pas sensible à l'attraction
mystérieuse que dégageait maintenant le corps
humain? Ne côtoyait-il pas le gouffre noir que
toute psychologie était impuissante à explorer?
Malgré tout, il s'était accroché aux ronciers qui
bordaient l'abîme, ourlaient le précipice, et il
avait évité la chute. Mais dans l'avenir, demain
peut-être, serait-il assez fort pour résister à

l'impératif inexplicable qui le jetait fougueusement vers celle dont il avait seulement frôlé l'épiderme?

Une seconde, il eut envie de tout dire, de faire tomber sur le crâne du Préfet des Machines le coup de maillet de l'ahurissement. Il lui aurait crié :

— Moi aussi, moi aussi, entends-tu, je suis pareil à ce couple, je ne suis plus qu'un infirme, un détraqué, un fou. Aucune pensée lucide ne germe plus dans mon cerveau; le souvenir de Formosa y règne en potentat absolu. Mon cœur, mon âme, ma chair la réclament et, vois-tu, elle m'a expulsé de moi-même; elle s'est installée au foyer de mon être moral pour, de sa main menue, y filer la quenouille des déraisons, pour y tourner sans trêve le rouet des imbécilités...

Il ne parla point... Mais voilà que, devant son silence persistant, Mathésis, le Perfectissime, paraissait s'affoler, se saisissait aux cheveux. C'était la première fois que le Préfet des Machines constatait son impuissance et celle de Sagax à secourir le prochain! Le Créateur d'hommes s'empara des mains de son auguste collègue et, subitement, le Grand Physiologiste trépigna d'aise et de bonheur. En jaillissement subit, une joie immense épanouissait dans son être ses effluves délicieux. Il venait de trouver enfin le pourquoi de son délire et de celui du couple! Oui, oui, il se souvenait d'un document qu'il avait repris dix fois, abasourdi à la première lecture par ce qu'il lui avait révélé.

— Vois-tu, dit-il, cette folie, je le sais maintenant, est celle qu'on appelait, il y a cinquante siècles, la « foi religieuse ». Elle accourt indiscutablement des époques défuntes. Les hommes de l'Occident adorèrent jadis une femme, une déesse, qui se penchait sur leurs misères et confortait leurs détresses. C'était la Parthénie, la Vierge, la Déipare, la Panaghia, la Toute Sainte. Pendant plus de deux mille années, elle releva les douloureux, but les larmes aux yeux des mourants, changea en allégresse le désespoir et la rage des vaincus, mit le baume de ses regards sur les plaies des suppliciés. Et la force de cette superstition, le pouvoir illusionnant de ce mensonge étaient tels que beaucoup d'hommes ne voulurent plus vivre quand ils s'aperçurent de leur erreur, quand le ciel exploré leur souffla à la face l'haleine délétère du vide, quand les plus hardis, s'étant enfoncés par le rêve dans les solitudes glacées de l'Infini, reparurent, traînant derrière eux le blanc cadavre de l'Espoir !

« Ce n'est donc que par un retour d'hérédité, par un recul d'atavisme que l'homme — comme celui qui nous occupe — tend encore les bras vers la femme et que celle-ci le relève secourablement... C'est une sorte de réflexe moral qu'il nous sera facile de vaincre, rien de plus...

Mathésis était-il plus informé qu'il ne voulait le laisser paraître; savait-il que Sagax était contagionné, lui aussi, de ce mal jusque-là inconnu? Peut-être trouvait-il bizarre l'explication fournie par le Grand Procréateur. Pour marquer sans doute son incrédulité, il lança sur son front, à deux reprises, l'accent circonflexe de ses sourcils en paille de fer.

Mais Sagax voulait à toute force convaincre son interlocuteur. Il ajouta :

— J'ai déjà trouvé cent dessins ou naïves images qui, dans un recueil qualifié « livre d'heures », corroborent mes affirmations, vérifient ce que je viens de t'avancer. Dans chacune de ces gravures, écoute-moi bien, une femme vêtue d'une robe indigo, ayant derrière la tête une soucoupe lumineuse, foulait, de ses pieds, tantôt un paillasson d'étoiles, tantôt une mappemonde qui lui servait de monocycle. Inévitablement, elle tendait les bras à un homme qui, les mains croisées sur l'épigastre, considérait ses orteils avec hébétude, ou braquait sur les nues des yeux extasiés, aussi larges que des tournesols. C'était la Consolatrice des affligés. Or, tu ne peux le nier, la mimique à laquelle tu viens d'assister, est pareille à celle que nous restituent ces grossières enluminures. Cette aberration heureusement abolie, c'est l'aberration religieuse qui, dévoyée, recommence et se manifeste inconsciemment.

Le Préfet des Machines branla la tête par deux fois comme pour dire : « Je veux bien », quoique, indubitablement, il fût loin d'être convaincu, et prononça :

— Alors, fais ton devoir, Sagax, car ma vieillesse s'afflige à constater presque chaque jour de pareilles anomalies dans la Cité.

Avec son compagnon, le Créateur d'hommes sortit de la voûte qui l'abritait. L'averse avait remis à neuf le décor de la ville qui, lustrée par son tub journalier, flamboyait dans la grande cantate des rouges et des verts, dans l'hymne de la couleur entonné par les toits de rubis et les porches d'émeraudes aux flammes attisées.

Soudain, aux côtés de Mathésis, Sagax s'embua de radiations magnétiques, disparut pour ainsi dire dans un brouillard enveloppant d'effluves vaporeux. Surpris, le Préfet des Machines dut plonger son doigt dans cette brume hérissée d'étincelles crépitantes pour s'assurer que l'Illustre, son collègue, ne s'était pas obnibulé à jamais. Mais l'ongle de son index rencontra heureusement le thorax du Créateur d'hommes dont l'extérieur, le relief se dégageaient peu à peu de sa membrane d'ondes tourbillonantes, et il comprit. Sagax venait de crisper sa volonté et le fluide, que son front déchargeait dans les lointains, laissait encore à ses tempes une buée roussâtre traversée de petits éclairs lilas. Sans user de la parole, ils marchèrent une demi-heure, côte à côte, regagnèrent la Voie triomphale, tournèrent à gauche et s'arrêtèrent enfin à l'angle de la troisième avenue.

Le bras droit de Sagax accrochait le bras gauche de Mathésis et, tout à coup, ils se sourirent dans un muet contentement et une commune sympathie. Le phénomène s'était produit...

A quatre pieds du sol, dans la cage de verre n'ayant que trois côtés, dans la cellule *ouverte*, le couple aliéné s'était enfermé de lui-même, suggestionné à distance par l'impérieux vouloir du Grand Physiologiste.

Là, en effet, se trouvait la prison, l'ergastule sans porte ni serrures en laquelle les égarés, susceptibles de troubler l'harmonie, de nuire à leurs frères, allaient s'isoler, inconsciemment, pour la cure d'hypnotisme et d'où ils sortaient bientôt, affranchis de toute velléité mauvaise, de toute inclinaison morbide.

Verrouillés par le pouvoir sans appel des effluences de Sagax, point n'était besoin de geôliers ni d'épaisses murailles. Une fois incarcérés, le Créateur d'hommes les dépossédait de l'usage d'eux-mêmes, procédait à l'éviction de leur pensée trébuchante, entreprenait le blanchiment moral de la couche molle des méninges où les vésanies s'étaient blotties, remettait ainsi leur cerveau à neuf. C'était la seule coercition en exercice dans la Cité Equitable. Sagax qui n'usait de ce procédé qu'en dernier recours, Sagax, durant toute sa longue carrière, n'avait point été contristé d'un seul insuccès. Guérir et non punir était maintenant la loi.

Pour avoir déféré à l'injonction, à la radio-activité du Créateur d'hommes, le Couple ne s'était pas exonéré de ses hystéries. Au contraire, la langue du bimane à poils rouges était occupée à fourbir avec application l'oreille de sa compagne, à en explorer ensuite les profondeurs, tout comme ces insectes réprouvables qui butinent le cérumen et causent ainsi d'affreuses blessures. Cela dura plusieurs minutes; après quoi, abandonnant l'objet de son délice, délaissant le pavillon auriculaire, tout vernissé encore de sa salive, il se mit à faire courir, sur la nuque sursautante de la femme, des narines ouvertes et toutes noires pareilles à des coquilles de bigorneaux. La reproductrice, elle pressait contre son cœur une mèche de cheveux précédemment coupée à l'occiput de l'homme, et, dans son émoi grandissant, elle se mit à se croiser et se serrer les jambes dans une contraction de la face. A cette vue, le neutre, pris de vertige, jeta un rauquement d'appel, lança les deux bras vers la femelle, comme s'il voulait l'inviter à quelque match de pugilat où sa vigueur ne pouvait manquer de triompher. Sagax, d'un influx de sa volonté, l'arrêta net et, ployé sur les genoux, les lèvres tendues en ventouse aspirante, les doigts écartés, le bipède resta statufié et indiciblement stupide dans tout le désarroi de son individu...

Claquemuré dans le cabanon voisin, enfermé,

lui aussi, par la vertu des ondes cérébrales du Grand Procréateur, qui avait fait coup double, Phégor, fils dénaturé du bocal *1.324*, contemplait ses voisins à travers la cloison transparente. Et son délire intérieur était tel que sa face se tigrait de taches pourpres sous la poussée d'une congestion débutante qui commençait à embâcler ses artères. Ses orbites retenaient mal des yeux qui se précipitaient au-devant de cette scène, pour lui ravageante. Une telle effervescence le travaillait, que des salives crevaient en petites cloches à ses lèvres agitées, et que ses cuisses s'élevaient, l'une après l'autre, dans un mouvement alternatif qui scandait l'extase. Sa main, roulée en cornet et agitée fébrilement, conviait le prisonnier d'à-côté à des attouchements turpides dont il espérait on ne sait quelle félicité.

Alors une évidence fulgura dans le cerveau de Sagax : tout à l'heure, indéniablement, il s'était trompé. Ce cas déroutant, l'état pathologique du couple et la variante de Phégor, ce retour à la bestialité, en un mot, ne pouvait être qualifié « folie religieuse », mais bien « déviation, perversion du sens tactile ». Cela n'expliquait-il point que ce Phégor, comme le couple en folie, recherchait toujours d'affligeants contacts, d'inavouables juxtapositions d'épiderme? Pour le guérir, il recula de quelques pas et, tout à coup, lui suggéra la certitude que la plastique de son prochain avait été, sur l'heure, modifiée. Désormais, la peau de son congénère du même sexe devait darder, à son approche, des pointes hargneuses, tels les piquants du hérisson... Sans transition, le monstre, convaincu de cette évidence, poussa des cris, fit, sous l'excès de sa douleur, gicler des commissures l'eau de savon de ses salives, se roula à terre, proféra d'étranges paroles, protestant « que les raffinés n'avaient plus qu'à mourir, puisque la seule volupté qui permettait de vivre venait de leur être ravie ».

CHAPITRE V

Depuis une semaine, toute la Ville défilait devant les cellules ouvertes pour contempler les réclusionnaires de la suggestion. Jusque-là, les trois déments n'avaient été précédés en ces geôles que par les menus délinquants de la Cité : égarés d'une heure se refusant, par exemple, à fournir les quarante minutes de labeur quotidien, atrabilaires qui, par leur humeur acrimonieuse, suscitaient des troubles anodins dans les phalanstères et que quelques passes magnétiques avaient à jamais guéris et rédimés.

Le jardin des Délices était presque déserté, et on accourait devant les actuels prisonniers comme devant des bêtes curieuses, des phénomènes d'un ordre surprenant.

Jamais récréation pareille n'avait été offerte encore aux Parachevés. Beaucoup d'entre eux délaissaient même le *Soporal*, préféraient se priver des féeries intellectuelles, du vagabondage dans l'au-delà des rêves fastueux, pour ne pas manquer ce spectacle qui ne devait point avoir de second.

Mais la foule, consciente que la déchéance humaine ne doit susciter que la tristesse, contenait ses rires, assistait, péniblement impressionnée, à des ébats qui étaient l'apanage de l'animalité. La large voie s'obstruait d'une multitude immobile, qui se trouait de brèches, se descellait, accueillante, pour recevoir les groupes des tard-venus. Des palissades multicolores d'hommes, pressés les uns contre les autres par une commune badauderie, étaient escaladées, de-ci de-là, par les toges blanches des femmes qui, plus petites et espiègles, se hissaient sur les larges épaules afin de ne rien perdre du tableau savoureux. Sur les faces, l'étonnement faisait courir des rides, paralysait les paupières, ouvrait les bouches et ourdissait une rumeur sourde sur laquelle voletaient, à l'improviste, les trilles de cris aigus arrachés par la stupéfaction. Chacun des gestes saugrenus du couple et du monstre suscitait des remous, propageait des ressacs violents dans la masse agglutinée des spectateurs.

Tous suivaient avec passion les péripéties de la lutte, les différentes phases du tournoi entre la force du Mal et la volonté humaine. Là-bas, en effet, du fond de son Laboratoire, Sagax substituait sa pensée, son « double moral » à la pensée titubante des trois aliénés. On voyait, pour ainsi dire, arriver les effluves psychiques, qui, d'abord, répugnaient à la violence, s'efforçaient d'user de persuasion, s'épanouissaient en gerbe conciliante, tentaient l'impossible pour composer avec l'adversaire, laissant les aberrés à peu près maîtres d'eux-mêmes. Puis, devant le résultat négatif, ils frappaient avec rage, tombaient sur eux par douche écossaise, expulsaient le libre-arbitre, et, après leur avoir, pour ainsi dire, passé dans les naseaux la fibule d'esclavage, les astreignaient, pantelants, à l'attitude congrue, pour les laisser ensuite, immobiles, l'œil en arrêt sur quelque lointain mirage et le cerveau traversé par le pal de l'idée fixe.

Malgré ces deux semaines de traitement intensif, aucun succès probant n'avait été obtenu. Dès que les trois sujets n'étaient plus sous l'influence de leur neurologue, ils culbutaient avec ensemble et délectation dans leurs hystéries. L'homme, le Neutre écarlate, à l'exemple des aspics, dardait une langue agitée et par instants fourchue; puis, la bouche épanouie en corolle d'orchidée vicieuse, il se gargarisait longuement de l'haleine de sa compagne. En suite de quoi, il tombait dans une sorte de prostration. Quant à Phégor, le monstre, faute de mieux, sans doute, il se cultivait pareillement aux babouins captifs, et sa frénésie ne connaissait plus de bornes lorsqu'un éphèbe du Prytanée venait à stationner devant lui.

Huit jours encore, l'anxiété de la Ville-Joyau

s'accroissant, le Grand Physiologiste, qui avait réglé toute autre besogne, lutta contre le désordre invulnérable, lança contre lui des dernières réserves de sa force nerveuse, usa des suprêmes ressources de son esprit d'invention et, en fin d'expérience, dut s'avouer impuissant. Soumis à son influence magnétique, le trio de fous se comportait comme un groupe d'écoliers surpris en pleine insubordination, revenait, saturé de repentir, au respect de soi, et récidivait dans l'abjection dès qu'il pouvait récupérer son autonomie. L'hypnose s'usait contre ces méninges empoisonnées d'une déraison dont l'antidote moral restait encore à trouver.

A s'occuper des autres, Sagax avait pu enfin s'abstraire de soi-même, s'affranchir à peu près de son propre détraquement. Son esprit avait reconquis la clairvoyance et il devait reconnaître, maintenant, que ces accidents ne pouvaient être mis au compte d'un retour offensif de la superstition religieuse, d'une dévotion ridicule à la Femme, du fétichisme de la Vierge Marie qui, dans le lointain des Ages, avait désolé l'Occident. La « déviation du sens tactile » qu'il avait diagnostiquée, par la suite, en désespoir de cause, n'était plus acceptable. Il s'était trompé grossièrement, lui, le Créateur d'hommes, lorsqu'il avait offert la première explication au Préfet des Machines. Oui, il avait laissé tomber là une jolie happelourde!

Comme il pressentait qu'en cette affaire se

cachait quelque chose d'extrêmement grave, d'irrémédiable, peut-être, il résolut de faire appel, une fois encore, à son savoir encyclopédique. La crise qu'il venait de traverser avait pu déterminer en lui une lacune passagère de la mémoire. Il s'enfonça donc dans la bibliothèque qu'il recélait en son propre cerveau. Il n'y trouva rien qui pût fournir un semblant d'explication à l'étrange phénomène dont se désolait sa raison.

Tous les ans, ceux qui portaient la Pourpre devaient comparaître devant le *Critère mécanique*, c'est-à-dire devant une des merveilles du nouvel Ordre social. Confrontés avec cette machine de Contrôle, laquelle, par sa perfection, avait acquis une sorte d'existence intellectuelle, ils parlaient, rendaient compte de leur mission, et la masse des habitants de la Ville-Joyau les écoutait en silence.

Pour bien comprendre le fonctionnement du *Critère*, du Juge infaillible, parce qu'inanimé, il faut savoir que le fait de penser, de vouloir, dégage un fluide spécial que les Parachevés avaient enregistré depuis longtemps. A l'opposé des autres, les pensées droites, nobles, sublimes, entraînent une émission de radiations pures, d'effluences de bon aloi. Donc, si le fluide émis par la cogitation du délégué au Pouvoir, du Savant, n'était pas orthodoxe, il impressionnait de façon particulière l'impeccable pierre de touche qui, elle, ne connaissait ni pitié, ni faiblesse, et qu'il était impossible de circonvenir.

Une défaillance, une violation des lois établies, un attentat à l'équité, une contravention aux règles de la présente civilisation, la volonté de dissimuler un acte bas ou de le passer sous silence, toutes ces choses, si bien enveloppées fussent-elles dans un cauteleux discours, dans une habile rhétorique ou dans une enivrante éloquence, suscitaient les cris de colère, les sifflets de mépris, les clameurs d'exécration de l'appareil qui prononçait le haro par la voix de son larynx métallique...

Immédiatement déchu de sa charge, le Sage n'avait d'autre recours que de se retirer la vie. Et les locaux sublimes enfantaient son successeur, pendant qu'à sa place un de ses aides assumait le Sacerdoce. Dix années d'ailleurs suffisaient à mener un être de la naissance à l'état adulte, car la Science actuelle, par des procédés spéciaux, activait l'œuvre de la Nature, faisait parcourir à l'homme, en 120 mois, les différentes étapes de la formation, écourtait ainsi la longue période de l'enfance et de l'adolescence qu'avaient connue les antérieures Humanités.

A travers les cinq siècles précédents, le *Critère mécanique* n'avait improuvé que trois fois.

Mais quel foudroyant anathème allait laisser tomber sur sa tête l'appareil inexorable quand, lui, Sagax, l'affronterait à son tour, à la date fixée? Pourrait-il, ce jour-là, affirmer au Peuple que toutes ses pensées avaient été dévolues au bien public, tournées vers l'accomplissement méticuleux des devoirs de sa fonction? Pourrait-il se porter garant que de surprenantes aberrations n'étaient point venues le solliciter à l'égal du trio d'aliénés?...

— C'est un monomane qui en soigne trois autres... Au cabanon, au cabanon, lui aussi!... hurlerait la multitude, en toute logique, et il serait perdu.

Non, non. A toute force, il fallait fuir cette idée fixe dont les tentacules lui meurtrissaient le cerveau. Sa pensée tourna front; il descendit en lui-même, et inventoria toutes ses connaissances, lesquelles embrassaient l'universalité des choses. Une fois de plus, il ne trouva rien qui pût offrir une similitude quelconque avec la démence qui, actuellement se donnait libre cours. Alors il revint au document rapporté par Coregium. Même résultat : aucun cas des pathologies abolies ne se pouvait comparer aux cas présents.

Alors, après une nouvelle tentative désespérée, il dut se résigner, mais avec quelle tristesse, quel découragement, quel dégoût de soi-même! Une réaction du nerf ou du cerveau de l'homme lui échappait donc à lui, le Grand Physiologiste! Et déjà, il insultait à son génie, lorsqu'une évidence de l'ordre élémentaire vint le conforter. Si, désormais, il n'était pas scientifique de vouloir lutter contre un mal dont il ignorait la cause, la nature même, et ne constatait que les effets, il devait savoir que, dans le monde moral comme dans le monde matériel, il n'y a rien de *spontané*.

Tout se relie à une antériorité quelconque pour fermer la boucle, pour constituer le Grand Cycle qu'est lui-même l'Univers.

Il n'était pas allé assez loin dans le Passé, voilà tout. L'Antiquité avait connu, peut-être, des désordres semblables à ceux qu'il ne pouvait encore qualifier. N'avait-il pas identifié les crânes monstrueux, les crânes des POLITICIENS? Il n'y avait pas à douter qu'avec un peu de ténacité encore, il n'arrivât, un jour, à mettre un nom sur l'épilepsie des trois sujets en observation. Et, à nouveau, il décida de s'armer de courage, d'équiper sa critique, de lancer en avant sa faculté d'investigation, pour creuser un chemin de taupe jusqu'aux entrailles putrides des Epoques périmées, afin de leur arracher la vérité, coûte que coûte.

Sa main, plongeant dans la caisse de fer, revint cette fois avec un volume relié de cuir fauve et, tout de suite, il s'enthousiasma. Le titre, tracé sur le dos en lettres qui avaient dû être dorées, mais dont la couleur avait évolué au gris jaunâtre, se lisait sans grande peine. C'était le Tome III d'une *Histoire des Sociétés*, qui avait pour auteur un nommé Morosex.

Le cœur serré par les griffes de l'angoisse, le Créateur d'hommes hésita une seconde à l'ouvrir, par crainte que rien ne restât plus qui fût lisible. Les premiers feuillets manquaient, probablement tombés en poussière et, seul un fragment de la préface, quinze lignes exactement, apparut tout d'abord. En trois phrases concises, l'auteur y expliquait pourquoi il avait cru bon de se départir du style plat, incolore et circonspect, jusque-là commun à tous les Annalistes.

« Pilorier les exacteurs, disait-il, faire grésiller leur mémoire, cette chair posthume, sous l'huile bouillante et le plomb fondu des corrosifs stigmates, doit être la règle première de quiconque s'attache à ressusciter les Ages défunts. La passion, ajoutait-il, peut seule restituer la vie aux Temps accomplis, et c'est faire concession aux fourbes et aux scélérats, c'est encourager les malfaiteurs publics de l'heure présente, que d'enregistrer les forfaits de ceux qui ont disparu avec ce sentiment de la mesure et cette modération d'épithètes jusque-là applaudis. Cette manière permet au lecteur de croire que la postérité peut amnistier les crimes, que le recul des siècles les a en partie effacés, qu'ils ont, en tout cas, perdu de leur importance aux yeux du Chroniqueur, puisque celui-ci les relate du bout de la plume, avec une indignation d'école qui ne dérange jamais le bel équilibre de son esprit et de ses périodes. »

Les pages qui suivaient étaient noircies et comme calcinées; malgré toutes ses précautions, elles se muèrent en cendres sous les doigts de Sagax. Déjà, il se désespérait, lorsque deux chapitres apparurent miraculeusement intacts, avec seulement quelques passages détruits. Avidement, il lut, mesurant son haleine, dans la peur que son souffle ne les réduisît en poussière. Le Grand Procréateur était tombé sur la Société du XX° siècle.

. . . .
. . . .

« *Stupete gentes! Pour porter au maximum l'effroi et la dégoûtation des Postérités, quand celles-ci la citeraient à leur barre, la Classe dirigeante s'était arrogé le droit de juger les autres classes; elle s'était conditionné une magistrature adéquate à ses besoins. Recrutés parmi les castrats de la licence, sélectionnés avec minutie parmi les déchets de ses écoles, vendus d'avance aux politiciens maîtres de leur carrière, les porteurs de simarre, insulteurs du pauvre, paladins du riche, acheminèrent la prévarication et la forfaiture à un degré de perfection jusqu'à eux inconnu. Sans autre moyen « pour parvenir » que de montrer une reptation exagérée, que d'incorporer leur ventre aux lames du plancher à la seule apparition du ministre qui détenait la « Signature », ils siégeaient, cotillonnés de lustrine noire, revêtus d'un camail de duplicité, d'une hermine dont les crachats de la foule prirent soin, à la longue, d'assurer la blancheur. Un seul trait résumera cette magistrature. Durant quinze années, Tribunaux et Parquets donnèrent une existence légale à des personnages fictifs, se portèrent garants de la réalité des héritiers Crawford, ce qui permit à la belle-fille d'un Garde des Sceaux, leur maître, d'escroquer quarante millions... »*

Ce passage de l'Histoire de Morosex parcouru d'un trait, Sagax sursauta comme s'il venait d'être victime d'un commencement d'électrocution. Son buste, courbé, détendit brusquement l'arc de son échine, et, en arrière, projeta sa tête où deux yeux ardaient dans la fixité des stupeurs.

— Comment, cria-t-il, ils se jugeaient! ils se jugeaient!

Et, sa volonté faisant sommation à ses nerfs, il s'efforça de remettre un peu d'ordre en soi-même. Du mieux qu'il put, il clarifia son cerveau, se secoua, renacla, ne voulant point tenir pour acquise une si définitive abomination. Sous sa calotte crânienne, un remue-ménage inquiétant emplissait ses oreilles d'un hourvari prolongé, car son intelligence de civilisé venait de recevoir une telle secousse qu'il en était, physiquement, tout endolori. Non, cela n'était point possible! Sûrement, il s'était fourvoyé!... Et il se décida à faire ce que jamais encore il n'avait osé. Il alla déboucher un flacon, laissa tomber sur une plaque de marbre une goutte du liquide volatil qu'il contenait et l'aspira avidement. C'était le *Mensigène*, dont la propriété était de décupler, sans aucune dépression ultérieure, les facultés cérébrales, d'ongler l'intelligence qui se saisissait alors des vérités les mieux dérobées; de projeter dans l'entendement une sorte de fulguration qui clarifiait les ténèbres les plus rebelles.

Jusque-là le Créateur d'hommes avait répugné à l'emploi de cette substance, élaborée depuis peu, et dont le réflexe sur les circonvolutions cérébrales n'était pas bien connu encore. Il n'avait point osé s'en servir pour analyser le détraquement que Formosa avait fomenté en lui, de peur d'être acculé au constat de sa propre folie. Aussi longtemps que possible, il avait voulu éluder ainsi le diagnostic formel qui peut-être ne lui aurait point laissé d'autre issue que le suicide.

Soudain, de gauche à droite et d'un seul bond, il traversa son cabinet de travail en hurlant. Qu'avait-il donc? Ah! oui, comme il avait eu raison, auparavant, de se défier du *Mensigène!...* Celui-ci ne venait-il pas, par une caresse sournoise, de réveiller le délire que le travail avait tempéré? Un glas tintait dans le cœur de Sagax; une forme radieuse tendait vers lui, avec des grâces minaudantes, les chaînes parfumées de ses nattes blondes. Deux seins au jaillissement marmoréen fleurissaient dans le clair-obscur de son souvenir. Des hanches duveteuses et satinées de rose comme la nacre d'un coquillage, s'offraient à ses mains picotées de soudaines brûlures. Le sexe aux replis de soie rose, entouré d'une collerette d'or mousseux, le fascinait comme l'œil du serpent fascine l'oiseau. A tout hasard, pour noyer sa pensée, pour échapper coûte que coûte à la maléfique obsession, il se précipita vers son livre, l'étreignit, farouche, comme le seul instrument du salut.

Subitement, son hallucination se dissipa : dans son esprit il vit la femme se pencher en ricanant sur le volume ouvert, sur la page qui offrait le Savoir, et s'enfuir tout à coup avec des gestes réprobateurs, comme si elle venait d'accoster l'objet d'une détestation innée. Alors il poussa un cri de joie; les ondes lumineuses, dégagées par le *Mensigène*, balayèrent la pénombre du texte et l'évidence apparut, triomphante, dans sa pure clarté.

Il ne s'était pas trompé. Les hommes du xx° siècle se jugeaient! Oui, ces barbares à peine sortis des limbes de la Connaissance, ces bipèdes plus féroces que le tigre, plus rampants que la vipère, plus vils que l'insecte qui butine les déjections, ces « policés » dont l'édifice social s'agrégeait d'un ciment de meurtre, d'un béton armé de sauvagerie, avaient institué ce qu'ils appelaient « la Justice », afin d'acclamer le crime par en haut et de le flétrir par en bas. Ceux qui ne pouvaient prospérer dans leur état que grâce à une domestication de tous les instants, ceux qui, pour s'élever dans la hiérarchie, devaient faire paraître à chaque minute platitude et servilisme, tous les ratés d'une Classe qui repoussaient avec horreur ce que la science pouvait leur apporter de vérité sur la germination des pensées dans l'âme humaine, étaient promus à la dignité de « Magistrats » et disposaient de leurs congénères.

. . . .

« Pour légitimer cet état de choses, expliquait Morosex, ces « civilisés » affichaient la croyance au Libre-arbitre dont leur religion se portait garante. Leur superstition avait installé dans les Espaces une Trinité de dieux, un ménage à trois composé du Père, un vieillard chenu et coléreux, qui passait son temps à moucharder les hommes, de la Fille engrossée par l'Abstrait, afin que soit respectée sa membrane hymen, et du Fils né de la semence d'un pigeon.

Ce Trio attisait les soleils, assumait la police des Distances, tournait sans relâche la manivelle de Gravitation, ravaudait les déchirures du Cosmos, rapiéçait l'Univers, encaustiquait le plan astral, et passait le plumeau sur la Voie lactée.

A l'exemple de ces trois Personnes qui présidaient une Cour d'assises, et se relayaient comme des gardes-chiourmes d'un bagne installé dans l'extra-monde, les humains, pendant plus de vingt siècles, s'étaient donc demandé compte et réciproquement fait grief de leurs actions. Trop ignares pour savoir qu'une réaction des muscles, une excitation du cerveau, un mode de la volition, un état de la pensée, sont régis par des déterminantes qui viennent du plus lointain de la génération d'un être, et que l'homme d'alors, emporté dans le conflit des causes, le remous des effets psychiques, n'était pas plus responsable de ses orientations morales que la molécule liquide entraînée vers le cloaque ou le glacier impollué; trop obturés pour découvrir la fatalité du déterminisme, ces mammifères s'offraient, tour à tour, en postures de juges ou de bourreaux. Leurs magistrats broutaient, durant dix années, le chardon des règles juridiques, mais n'avaient jamais assisté au moindre cours de psychologie! »

Brusquement, les bras de Sagax se dressèrent au-dessus de sa tête. Pris d'une frénésie, gagnée évidemment au contact des Temps postérieurs, il martelait le sol des talons et criait hors de lui :

— A n'en pas douter, dans l'atmosphère que respiraient ces monstres abolis devait se trouver un principe mauvais, un gaz épileptiant que nous avons éliminé, nous autres, et il va me falloir le retrouver pour expliquer enfin l'état d'âme de ces *Innommables*...

CHAPITRE VI

Le Créateur d'hommes, impuissant à déam-
buler plus longtemps parmi les labyrinthes
tortueux de l'aberration antique, avait déserté
ses paperasses. Il n'avait pas étudié la centième
partie des documents rapportés par Corégium
et celui-ci, avant peu, devait retourner puiser
aux Sources du Passé. Mais quelle que fût son
impatience de tout savoir, il s'était senti sans
courage pour avaler, d'un coup, cette ciguë de
désolation. Il avait besoin de reprendre quelque
souffle avant d'enfourcher à nouveau l'hippo-
griffe de l'Histoire qui l'avait fait planer sur les
Temps révolus, dans lesquels les Peuples et les
Races avaient déroulé leur fantasia de cruauté.
D'ailleurs, Phégor et le couple aliéné, toujours
encagés dans leurs ergastules de verre, ne pouvaient être, plus longtemps, privés de ses soins.

S'il lui était impossible de les guérir, tout au moins devait-il continuer sa médication antérieure et les préserver ainsi du désastre définitif. Il leur dépêcha donc son fluide du meilleur aloi, sans la moindre confiance en son effet curatif.

La foule continuait à bloquer la Voie triomphale et la curiosité, pour une anomalie d'ordre aussi persistant, s'exaspérait plus encore qu'au premier jour. On offrait des gâteries aux réclusionnaires; on leur portait des fleurs ainsi qu'à des malades pitoyables, et des voix affligées les exhortaient à prendre patience, à persévérer dans dans l'espoir que Sagax les guérirait bientôt. Mais la nécessité de mesures d'ordre — les premières qu'eût connues la Cité — s'était imposée. D'un commun accord, il avait été convenu qu'une heure de ce spectacle devait assouvir les plus exigeants et permettre ainsi à tous les citoyens de contempler les trois possédés sans risquer d'excessifs torticolis.

La vénération, dont le Créateur d'hommes était l'objet, avait, à l'approche de sa toge rouge, ouvert comme un soc la grouillante cohue. Les hommes velus qu'il avait, pour la plupart, enfantés par l'entremise de ses bocaux, le saluaient comme un père dont le vigilant savoir les avait, jusque-là, affranchis de la douleur et de l'affliction.

— Sauve-les! Sauve-les, Sagax, ils sont aussi tes fils!

Le Grand Physiologiste jeta un coup d'œil sur

le local d'isolement et une pâleur marmorale dé-
colora son front. L'état des trois dolents s'était
plutôt aggravé. Derechef, le découragement, mêlé
d'angoisse, sembla fermer les clapets de son
cœur, et ne plus permettre dans ses artères que
la course d'un sang parcimonieux. Ainsi, confronté avec lui, le Mal, de plus en plus inconnu,
se gaussait de son génie qui, pourtant, avait
affranchi l'organisme humain de tous les désordres! A la face de la Ville-Joyau, il ricanait de
sa vaine stratégie!

Sagax recula, traversa la chaussée et s'adossa
à la muraille transparente du phalanstère 134.
Les deux fous avaient adopté une attitude de souverain mépris pour les badauds agglomérés.
Allongés sur la paillasse de radiations qui les
soulevaient de terre comme une couche d'ostentation, ils se souriaient béatement. Tour à tour,
on les voyait se fourbir les mains au polissoir des
baisers, et pendant que l'homme, les tempes
ceintes de primevères, peignait avec ses doigts
les cheveux de sa compagne, celle-ci délirante,
le torse en trépidation, les orteils crispés, se bros-
sait la figure avec la barbe hérissée de l'homme,
tout en poussant de petits : hi! hi! de plaisir.
Quant au monstre, quant à Phégor, le scandale de
ses gestes ignominieux avait été tel qu'il avait
fallu user d'une coercition jusque-là inusitée.
Alors que l'orgueil des Neutres était d'être nus,
de ne connaître pour tout vêtement, que leurs
toisons caressées par les souffles de l'artificiel et

pérennel été, Mathésis lui avait fait passer une
sorte de braie confectionnée en toute hâte. Ce
haut-de-chausses, mi-partie rouge et vert, emboî-
tait étroitement ses jambes et les boutons qui
fermaient le mâchicoulis d'avant étaient conso-
lidés au fil d'archal. Au surplus, des gants de
crin, aux poils rudes et agressifs, qui recouvraient ses mains, lui interdisaient de se nuire.
Pour l'instant, assis à cropetons, il paraissait
méditer sur le peu de durée de la félicité humaine, et, de sa gorge, sortait un incessant hou!
hou! qui devait être la complainte berceuse de
son délire mélancolique.

Tout à coup, sa tête prit le branle, oscilla,
s'autorisa au tic de l'ours que venait de lui
infliger sans doute l'excès de son navrement.
Puis, un de ses regards étant tombé sur le Grand
Procréateur, on le vit se dresser d'un bond, dans
un piaulement qui fit sursauter ses co-détenus.
Amborix, l'homme au front enguirlandé, quitta
de suite la chevelure qu'il sarclait avec délices
et, arrondissant le bras dans un geste harmo-
nieux, les lèvres ointes d'afféterie, offrit à la faiblesse de la femme l'appui galant de son bras.

Alors, comme si la présence de Sagax les jetait
en dehors de toute retenue, les exaspérait jusqu'à
la folie sacrée, tous trois ployèrent le buste, menacèrent du crâne, tels des taureaux en posture
d'attaque et voulurent foncer sur leur tourmen-
teur. Le bond en avant les porta jusqu'au bord
extrême de leur cellule, et bien que celle-ci, face

à la foule, fût sans cloison, leur élan y fut brisé net par la toute-puissance de l'impératif magnétique, par le vouloir toujours omnipotent qui les retenait prisonniers depuis la première heure de leur incarcération. Et les trois corps, lancés vers la vengeance, projetés ainsi que des quartiers de roc par la baliste de la fureur, palpitèrent une minute, suspendus, puis se roulèrent à terre avec un bruit de noix froissées, sonnèrent, de leur sinciput, sur le dallage sonore, le glas des suprêmes défaites.

Terrorisés par ce geste d'agression que le genre humain avait désappris depuis plus de quarante siècles, les visages de la foule se crispèrent dans un rictus d'horreur unanime. Les fronts devinrent livides, se ridèrent comme des fronts de vieillards. Cette singulière folie allait-elle restituer à l'homme la brutalité et la méchanceté des Ages immémoriaux? Le côté comique de la chose l'emporta heureusement. Un éclat de rire général stigmatisa comme il convenait la présomption enfantine des trois délirants qui avaient voulu briser leurs chaînes de suggestion, leurs poucettes d'hypnose, et se ruer sur le chef de clinique, qui s'efforçait à les guérir. Une seconde s'écoula pendant laquelle, sans doute, l'incurabilité du trio apparut à la foule, car celle-ci clama, d'une seule explosion de ses milliers de voix

— Donne-leur le goût de la mort, Sagax! Infuse-leur la concupiscence du Néant comme tu le fais pour tous les *fatigués*, pour tous ceux qui, las de vivre, viennent quérir de ta bonté l'appétit du silence, la blanche extase des suprêmes pacifications.

Sagax frissonna, car il crut retrouver en ce cri la préexistante cruauté de l'homme. Malgré toutes les cultures et toutes les sélections, cette férocité des époques lointaines se maintenait donc toujours en suspens dans l'être parachevé? Ou bien, pour être moins pessimiste, devait-il croire que le délire des trois incarcérés avait suscité, par rayonnement, cette défaillance du sens moral parmi les Neutres? Jamais le fait ne s'était présenté : mais, désormais, il lui fallait en faire état. Son génie serait-il assez puissant pour épurer un peu plus encore les zoospermes actuels et redresser cette dernière imperfection? Dès qu'il aurait triomphé des difficultés présentes. il lui faudrait se vouer à cette tâche. Ce pouvoir redoutable qu'il détenait de renverser l'opinion, de transmuer la valeur des choses au regard de l'entendement, de retourner l'optique humaine, de faire, en un mot, aimer la mort à quiconque jusque-là avait chéri la vie d'une passion sans seconde, il ne se reconnaissait pas le droit d'en user avec celui qui ne le sollicitait point. Cette effraction du cerveau d'autrui qui lui permettait d'y insinuer le culte et la fringale de tout ce qui l'avait précédemment horrifié, de changer complètement son mode de sentir et de réagir, il ne s'y autorisait que sur la réquisition expresse de son prochain. Des vieillards, âgés de plus de deux siècles, étaient venus lui demander de leur rendre délectable à l'esprit l'idée du trépas qu'ils voulaient anticiper par dégoût de la décrépitude proche. Et, après mûr examen, après avoir fait retraite sur soi-même, après avoir tout analysé, il s'était décidé à modifier, si l'on peut dire, le sens gustatif de leur mentalité, à leur faire apparaître la mort comme une ébriété sans précédent.

D'un geste, il chassa le populaire qui, en cette minute, lui paraissait se comporter comme les viles humanités d'antan. Et, pour mieux assurer sa fuite, il jeta en masse, dans cinq mille cervelles, l'idée de panique. Un sourire revint à ses lèvres rien qu'à les voir galoper tous comme si une des charges de cavalerie de l'ancienne civilisation fût lancée à leur pourchas. A l'arrière de la multitude en déroute, Staroth, le gâteux, inclinait sa tête sphérique, sautillait sur ses jambes cintrées, s'efforçait désespérément de ne pas perdre le contact, pareil à un crapaud dans ses bonds successifs.

Campé devant les cabanons transparents, seul au milieu de la chaussée, Sagax considérait les démonomanes. Amborix, le plantigrade au front constellé de corolles violettes, semblait avoir pris son parti du désastre de ses vengeances. Ecroulé sur le sol, il dégustait comme un sorbet le sein de sa compagne, ne s'interrompant que pour plonger sa face dans les tresses blondes dont les rudes crins d'or poussaient à ses narines une odeur d'âcre miel. Phégor, le monstre, se frictionnait la nuque et, avec la plus grande délicatesse de touche, sa main aux caresses épineuses comptait minutieusement les bosses de son occiput.

Sagax, à détailler ces contorsions, connut que, ce jour-là encore, il ne pourrait point se ravitailler d'espoir. Il allait tourner sur les talons, faire retraite une fois de plus devant l'incoercible névrose, car la mimique d'Amborix lui mettait une brûlure au creux de l'estomac, raréfiait sa salive et commençait à faire sortir une forme bien connue de la pénombre de son souvenir. Un glapissement d'otarie enchiffrenée gela heureusement sur ses lèvres le nom de Formosa qu'il commençait à se murmurer. A l'improviste, Phégor, produit antiphysique du bocal *1.324*, semblait passer son épigastre à la varlope de son gant raboteux, puis se mettait à faire « accordéon », dans une désarticulation qui lui était familière : c'est-à-dire s'écrasait sur les plantes et se relevait lentement, se distendait en tremblotant, pour s'ériger ensuite, droit sur les orteils, en vociférant les meilleures invectives de son répertoire.

— Tu penses bien, hurla-t-il, que je ne vais point dilapider mes métaphores à te révéler les seuls comportements idoines à faire tomber les écailles de crasse qui tintinnabulent sur ton épiderme de cuistre épanoui. Ne t'en prends qu'à toi-même si tu me vois astreint à sortir du ton de parfaite courtoisie auquel j'ai accoutumé dans mes écrits et mes rapports avec mes semblables.

« Te gratifier de nombreuses nasardes serait, comme j'y étais enclin tout à l'heure, une consolation fort au-dessous de mes justes droits. L'artificiel, le simili et l'approximatif, par tes soins jaloux, illustrent notre époque. Tu as vaincu la Nature, soit; tu as arraché de son ventre cette matrice de malfaisance dont les anciens mortels léchaient avec concupiscence les sécrétions empoisonnées, et tu n'as fait que jeter sur la vie un velum de laideur, un noir caparaçon de médiocrité triomphante. Pasteur de zoospermes, Magasinier de la laitance humaine, Porte-clefs de la stupidité omnisciente, tu t'indignes de ce que tu ne peux comprendre et brandis l'anathème sur les comportements au-dessus du vulgaire...

« Tu as découronné le monde de ce diadème sept fois trempé dans le sang et les larmes qu'on appelait la Beauté. Efflorescence miraculeuse! La sève lactée des lys aux candeurs d'impubères, le sombre génie des jusquiames balançant l'athanor des insidieux poisons, l'ardeur sensuelle des roses rubéfiant l'air léger de leur incandescence pourpre, et l'horreur aux imaginations d'artiste, et le crime aux confondantes trouvailles, et la semence des boucs tombant sur la chair des vierges : tous les charmes et toutes les épouvantes, toutes les langueurs et tous les paroxysmes,.

tout cela, le sais-tu, courait jadis dans les veines de l'Univers pour lui donner une âme, pour le tordre dans le spasme éternel d'où sortait la Vie! Avant toi, le divin désordre régnait, administrant le globe au gré de sa fantaisie et les baladins prophétiques, prosateurs, poètes aux lèvres inspirées, traînaient le chariot de l'art sacré, allaient planter partout les divins décors de la Couleur, du Pittoresque et de l'Inattendu. Tes pareils sont venus pour assumer la volonté de tout ramener à l'étiage de leur exacte bassesse. Sur le pollen de ferveurs et de pâmoisons qui soufflait la bouche des Azurs, sur le duvet de fleurs qui voletait sur le front des Etés, tu as évacué l'odeur fade des équations, le pissat des théorèmes. Métaphysicien du Ridicule, Philosophrastre du Grotesque, 3.000 ans d'absurde sociologie t'ont fait arroser la terre avec les humeurs froides de la Banalité!

A court de souffle, le monstre ne faisait plus accordéon. Les pieds en équerre, le corps tourné de trois quarts, le bras droit arrondi comme une anse de panier, il semblait offrir une fleur illusoire, la fleur de son éloquence, au bout de ses doigts tendus en porte-rose. Réapprovisionné d'haleine, il continua :

— Tes devanciers se glorifient d'avoir passé la camisole de force au Tumulte, d'avoir vaincu le mal, père de toute rénovation! Ordonnateur de l'à peu près, Surhumain du sagouinisme, en quel alcool de sottise fais-tu grimacer comme un fœtus ce qui reste de l'humanité pour l'offrir au désespoir des âges futurs?

« Hélas! les hommes ont désappris les magnanimes enseignements de ceux qui furent les maîtres de la joie et les éducateurs de l'esprit, car quelle que soit la bêtise qui bombine sous ton crâne, tu n'oserais point qualifier poètes des polissons comme Carminus qui vont jusqu'à ignorer que le premier devoir de l'artiste qui se respecte est de faire paraître les mœurs au-dessus du commun qu'Athènes, jadis, enseigna.

« Le charme envoûtant des choses et le devoir d'être beau n'ont plus de disciples. La laideur est désormais la seule accoucheuse de l'esprit; et, du ciel endolori tombe, en un dernier frisson, le crépuscule de toute aristocratie, de toute compréhension et de toute pudeur. Misérable! à quoi bon la victoire sur la Douleur, si tu nous fais hiverner dans l'atonie? Souffrir, peut-être, entends-tu, mais jouir, vibrer, palpiter! Ah! donner à ma parole une persuasion si forte qu'elle arracherait le saligaud, mon voisin, à ses immondes plaisirs. Et tous deux alors, t'étrangler de nos mains vengeresses; oui, t'exterminer, Nourrice sèche de l'impuissance, annihiler à jamais la froide haleine de tes dogmes utilitaires qui a ventilé le monde et enrhumé le soleil!...

Et, dans une frénésie inconsciente, il strangulait le vide de ses doigts gantés de crin, nouait dans l'air des carcans impitoyables.

Une douce et confortante hilarité épanouissait

Sagax. L'accablement, qui, tout à l'heure encore, pesait à ses épaules, avait disparu de lui-même. Il se trouvait là devant un cas de folie raisonnante. Mais un désordre qui suscitait les tonnerres poussifs de pareilles apostrophes n'était évidemment réductible que par les thérapeutiques désespérées. D'après ce qu'il savait des âges antérieurs, il y reconnaissait les trois dominantes de l'aliénation mentale, les trois points de tangence qui lui sont communs avec le génie, c'est-à-dire : le besoin de didactisme, de prosélytisme et d'invective. Le fou, en effet, se trouve placé dans la nécessité d'expliquer sa folie et de recruter pour elle en la glorifiant par devers autrui. Sans aucun doute, les deux autres malades n'échappaient que momentanément à ce travers. Mais leur exeat ne semblait pas, non plus, devoir être signé avant longtemps. Comme toute démence est un habitacle où se cadenasse jalousement le possédé, ces derniers n'avaient nullement pris cure des manifestations oratoires de leur co-détenu. Depuis un quart d'heure au moins, ils inventoriaient avec persistance leurs parfums intimes, ce qui, parfois, les faisait bramer vers la nue, la gorge en l'air.

Le Créateur d'hommes ne pouvait plus hésiter. Il était acculé aux moyens excessifs. Son parti était pris : le lendemain, il leur décernerait, à tous les trois, la léthargie pour une demi-année. Cela permettrait de curer patiemment leur cerveau, de frapper d'inertie leurs centres nerveux et par cela même — en la privant d'aliments sensoriels — de faire périr d'inanition « l'intruse » qui les régentait abusivement.

Mais avant de tourner le dos à cette maladrerie, Sagax banda sa volonté et propulsa, vers Phégor, une suggestion inattendue. Par manière de paradoxe, il s'amusa à l'investir de ce qui, à ses yeux, constituait la suprême déchéance humaine : il le gratifia de ce que les civilisations défuntes nommaient : la Foi. Et, incontinent, le monstre au pilori tourna, éperdu, s'abattit sur les genoux, dans un mouvement si brusque que son haut de chausses mi-partie se déchira à hauteur des rotules. En se contusionnant de son poing droit, qui tirait de sa poitrine un son de gong plaintif, il criait :

— L'inélégance, la bassesse et la laideur des potagers d'imbéciles, parmi quoi j'ai déambulé dans mes vertes saisons, m'ont infusé le véhément vouloir de ne plus jamais arder que pour toi, Dieu juste et secourable.

« Jadis, j'ai couvert d'opprobres tes doctes intercesseurs; j'ai fait gicler sur tes autels le jus de ma scatologie; j'ai souffleté ta face avec les pansements sales de mes ulcères et de mon infirmité. Huguenot, j'ai reproché à tes vicaires, dont les souliers fermentent, la fétidité de leur haleine, leur horreur des ablutions et le peu de vénusté de leur profil. Aux symphonies de tes lévites, aux hymnes impolluées de tes vierges, j'ai répondu en contre-point, par le coup de gueule du pamphlet. Et j'allais, ivre d'orgueil, dans le nuage d'encens évaporé par les pieds sales de mes compagnons, cependant que la populace, aux dents de girofle, s'étranglait d'acclamations.

« Durant vingt années, quand ton fils montrait les lèvres violettes de ses plaies, je l'ai défié en pugiliste et je lui ai passé le bras roulé de mes épigrammes, la ceinture de tête de mes anathèmes, pour mériter les suffrages des mauvais garçons. Mais il était beau! Durant que je me colletais avec lui, mes ongles sacrilèges ont lacéré la serviette-éponge qui composait son unique vêtement et, toute sa splendeur, toute sa nudité, toute sa chair adorables me sont apparues. Las! me voici féru par le glaive de l'éternelle passion, et je veux palpiter avec lui sous des courtines d'azur, dans des draps d'Infini. Tu le sais, Dieu redoutable et débonnaire, des flammes ferventes ont transverbéré mon cœur et je n'ai plus d'autre désir que de lustrer, de mes lèvres, le Corps immarcescible que Ta Justice a enfanté!

Depuis la veille, un des documents de Corégium avait révélé a Sagax la source mystérieuse d'où venait Phégor, produit adultéré du bocal *1324*. Le monstre accourait en droite ligne d'un écrivain protestant et inverti qui florissait vers l'an 1920. Ce parpaillot de vespasienne, affligé d'une verrue sur l'œil gauche et dont le vice aurait pu faire éclater d'horreur les prunelles de Calvin, son maître, avait tenté de donner une morale et une métaphysique à ce qu'on appelait alors la « pédérastie ». Après avoir sodomisé la Vache à Colas, le voilà qui se proposait maintenant d'emboutir Jésus...

Pour ne point souiller plus longtemps ses regards à la vue de cette ultime dégradation, Sagax ramena sa toge sur ses yeux et s'éloigna à pas lents.

CHAPITRE VII

Depuis trois jours, Sagax s'était, une fois de plus, enfermé dans son cabinet de travail, en décidant de se confiner dans la plus verrouillée des réclusions jusqu'à ce qu'il ait pu, enfin, arracher le masque de mystère à la face flétrie des Ages révolus. Voué à cette perquisition minutieuse, il s'était juré de ne reparaître à la vie agissante qu'après avoir exhumé, sous les alluvions de 5.000 années, le fossile de la précédente Humanité, tout ce qui restait, en un mot, de sa science et de sa civilisation. Dans la caisse qui contenait les floraisons redoutables de l'Inconnu, les documents paraissaient avoir été comprimés à la presse hydraulique et il ne les en retirait, ne les exfoliait pour ainsi dire qu'avec beaucoup de difficultés, comme on arrache d'une ardoise les minces lamelles qui la composent.

La fin de l'histoire de Morosex semblait être perdue, car, bien loin de découvrir le volume suivant, il tomba sur une pièce qui n'avait avec elle aucune parenté. Fragment de roman bien antérieur ou petit conte sans signature, ce texte lui fournit néanmoins quelques détails savoureux sur le Paris du xx° siècle.

Une première fois il l'avait parcouru, lançant le galop de son regard à travers les pages et il revenait maintenant à un examen, à une étude plus approfondie qui le fit se heurter, bientôt, à nombre de termes, d'incidents, de faits dont l'intelligence lui était refusée. Certes, il devait se trouver en face d'une sorte de sagittaire, de satiriste qui, plaisamment, par l'artifice de l'humour et de l'apparent paradoxe, enlevait le trait de mœurs en relief puissant, donnait à la sottise et à la turpidité de son époque un rehaut inattendu, et s'amusait, ensuite, à leur faire pousser, en cavatine, tous les hi-han de leur répertoire.

Le Créateur d'hommes dégustait lentement cette broutille.

LES PROMENADES DE M. ELIPHAS

Un chroniqueur célèbre enterrait sa vie antiphysique pour épouser la fille du roi des engrais, et il avait convié à cette fête un grand nombre d'amis dont les mœurs étaient de la plus pure orthodoxie thébaine. Le parpaillot des urinoirs devait présider ces agapes et, les tempes ceintes de fleurs phalliques, citer des textes grecs, quand serait venue la minute délectable en laquelle les sodomites s'agglutinent.

La chambrée était d'importance et, devant chaque serviette, devant chaque menu où des guirlandes de priapes couraient sur le papier vergé, resplendissait un nom fameux dans les lettres, la magistrature ou le clergé. Quinze tsiganes splendides, quinze animaux humains d'incomparble plastique, piaffaient d'impatience dans leur dolman écarlate et devaient être livrés aux convives à la fin du repas. L'épine dorsale cambrée en arc, rasés bleu, et poitrinant sous leurs brandebourgs violets, par leur beauté et leur fringance, ils égalaient ce festin aux plus fameux banquets du Palatin. Quelques invités étant venus jeter un coup d'œil dans la salle, les quinze musicantis poussèrent avec ensemble un hennissement d'accueil et, sur les moustaches d'hospodar, des narines larges ouvertes soufflèrent du feu crépitant...

Le maître de céans, comme bien tu penses, fut complimenté. Mais quand, aux préludes de l'orgie, tout le monde gagna sa place, les faces pâlirent et la consternation devint générale. Désastre. Les tsiganes ne piaffaient plus et poitrinaient encore moins. Leur échine, distendue et plus molle qu'un filin détrempé, se courbait comme une branche de saule pleureur, et, dans l'excès de leur flapissement, les moustaches de laque balayaient la nappe ou trempaient dans les pots à moutarde.

Quel était le misérable auteur de la catastrophe? Tous les convives s'accusaient.

— C'est lui...

— Non, c'est monsieur.

— Je vous dis que c'est Luluce.

— Et, j'affirme, moi, que c'est Carmen.

On allait en venir au mains. Les défenseurs de Luluce, un Président à la Cour, étant plus nombreux que ceux de Carmen, le curé d'une de nos basiliques, il y avait gros à parier que l'Eglise allait, à nouveau, subir les injures du siècle. Il y eut heureusement une courte trêve suscitée à point par le Parpaillot des édicules publics, qui, la bouche bien disante et le geste cadencé, faisait appel à la concorde, et, malgré tout, ouvrait les agapes en citant les bons auteurs. De mémoire, il répercutait l'anathème lancé par Tibulle aux tapettes vénales dans la IV⁰ Elégie.

Heu male nunc artes miseras hæc sæcula tractant!
Jam tener assuevit munera velle puer,
At tibi, qui Venerem docuisti vendere primus.
Quisquis es, infelix urgeat ossa lapis.

Soudain, le fils ambigu d'Apollon poussa un hurlement en trémolos. Interrompu net, il était agrippé, saisi au collet par ses deux voisins qui le forçaient à se lever malgré lui.

— Il ne niera plus, le scélérat. Il était entré

ici avant nous et il les a tous séchés... hein, quelle crapule!

Et les deux justiciers en appelaient au vêtement de l'androgyne, dont le désarroi et les macules avéraient le délit.

— Quinze? questionnai-je.

— C'est un tempérament, répondit le célèbre chroniqueur.

. . . .

— Ma tête! Ma tête! râla Sagax qui venait de quitter son escabeau. Et, rageusement, il arpentait la pièce. Une goutte de *Mensigène* aspirée avec fébrilité lui permit néanmoins de retenir une fois de plus comme certaine l'identité de turpitude de l'homme à la verrue lui obstruant l'œil gauche du Polyphème des vespasiennes, comme l'avait nommé Mathésis, et de la géniture monstrueuse du bocal 1324. Mais si la malfaçon ne pouvait lui être imputée, à lui Sagax, comment s'était-elle produite? Et comment des « neutres » avaient-ils pu, en l'an 1920, réaliser des obscénités pareilles?

Sagax attaqua un autre document. De celui-ci, il résultait que :

1°) Dans les Sociétés du xx° siècle, certains hommes possédaient plus que ce qui était nécessaire à la vie; ils appelaient cela le luxe. Par cela même, sans aucune protestation des maîtres de l'Heure ou des Maîtres de la Conscience, ils condamnaient à la famine un grand nombre de leurs frères. Pour si monstrueuses que pussent être ces certitudes, on se voyait forcé de s'incliner devant elles. Ainsi devaient s'entendre les mots de *riche* et de *pauvre*. Quiconque possédait de grandes quantités d'un métal qui n'avait d'autre qualité que de ne pas s'oxyder réussissait, par la vertu inexplicable de ce corps simple, à faire travailler ses semblables à son profit et jouissait, incontestablement, du droit à la fainéantise et à l'imbécillité.

2°) Les citoyens de ces Epoques paraissaient détenir un goût particulier pour ce qu'ils appelaient le Pouvoir, c'est-à-dire la domination et la molestation d'autrui. Celui qui n'asservissait qu'un homme pour lui faire accomplir à son profit les basses besognes de la vie était moins réputé que celui qui en asservissait des milliers. Gouverner ses congénères par multitudes ou petits paquets, était donc un délice très recherché des classes favorisées. Il y avait des rois, des empereurs, des reines, des politiciens, des papes, des ministres, des sorciers, des tribuns, des prêtres, dont la fonction consistait à maintenir dans la sujétion et l'hébétude les peuples qui se réclamaient de leur égide.

A côté d'eux fonctionnaient les potentats du commerce, les despotes de l'industrie, les brigands des banques, les tyranneaux de l'esprit qui collaboraient à la même besogne de compression morale ou matérielle.

Tous dénaturaient avantageusement leurs

actes par le moyen d'écrivains à leur solde, étouffaient la parole libre, étranglaient la critique perspicace, astreignaient à l'inanition l'audacieux qui s'autorisait à les censurer. Et nul d'entre eux ne redoutait les vengeances collectives ou particulières, car ils connaissaient les paroles qui chatouillent agréablement les oreilles d'âne de la foule, et ils achetaient sans lésiner les orateurs qui auraient pu opérer cette dernière de la membrane de stupidité qui recouvrait ses prunelles.

3°) Un sentiment biarre, un prurit épidermique, pareils, en tous points, à ceux qui affligeaient les trois individus en observation, semblaient jeter les mâles vers les femelles et même souder les hommes entre eux, comme le laisait deviner le document relatif au Polyphème des vespasiennes.

Et Sagax se félicitait d'avoir pris le Passé à la gorge pour le dépouiller de son mystère, pour retrouver ainsi indéniablement la trace du cas pathologique qui, jusque-là, avait mis son génie en défaut. Mais quel était le nom de ce détraquement, qui le faisait éclore et dans quel but mystérieux s'exerçait-il? Voilà ce que sa science étiologique ne pouvait encore formuler.

Certes on en guérissait : son exemple était là pour le prouver. Depuis qu'il travaillait avec passion, le souvenir du corps de Formosa hantait son imagination avec moins de ténacité. Assez facilement, en somme, il avait échappé

aux étreintes de ce mal redoutable qui surgissait, victorieux, des décombres du Monde péri-
mé.

La locution « être marié » qu'il avait ren-
contrée plusieurs fois au cours de ses lectures,
pouvait être traduite ainsi : avoir acquis le droit
légal de s'accoupler à la façon des bêtes. Mais
Sagax qui, déjà, triomphait, dut déchanter, sans
transition. Sa trouvaille n'était qu'une antinomie. Comment les humains du XX° siècle au-
raient-ils copulé à l'instar des espèces inférieures, puisqu'ils étaient du genre *neutre*, comme
les Parachevés de l'heure en cours. Cela, le
Grand Physiologiste ne le pouvait mettre en
doute. Qui dit Civilisation, dit mise au pas, subordination complète de la Nature, et tous ces
hommes se réclamaient de l'état policé. Donc,
une fois de plus, il s'était blousé sur ce point
et il se débattait présentement dans une des
nombreuses oubliettes d'ignorance que le Destin
se plaît à creuser sous les pas du présomptueux.

CHAPITRE VIII

Ce matin là le Créateur d'hommes avait infligé la léthargie à ses trois aliénés. Frappés par sa volonté sans appel, ceux-ci, les bras dressés, avaient soudain battu dans l'air une paradoxale crème fouettée, puis, roides, étaient tombés cataleptiques, les muscles résonant sous la vibration intérieure de leurs nerfs tendus pareillement à des cordes de harpe. Couchés sur leurs sommiers d'effluves, ils devaient rester ainsi quarante-deux jours : le laps de temps strictement nécessaire à ce que leur cerveau, frappé d'inertie, laissât périr, faute de nourriture psychique, la démence, aux acclamations du peuple assemblé.

En toute hâte, Sagax revint pour puiser encore dans la caisse aux documents. La drague de ses doigts craintifs, plongeant au hasard, rame-

11

na une nouvelle pièce et il reçut de suite un choc
à la poitrine.

Son cœur sursauta, et aussitôt, penché sur sa
table de travail, sa volonté modéra la course du
sang, empêcha ses tempes de battre trop forte-
ment pour ne point distraire d'un bruit vain le
travail patient de toutes ses facultés. Merveille!
Il venait de retrouver une partie des *Annales de
Morosex* qui le menait jusqu'à l'année 2310. Et,
à déchiffrer le texte, il goûta la plus pure des
joies cérébrales, se délecta dans une extase intellectuelle comme il n'en avait point savouré encore depuis qu'il palpitait dans la lumière.

L'historien faisait d'abord allusion à une conflagration générale qui, vers l'an 1914, avait
saboulé toute l'Europe et du même coup fait cra-
quer la membrure des vieilles sociétés. Toutes les
nations engagées dans cette boucherie sans précédent avaient fait coup fourré, s'étaient l'une
l'autre blessées à mort. Après une effroyable période de guerres civiles, dans les déchirements
d'une sanglante gésine, l'Occident avait accou-
ché d'un nouvel ordre de choses. La Russie, gou-
vernement quasi-asiatique était passée la première à la Révolution prolétarienne.

*L'Ere du Collectivisme, écrivait Morosex, l'Hé-
gire de l'Entr'aide mutuelle, avait débuté vers
l'an 1960.*

*Après avoir chassé ses anciens dirigeants, cha-
que peuple envoya des mandataires à la grande
Constituante qui devait organiser les Etats-Unis*

d'Europe. Toutes les lignes de démarcation, tous les tarifs de douane, toutes les entraves du libre essor humain furent abolies, immédiatement, et toutes les races civilisées : Saxons, Latins, Slaves, se virent conviées à la communion fraternelle.

Chaque territoire fut divisé en secteurs d'industrie, de commerce ou d'agriculture, conformément à son tempérament économique antérieur. Les syndicats avaient charge de réglementer, d'administrer leur production et entraient en cohésion avec les syndicats éloignés de même nature. Tout centre manufacturier était soudé aux centres voisins par le moyen de Fédérations régionales. A leur tour, ces groupes de Fédérations, qui ramassaient en faisceau toute l'activité d'une nation, étaient régies par le Conseil suprême, cerveau unique, dont la puissance était formidable et qui détenait entre ses mains ce qu'aucun autocrate n'avait jamais possédé, c'est-à-dire l'énergie créatrice d'un pays, qu'il pouvait galvaniser ou abolir à son gré.

La surproduction française était troquée contre la surproduction d'à-côté, contre celle d'Allemagne, d'Italie, d'Angleterre ou d'Autriche. Et les colonies, mises en commun, fournissaient ce qui faisait défaut à l'unique Métropole. Une sorte de change fixé au début de chaque année par la Conférence d'arbitrage établissait la plus-value internationale d'un produit sur un autre. Le bénéfice, après la balance des comptabilités d'Etat à Etat, était attribué partie à l'actif de chaque

Nation, partie au Trésor collectif. Néanmoins, pour obvier à l'accumulation des profits qui n'aurait pas tardé à susciter l'hégémonie d'un peuple, les fonds de réserve ne pouvaient être détenus plus de trois années sans avoir été employés à l'amélioration du bien-être ou de l'outillage communs. Ce temps écoulé, ils devenaient la propriété de la Grande République confédérée d'Occident.

Désormais, les peuples n'eurent plus de budget, mais un compte Doit et Avoir des importations et des exportations qui profitait seul à la masse. A la fin de l'exercice, quand une Nation était en excédent, elle versait 75 0/0 de ce trop plein à la Caisse fédérale dont le but était de se porter au secours de chaque pays en état de besoin momentané.

Ainsi, de l'Oural au cap Finistère, de la mer du Nord à l'Adriatique, après avoir empli la ténèbre de 40 siècles des hurlements de leur férocité, les membres de la Grande Famille humaine échangeaient maintenant les produits de la terre et de l'industrie, vivaient, réconciliés, dans une étreinte fraternelle qui gonflait tous les cœurs d'une effervescence magnanime de justice et de pitié.

L'Assemblée de chaque peuple siégeait en permanence. Et tous les six mois se réunissaient des délégués qui envoyaient quarante des leurs au conseil des Etats-Unis d'Europe. Ces institutions étaient sages, et l'Humanité qui s'était hissée sur ce palier de bonheur aurait pu considérer son avenir d'un œil sans angoisse, si la Nature naturante ne transsudait pas à l'ordinaire une sueur de malfaisance que les lèvres de l'homme recueillent toujours comme un élixir de dilection.

Indulgents à leurs défaillances réciproques et jouissant de l'irresponsabilité inhérente aux Assemblées, il arriva que les délégués au Grand Conseil des Etats-Unis d'Europe, au nombre de quatre cents environ, qui gouvernaient en réalité plus de 300 millions d'êtres libres, conçurent de ce fait un orgueil démesuré. Comme chaque candidat briguant cet honneur ultime devait, pour se faire élire, traîner derrière lui des multitudes de clients et consentir à des palinodies — identiques à celles du passé — qui répugnaient à l'homme de bien, il advint que fort peu de justes siégèrent au Sénat suprême d'Occident. Composé de politiciens de carrière, ces Etats Généraux reproduisirent bientôt toutes les tares des Parloirs légiférants qui les avaient précédés, au temps de la domination capitaliste. Ils décrétèrent sans appel sur le travail mondial, sur les questions économiques, en sacrifiant, sans hésiter, le droit des minorités. Des intrigues souterraines, des rivalités de clan et de personnes les déshonoraient un peu plus à chacune de leurs sessions.

C'étaient eux, par exemple, qui tarifaient le quintal de blé, qui édictaient que tel peuple serait habillé de laine fine, aurait droit à la polygamie ou à la polyandrie, à l'exclusion de son voisin *qui avait mal voté aux élections dernières. Souvent, au gré de l'humeur d'une femme qui inspirait l'éloquence d'un orateur de marque, les métallurgies de l'Ouest étaient sacrifiées à celles du centre, les raffineries du Nord à celles du Midi. Longtemps, ils fonctionnèrent ainsi, dans une atmosphère de terreur et de réprobation, promulguant la misère ou le servage industriel pour toute une race, n'ayant d'autre règle que leur caprice ou le souci de leurs ambitions personnelles, soustraits, comme les anciennes dynasties, comme les vieilles républiques autoritaires, à la critique avisée et prémunis contre les représailles des citoyens, car, à l'exemple des ploutocrates d'antan, ils avaient acheté tous les journaux, et les armes — à part celles de la milice prétorienne des Parlements — avaient été à jamais détruites.*

Cette conception du Socialisme et de l'Internationalisme n'était autre que le système de Karl Marx, modifié au fur et à mesure suivant les leçons de l'expérience. C'était une théorie juive par excellence. En effet, le Sémitisme, qui avait si complètement asservi la mentalité occidentale, n'avait jamais eu de penseurs dans l'antique, mais seulement des prophètes; et Karl Marx était le dernier venu.

Une première fois, le Judaïsme s'était offert pour sauver la terre policée en lui proposant sa théogonie, et, n'ayant point réussi, il renouvelait sa tentative en lui offrant à tout hasard sa socio-

logie. Entraînée à sa suite, la Civilisation n'avait pas voulu étudier le mécanisme du Monde. La faim, l'orgueil, l'intérêt et le rut étant les moteurs indestructibles de l'individu, elle avait prétendu les briser avec le principe Equité, après s'être efforcée vainement de les annihiler, pendant les âges médiévaux, avec le principe Dieu.

La route d'aberration s'offrait, d'ailleurs, déblayée et aplanie par la Littérature qui, par tous ses chefs-d'œuvre, avait abusé les hommes. A travers 4.000 ans, l'Art d'écrire n'avait vécu que de rengaines immuables, de madrigaux au Soleil, à la Lune, aux étoiles, aux petits oiseaux, cela, sous prétexte de chanter la Nature, et sans jamais pouvoir se rendre compte que la Nature n'était point l'ambiance ou le site, la frise de nuages ou le portant de verdures qui servaient de décors à la scène où se déroulaient les phénomènes successifs de l'existence, mais bien les forces cachées, occupées inconsciemment à perpétrer un continuel renouveau de naissances, de douleurs et d'agonies.

Bientôt, ce nouveau stade du progrès humain fut plus exécrable, peut-être, que l'ancien état de choses. Les races méridionales, les riverains des mers indolentes, les Latins au sang épais, répugnaient au travail soutenu, englués dans leurs rêves lascifs, et faisaient joujou, depuis deux mille cinq cents années, avec les mêmes formules d'esthétique, les mêmes théorèmes d'art, se re-

passant, de génération en génération, sous prétexte de classicisme, la pensée des morts.

En moins d'un demi-siècle, les Latins, aptes
seulement à la politique, firent partie des peuples
assistés, se transformèrent en parents pauvres
de la Grande Société occidentale. A l'opposé, les
Saxons s'affirmèrent prépondérants par la continuité de leur effort, la qualité et la quantité de
leur production. Peu à peu, le libre jeu de l'aide
internationale fut impuissant à pallier l'inferio-
rité manifeste de quelques-unes des Nations con-
tractantes.

D'autre part, dans chaque agglomération ethnique, la propriété individuelle n'existant plus, il
fallut — le premier enthousiasme passé — user
de coercitions effroyables pour astreindre les
citoyens à mettre en valeur la propriété collec-
tive dont tous, à peu près, se désintéressaient.
Dans chaque caserne, désormais inutile, était installé une prison ou un bagne à l'usage des récal-
citrants et des irréductibles qui prétendaient vivre en lazzaroni, au grand soleil de la Justice.

Des chefs bornés et sans culture ne tardèrent
point à dominer, de par la toute-puissance de la
vilenie morale qui les faisait pareils au plus
grand nombre et, par cela même, forçait les acclamations. Le penseur libre, l'écrivain audacieux
qui s'autorisait à stigmatiser les vices des nouveaux dirigeants, ou les ridicules du Statut en
exercice était bafoué, sur l'heure, par la popu-

lace que ses tribuns flattaient jusque dans ses pires excès.

Une floraison invraisemblable d'orateurs poussait à chaque aurore, telle une éruption de roséole sur l'épiderme d'un avarié. Chacun cherchait à s'exonérer du travail manuel par le travail plus noble de l'esprit, et tout le monde avait des grades universitaires. L'Epoque bénie du Doctorat universel était enfin venue. Les marchands de panacées, les sociologues de génie, les placiers en pierres philosophales, ceux qui se targuaient de pouvoir réduire les dernières tares de la civilisation ne se comptaient plus et se disputaient la clientèle. En France, tout comptoir de marchands de vins de l'ancien régime capitaliste avait été remplacé par une tribune aux harangues où des individus hirsutes palabraient sur des Forums en raccourci et cherchaient à éclipser le triomphe du voisin.

Heureux temps de la Verbocratie et du Pionicat! Des auditoires transportés d'enthousiasme, grisés jusqu'au vertige, biberonnaient sans lassitude les spiritueux au rabais, tous les alcools frelatés de l'éloquence électorale que leur versaient éperdument des rhéteurs en conflit réciproque. Celui qui ne brillait point par le discours ou l'écriture était immédiatement dévolu aux travaux de force de la glèbe ou de l'atelier, et, vu l'excessif petit nombre de ces infortunés, ils y besognaient seize heures par jour sans désem-

parer, risquant, à la moindre incartade, d'excessives pénalités.

La terre ne donnait presque plus de pain; l'industrie moribonde n'était plus suffisante pour agencer l'habitacle commun, mais une Humanité grelottante et famineuse cambrait le jarret, plastronnait avec superbe, car elle était régie par la « Raison triomphante », c'est-à-dire par l'imposture oratoire et non plus par le sabre, le code ou l'argent. La ploutocratie et la féodalité foncière avaient à jamais disparu; nul ne possédait plus de biens en propre; nul ne domestiquait plus ses congénères par le moyen de la richesse ou des hiérarchies avérées, mais on abusait des troupeaux d'hommes, on asservissait des foules par la force captieuse des sottises trompettées avec emphase.

Des quatre points cardinaux, dans les villes et les campagnes, un roulement sourd, un brouhaha diffus s'entendaient qui étouffaient les bruits de la vie : c'était le déchaînement de gosier des tribuns à l'ouvrage. La Civilisation, en toutes les époques, ayant toujours pu se reconnaître à l'excessif besoin de discourir inutilement, il y avait lieu de croire que, cette fois, le genre humain avait atteint l'état parfait.

Les « déshérités » du contrat socialiste geignaient dans des labeurs sans trêve afin d'assurer l'oisiveté à ceux qui « élaboraient le bonheur futur », « ajoutaient, par la pensée, au bien-être actuel », et qui se gaudissaient, en réalité, dans des ripailles fangeuses et dissimulées. La Nature continuant à distribuer l'intelligence sans tenir compte des nécessités sociales, les innombrables crétins qu'elle fomentait, chaque génération, ne tardaient point comme auparavant, à constituer « la force vive des peuples » et à trouver des maîtres.

L'Occident avait donné enfin libre cours à sa manie d'administrer, d'ordonnancer à outrance. Le plus mince fétu, la moindre tuile des toitures, le fruit le plus mal venu étaient pris en compte par des milliers d'administrations, qui noircissaient des registres gros comme des pierres de taille. Une infinité de scribes, de surveillants, de fonctionnaires s'empêtraient dans des textes, des formules, des règlements, dont l'invulnérable sottise ne le disputait qu'à la profusion. Il y avait dix inspecteurs et autant de contremaîtres pour un seul ouvrier manuel et l'Humanité n'était plus composée que de surveillants ou de chefs de bureau.

Progressivement, l'ancienne Société renaissait, aggravée encore dans sa malfaisance. En proie à l'inévitable rivalité économique, les syndicats ne furent bientôt plus, avec leurs chefs loquaces, que des groupements, des sortes de sociétés anonymes, aussi avides et d'aspirations aussi basses que le patronat disparu. La concurrence, un instant bridée par l'altruisme et l'exaltation généreuse du début, les faisait maintenant se haïr et s'entre-dévorer sans pitié ni merci. Ainsi le syn-

dicalisme s'était mué peu à peu en parlementarisme, en bureaucratie irresponsable et omnipotente. Une nouvelle bourgeoisie, sortie des basfonds comme l'autre, se créait par sélection, plus
bouffonne et grangrenée, si faire se peut, que sa
devancière. Le capital n'asservissait plus personne, mais l'autorité, partagée, morcelée à l'infini, le caporalisme, basé sur la « supériorité intellectuelle » forgeaient avec amour les menottes
d'avilissement. Le « règne de la Vérité et de la
Justice » s'était instauré afin de permettre la
jouissance et les honneurs à quiconque s'accordait à l'esthétique et aux goûts abêtissants de la
multitude, toujours inconsciente.

La plus-value des échanges internationaux
continuant à se réaliser en or, une partie du mal
venait de là. Les administrateurs sociaux en profitaient pour voler éperdument; et grâce à l'éloquence qui permet de mystifier les auditoires et
de déguiser le mal en bien, la scélératesse en
vertu, ils se faisaient porter en triomphe par les
populations, qui les avaient un instant accusés,
tant l'intérêt général apparaît comme négligeable à l'homme devant son intérêt particulier, et
tant le cerveau des masses est imperméable à
toute espèce de compréhension.

Malgré tout, la tendance de l'esprit humain
vers le progrès matériel est si tenace, que le machinisme s'était extraordinairement développé.
Un fait résumera cet état florissant de l'outillage
humain. Tous les paquebots, qui mesuraient par-

fois trois cents mètres de longueur, étaient sous-
marins. Taillés en forme de gigantesques cigares,
ils étaient aspirés d'une rive à l'autre du Pacifique ou de l'Atlantique par de formidables élec-
tro-aimants qui les attiraient pareillement à de
la limaille de fer. Ils évitaient ainsi les tempêtes,
et la route était parcourue sans risque d'abor-
dage, puisque toutes les lignes étaient rigoureu-
sement parallèles. Le trajet de New-York au
Havre ne demandait que cinquante-deux minutes
et jamais un accident n'avait été enregistré.

L'affinement moral, hélas! n'avait pas suivi la
même progression. La Famille, cellule du grand
corps social, était rstée intangible et, pour assise,
elle avait toujours le mariage. L'enfant, au lieu
de porter un nom choisi par la collectivité et
d'être élevé par elle, continuait à porter le nom
de son père et à être sa quasi-propriété — ce qui,
lentement, mais à coup sûr, reconstituait les fa-
milles patriciennes, par ce fait que les fils se
réclamaient des actions d'éclat, c'est-à-dire de la
qualité de tribun officiel, de chef de district ou
des autres fonctions dignitaires de leurs parents.

Beaucoup parmi les liquidateurs et les séques-
tres de l'ex-Société capitaliste avaient capté en
partie le numéraire des anciens possédants, afin
d'en jouir plus tard, au moment propice, car il
est sans exemple qu'un gestionnaire politique ne
se soit point enrichi.

A intervalles rapprochés, la famine, avec brio
et ponctualité, dépeuplait des territoires tout en-

tiers. Les squelettes blanchissants des cadavres striaient le sol, car les bras des survivants n'avaient plus assez de force pour creuser des sépultures.

Parfois aussi, de loin en loin, des insurrections éclataient. Ceux que l'inanition avait épargnés, las de souffrir, aiguisaient des branches de chêne, les durcissaient au feu, se fabriquaient, comme à l'âge de pierre, des haches de silex, brandissaient des outils aratoires et se lançaient à l'assaut de leurs exacteurs. Mais ces derniers avaient gardé pour eux et leurs innombrables clients l'art de la guerre. Entourés de la phalange compacte de leurs sportulaires, ils balayaient les « ennemis de la société » avec le typhon des fusillades, le cyclone de la mitraille. Et quand la multitude dégorgeait sur le sol frissonnant le sang de ses poitrines, la cervelle de ses crânes, ils s'approchaient avec des rires comme pour lui notifier que c'est toujours la figure contre terre qu'on doit approcher les grands d'ici-bas...

Dans les premiers mois de l'année 2160, cependant, tout changea. Les Américains, mélange de piétistes et d'usuriers, qui avaient refusé jusque-là d'entrer dans la Fédération occidentale, jetèrent tout à coup, sur le vieux continent, des armes et des munitions à pleins transports. Boycottée dans son commerce par le blocus européen, atteinte dans ses œuvres vives et quasi-moribonde, l'Amérique se décida à un coup de désespoir avant de se résigner à disparaître du

*trafic mondial. Ses cargos débarquèrent des stra-
tèges savants et des artilleries perfectionnées
pour armer les mécontents du socialisme européen.*

*Une fois encore, fut tenté le Grand Œuvre de
la Libération humaine. Les nouveaux esclaves
des Salentes socialistes reprirent courage. Supé-
rieurement organisés et commandés par les généraux d'outre-océan, ils firent entendre le verbe
prépondérant des pièces à longue portée. Prolon-
geant le jour et suppléant le soleil, une aurore
boréale d'incendies accrochait au ciel le lustre
des galas somptueux du carnage et de l'universelle destruction. Divisés en forces à peu près
équivalentes, les bénéficiaires de l'ordre établi et
leurs ennemis faisaient, à chacune de leurs ren-
contres, courir devant eux un mascaret de sang
répandu. Dans les cités énormes, dans les capitales prodigieuses, les éclats de maisons, les toitures de palais, les fragments d'édifices s'envolaient en essaims, sous la déflagration des explo-
sifs. Et, pour empourprer les nues ainsi qu'un
couchant fabuleux, un pollen de débris humains
voltigeait, propulsé par l'haleine formidable des
panclastites.*

*La guerre civile européenne dura cinq années
et, quand les dirigeants eurent été exterminés, les
dissidents du socialisme innovèrent un procédé de sociologie avisée. Ils mirent à mort leurs
généraux vainqueurs, au lendemain même du
triomphe. Les tacticiens yankees furent donc,*

sans discours, passés par les armes, et les états majors, anéantis jusqu'au dernier, sans à-coups ni malfaçons, par manière de gratitude bien comprise.

Alors, le « vouloir vivre » et l'illusion qui en découle, c'est-à-dire la croyance en la fatalité du progrès, orientèrent immédiatement les Etats-Unis d'Europe vers le Néo-Malthusianisme.

Le désordre convulsif et l'iniquité de l'agencement socialiste leur parurent devoir être imputés à ce facteur principal :

Le pullulement des citoyens procréés bestialement sans tenir aucun compte des nécessités sociales.

A ce constat, une théorie sereine et une figure d'apôtre surgirent dans un rayonnement d'aube qui les exhuma lentement de l'arrière-plan du Passé.

Et malgré tant de déboires, de découragements et de désastres, malgré que la route suivie par les civilisations se creusât de tant de fondrières où râlait la voix d'outre-tombe des peuples immolés; malgré que les ronciers qui en ourlaient les bords fussent tout sanglants encore pour avoir frôlé les plaies vives des Races; malgré tant de rancœurs, de paniques et de crucifixions, les hommes se mirent, une fois de plus, à lancer dans l'avenir les pâles colombes de l'Espoir.

Le prophète qui surgissait ainsi du cœur de la ténèbre était Paul Robin.

Figure d'ascète et barbe de Nabi, Paul Robin

avait été un des sages de la Thébaïde d'athéisme
et de clairvoyance, un penseur qui, avant tout
autre, rêva de mettre les sociétés humaines en
harmonie avec le plan du Monde. Jusqu'à lui,
deux fils de la femme avaient ouvert sur la Vie
des yeux intelligents. Le premier, Pascal, l'avait
ainsi commentée :

« Qu'on s'imagine un grand nombre d'hommes
dans les chaînes et tous condamnés à mort, dont
les uns étant chaque jour égorgés à la vue des
autres, ceux qui restent voient leur propre condition dans celle de leurs semblables, et, se re-
gardant les uns les autres avec douleur, sans
espérance, attendent leur tour. »

Le second, Darwin, l'avait étudiée avec une
cervelle scientifique et en avait fait apparaître
le processus caché. Reprenant les travaux de
Lamarck, il réussit à faire valider les découvertes
de ce dernier. Il imposa cette évidence, à savoir :
que la contexture de l'univers est totalement différente de celle évoquée par les religions et il
parvint ainsi à expliquer la création de l'être
pensant autrement que par l'absurdité Dieu.

Disséquant la Nature, il montra qu'ayant, au
préalable, dérobé le mystère de ses modes de fa-
brication initiale, qu'ayant à jamais préservé de
la contrefaçon ses procédés d'inventeur, elle sau-
vegardait la durée de son œuvre, en assurait la
perpétuité grâce à l'instinct de conservation et
à l'instinct de reproduction à qui elle donnait
comme régulateur la sélection, la lutte des indi-

vidus pour la suprématie vitale — ce qui évitait l'encombrement excessif et imposait l'équilibre.

La pérennité de la vie, seule, lui importait et elle le montrait cyniquement par le triomphe du plus apte, par la suppression systématique des faibles qui ne pouvaient susciter que le désordre et énerver la vigueur des espèces. En cela, elle ressemblait à l'auteur probe, au styliste consciencieux qui, sans faiblesse, détruit ses œuvres mal venues.

Au sociologue, au philosophe, Darwin ouvrit des voies lumineuses et fécondes. A Paul Robin, il permit de donner aux revendications humaines la seule base logique qu'elles aient connue et pourront connaître. Au métaphysicien, à l'écrivain sincère, au chercheur d'absolu, il accorda licence de refléter l'immoralité et la férocité de la Grande Force agissante. A ses commentateurs, il délégua le soin d'établir que notre sensiblerie s'inscrit contre le rigorisme de la Nature, que celle-ci va droit à son but sans s'embarrasser de l'apitoiement — base même de notre morale — et qu'il nous faut donc la juguler à jamais sous peine de ne pouvoir exister socialement.

*Quand, à la fin du XIX*e *siècle, il était facile d'abuser le peuple avec des contorsions et des cabrioles de tréteau électoral, quand les braiments du populaire se déchaînaient avec ensemble à la moindre promesse des politiciens qui avaient repris la vieille farce de l'Eglise et se portaient garants, à son exemple, que leurs*

poches crasseuses recélaient la clef d'or du
bonheur futur, Paul Robin était venu pour faire
entendre la voix de la compréhension supérieure.
Au miracle de la multiplication des pains, à la
Cène fourriériste que les grimaciers de l'entresort
parlementaire s'offraient à réaliser en moins de
3.000 ans, pour peu que les Plèbes consentissent
à leur donner pendant trente siècles encore leurs
bulletins de vote, il avait répondu en montrant
les effets, en étudiant les causes du chaos orga-
nisé.

Dans la sarabande hystérique qui, à ses pieds,
se déroulait en la ville monstrueuse, dans la
ronde macabre qui entraînait autour du Pouvoir
les greluchons de la gloire, de l'ambition ou de
l'argent; dans la bamboula démoniaque qui faisait brinqueballer sur le ventre des exacteurs
adulés les breloques du crime, parmi les visages
éclaboussés de vin, de pus ou de sang des clodo-
ches officiels, il entrait chaque jour pour prê-
cher infatigablement la vérité, pour offrir le ra-
meau d'olivier du meilleur avenir. La Grèce l'eût
compté au nombre des sept sages et Laprade, le
dernier des néo-platoniciens, aurait chanté pour
lui :

Ses disciples, drapés dans leurs manteaux de laine,
Dans les myrtes en fleurs se groupant au hasard,
Recevaient en leur cœur, muets et sans haleine,
Le baume qui coulait des lèvres du vieillard.

Et, sous les sarcasmes, les clameurs de l'ignorance, les vociférations de la haine, les quolibets

des ministres prévaricateurs, il s'était retiré sur le mont Aventin de la capitale inique pour y vivre en cénobite, nourri du pur froment des idées magnanimes, abreuvé du seul hydromel des rêves généreux.

Mais le jour vint où l'espèce humaine perçut enfin que ses intérêts et ceux de la Nature sont irréductiblement antagonistes. L'heure sonna où elle comprit que, pour avoir proliféré sans mesure, pour s'être amusée à chanter, jusqu'à extinction de tout lyrisme, la beauté et la bonté d'Isis, son impitoyable ennemie, elle n'était pas sortie du cycle de barbarie, elle n'avait pu réaliser ce qu'ont réussi, dès leur apparition, les fourmis laborieuses et les abeilles musicantes.

« Seules les abeilles élèvent en commun leur progéniture », dit la quatrième Géorgique. Les enfants élevés en commun, pas de chefs, voilà la civilisation définitive. On reconnut enfin que l'amour maternel qui coulait les fils dans le moule de sottise des parents, lesquels se hâtaient de révérer les différentes sortes de crétinisme en honneur dans l'époque, et l'instinct de servitude inhérent à tout conglomérat d'individus, avaient été jusque-là les deux principaux obstacles à la durée de la Cité équitable.

Après la grande secousse du communisme, les Sociétés devinrent perspicaces. Toutes les lois furent abolies, et la supériorité d'individu à individu ayant été décrétée abusive, l'homme ne flé-

chit plus le genou, ne courba plus le front devant son semblable.

A la suite d'une entente réciproque, les Nations immergèrent en plein océan, à quatre milk pieds de profondeur, l'or et tous les métaux monnayés — sources de tant de crimes — dont elles disposaient. Tout citoyen, reconnu coupable d'en avoir soustrait une partic, si minime fût-elle, à la destruction commune, était immédiatement puni de mort, dans un intérêt général bien compris. Bientôt, par la force des choses, comme la possession d'une pièce effigiée ne pouvait plus servir à quoi que ce fût, sinon à attirer le légitime châtiment, les voleurs détruisirent, d'eux-mêmes, ce qu'ils avaient larronné.

Alors les Sociétés n'eurent plus que les enfants à qui elles étaient en possession d'assurer le bien-vivre et qu'elles procréaient avec prudence et sélection. Une Humanité, améliorée d'intelligence et de plastique, exonérée, dans la mesure du possible, des tares ancestrales, prit la place de la précédente engendrée sous la poussée de l'instinct, par le hasard des accouplements et la suprématie des poussées bestiales. La conception hellénique de la Beauté fut réalisée sans plus tarder, grâce aux travaux des commentateurs de l'Antique qui, après en avoir tant de fois ressassé la formule, avaient fini par la faire accepter comme seule valable. Les éphèbes, vêtus de laine blanche, furent élevés aux frais des Justes Communautés, et, dans les palestres, le front ceint de roseaux en fleurs, lancèrent le disque comme au temps de Platon, pour venir palpiter ensuite sous la parole des philosophes, quand les rayons moelleux de l'astre pacifique acclamèrent enfin le triomphe définitif de la Justice et de la Vérité.

Sans à-coups, s'était imposée la période des Phalanstères. Dans des palais de marbre édifiés avec tout ce que l'art avait pu susciter de merveilles esthétiques, les Ephémères vécurent côte à côte, s'asseyant à la table abondante, au son des musiques harmonieuses, écoutant de nobles poèmes, enseignés par les maîtres de la forme et de la pensée, savourant en toute plénitude les délices d'être perspicaces, d'être libres et d'être justes.

La grande Famille aryenne, si longtemps divisée, était enfin réconciliée. Elle était parvenue à bluter l'intelligence humaine de toutes les impuretés dont les races inférieures l'avaient contaminée. Deux siècles ainsi, sur cette rive heureuse de l'Idéal réalisé, le Monde goûta l'Age d'or. Deux siècles seulement, dira-t-on? Mais dix fois vingt ans de bonheur parfait, n'est-ce pas quelque chose de miraculeux, étant donné l'infirmité de l'Univers?

Hélas! l'homme traîne derrière lui un tel amas de défaillances, de turpitudes, de vilenies, que la plus patiente chirurgie morale n'en pourra jamais curer son âme. Les alluvions scélérates, les fanges pestilentielles, que l'ineptie, la cruauté et l'occlusion des âges précédents ont amonce-

lées dans son cœur, déborderont toujours dans l'avenir pour empoisonner les postérités. Trop lourd est l'héritage d'hébétude, d'erreur, de bassesse! Trop pesant est le faix d'inconscience et de sauvagerie, même aux épaules du Juste, qui sent à chaque minute sa volonté défaillir sous la chape de malfaisance que son « moi inconscient », son ennemi intérieur et vigilant, perpétré par l'atavisme, pose implacablement sur son cerveau douloureux!

A cette bifurcation de l'histoire des Sociétés, l'ancienne théorie biblique de l'expiation apparut acceptable dans son symbolisme, pour peu qu'on éliminât le Dieu grotesque qui l'aurait ordonnée, le Dieu que le cœur appelle et que la raison repousse. A toute minute dans le cours des époques qui se réclamaient de la lucidité, la psychologie, d'accord avec la physiologie et le transformisme, l'avaient vérifiée sous le nom d' « hérédité ». Sans doute, ce sens sagace de l'immuable condition humaine, qui ne peut s'affranchir de la déchéance primordiale, devait avoir été exprimé pour la première fois par quelque philosophe de l'Inde, contemporain de Confucius, peut-être, et il avait été adopté, déformé ensuite par l'hystérie religieuse du peuple juif.

Quoi qu'elle fît, l'Humanité devait expier ses inconséquences, ses férocités raisonnées, son erreur d'orientation initiale. Et, bien qu'il n'y eût pas de Volonté dans l'Au-delà, ni de conscience divine dans le Présent, son supplice ne s'achèverait qu'avec la fin des Temps. Dans la cage du Grand Tout et à jamais engluée de ses mauvais instincts, n'était-elle pas comme la mouche qui se débat sous la cloche de verre pleine de sucre empoisonné et de cadavres flottants.

Donc l'abominable génie judéo-latin recommença son œuvre néfaste.

Hors de sa chrysalide immonde, le Mal, indéfectible et patient, éploya de nouveau ses ailes noires, bruissa de ses élytres mortifères pour venir pondre ses œufs dans le grand corps social. Immédiatement, la vie sereine, qui en gonflait les artères d'un flux de santé et de juvénile allégresse, connut la fièvre et les subites convulsions. Les Sages qui veillaient en pères au chevet de l'Age libertaire, ce dernier expédient de l'humaine espérance, s'angoissèrent bientôt à constater le phlegmon charbonneux, coloré ainsi qu'un ciel d'orage, où grouillaient déjà tous les helminthes de la décadence. Vains furent leurs efforts pour débrider l'anthrax empoisonné, pour arracher le bourbillon du nouvel abcès mondial.

Accroupi comme une sphynge aux griffes de nostalgie, aux mamelles suintant la torpeur, l'Ennui pesait de tout son poids sur la Société Libertaire, stérilisait ses veines, ralentissait peu à peu les battements de son cœur dans sa poitrine déjà angoissée.

En effet, le luxe n'étant plus la jouissance de quelques-uns, mais bien une délectation savourée en commun, il fallait peu de labeur pour l'entretenir et assurer sa continuité. D'autre part, deux heures de travail quotidien suffisaient amplement pour l'existence des Communautés. Généralisés, l'oisiveté et le far-niente, qui découlaient de cet état de choses, apparurent sur le tard comme des gangrènes patientes dont on ne s'était point méfié. Les hommes traînaient leur désœuvrement tout le long des journées sans fin et bâillaient sans retenue. La bouche ouverte, ils se laissaient tomber sur les couches de brocart de leurs palais, marquant, de leur accablement, la chute des nobles poèmes ou la finale des opéras wagnériens. La plupart, pour obvier à la détresse de ne rien faire, « cherchaient à s'occuper » comme dit le lieu commun. Certains sculptaient des marrons. D'autres ajouraient des coquilles de noix. D'aucuns recensaient avec patience et minutie les cheveux du voisin dont ils recevaient le même service et supputaient ainsi, chaque jour, le désastre de la calvitie menaçante.

La culture physique étant en grand honneur, on avait répudié les sports des Ages réprouvés. Au début de chaque été était organisée une course sensationnelle, le Tour de Paris sur les mains, pour laquelle les engagements se comptaient par dizaines de mille. Celui qui battait le record de la marche sur les paumes jouissait d'une réputation que n'avaient point connue Stephenson ni Lavoisier.

Par surcroît, reparaissaient les vices inhérents à la promiscuité. Des coteries s'entêtèrent à por-

ter la chevelure longue, alors que la majorité
tenait pour la coupe à la Titus : ce qui amena
la réunion d'une sorte de concile qui fixa, au
tort des premiers, le dogme de la coupe des cheveux. Des élégants, ambitieux de se singulariser
et d'échapper ainsi au nivellement social, se dra-
pèrent dans leurs habits de façon contraire à
l'ordonnance, et il fallut convoquer les assises de
la Civilisation afin d'excommunier ces hétéro-
doxes.

Souvent, il arriva qu'un individu, par son physique impérieux ou son habileté à tenir des
discours sentimentaux, réduisait au servage les
volontés de son entour : ce qui en faisait une
sorte de chef. D'un autre côté, dans les bains
publics, quelques gaillards devinrent célèbres,
tout à coup, pour le calibre de leur virilité et
leurs nombreux admirateurs demandaient pour
eux des magistratures d'exceptions. Comme on
le voit, bien qu'il eût satisfait à tous les décrets
que la Grèce avait rendus au nom de la plastique,
ce Siècle menaçait de ne ressembler au Siècle de
Périclès que par la sodomie. Fait plus grave :
la nécessité de travailler, de se récréer, de se
reproduire tous ensemble et à des heures fixées
d'avance, amena de nombreuses épidémies de
suicides.

Peu à peu les hommes, à qui l'égalité pesait,
sans qu'ils osassent l'avouer, éprouvèrent le besoin de se différencier les uns des autres. Malgré
une vive opposition, les Dignitaires furent nom-

més. Tous se distinguèrent du commun par des vêtements surbrodés, par des grègues strapassées d'or et par le retour à la coiffure cylindrique, au chapeau haut-de-forme, attribut des anciennes classes favorisées. Il y eut donc des Gouverneurs de Phalanstères, des Surveillants de dortoirs, des Panetiers accrédités, des Echansons officiels, un grand Geindre, un Ordonnateur des copulations et des Officiers de bouche ayant reçu l'exequatur. Par voie d'élection, naquirent aussi un Commandeur des stercoraires, un Sénéchal des frotteurs de parquets, un Prévôt des bandagistes, un Primice des laveurs de linge, un Gonfalonier des photographes, une Massière des sages-femmes, un Magnat des équarisseurs, un Bâtonnier des pédicures.

Mais ces crises de ridicule ne furent rien auprès des aberrations que suscita le sexe. En effet, les hommes persistant à naître inégalement beaux ou intelligents, imparfaitement avantagés au point de vue physiologique et moral, des différences subsistaient entre eux qui rendaient illusoires l'aplanissement promulgué par l'anarchie et le droit à l'amour partagé. Les disgraciés de la nature, ne pouvant obtenir la passion nécessaire à la vie, devaient mourir sans connaître la volupté suprême qui, paraît-il, consistait à être aimé. Un homme en rut, qui désirait la compagne de son voisin, faisait osciller l'équilibre sur ses bases les plus granitiques, fomentait des conflits, remettait tout en question. Les femelles, *d'ailleurs, continuaient à rechercher les brutes aux vastes épaules, aux rognons juteux, au cerveau nul. Les préférences qu'elles avaient pour ces sortes d'individus faussaient les canons de l'harmonie, produisaient des heurts, des secousses prolongées qui ébranlaient tout l'état de choses.*

L'ordre libertaire étant issu du néo-Malthusisme, on n'avait envisagé que la résultante de l'acte génésique, c'est-à-dire la procréation au point de vue social. Il n'avait été tenu aucun compte de l'émotion sexuelle, qui, pour beaucoup, dominait la vie, ni de ses incidences, de sa répercussion dans une civilisation qui pratiquait l'union temporaire libre. Du reste, il était impossble à un Statut, quel qu'il fût, de réglementer les préférences particulières; or ces inclinations d'individu à individu, avant peu, ramenèrent le chaos.

Pour n'avoir pas su se débarrasser de ses vieilles idées dogmatiques sur le geste charnel, toujours qualifié impur, l'Humanité sentit un vent furieux souffler sur les brandons mal éteints de ses vieilles discordes. Des communautés en vinrent à se dégoûter des femmes qui leur avaient été départies et voulurent ravir celles des familistères limitrophes. Les citoyens, luttant cette fois pour le meilleur profit sexuel et non pour le meilleur profit matériel, recommencèrent à s'entredéchirer à l'intérieur de leurs palais fastueux. La jalousie de clans, la rivalité de pha-

lanstère à phalanstère ne tarda point à désoler les Temps nouveaux.

L'homme ne pouvant vivre sans nouveautés et sans aventures, les Teutons, rebutés par leurs maritornes sentimentales, déclarèrent que les Françaises étaient plus savoureuses et que l'Anarchie commandait de leur en céder un certain nombre. Simultanément, les Russes du Caucase durent s'armer contre des expéditions de pirates qui venaient flibuster leurs Géorgiennes, types parfaits de la beauté blanche. Depuis longtemps, la Péninsule Ibérique se défendait contre les farceurs de la Garonne qui, dans leur incoercible besoin de gaudriole, prétendaient goûter en masse à l'Andalouse. Au moment même où allait être tenté un accord permettant aux nations d'Europe d'échanger les femmes pendant cinq ans, ce qui aurait fondu tous ces peuples en une seule race métis, au moment même où les Plénipotentiaires allaient négocier cet accord qui permettrait peut-être d'atteindre à la pacification définitive, une nouvelle et générale conflagration éclata... Ce fut la guerre du Sexuel...

Sagax qui, depuis le commencement de cette lecture, n'avait pas soufflé mot, mais dont l'épiderme avait frissonné sans discontinuer, sursauta. Il esquissa brusquement un bond en arrière, parut météorisé d'épouvante. Une minute, il resta totalement statufié, puis, peu à peu, reconquit la vie, poussa ensuite un cri d'aigle qui salue le soleil, et courut au Mensigène.

Maintenant, il croyait être en état de comprendre...

La goutte évaporée sur la dalle de marbre, ses narines burent avec ivresse les gaz généreux et son intelligence, ramassée sur elle-même, se rua à l'assaut de l'Inconnu en défaillance, projeta une fulguration dans la nuit antécédente. La Vérité lui apparut enfin, et, se nouant les mains comme s'il voulait se désarticuler les poignets :

— Oui, le désordre dont souffre actuellement le trio en léthargie, l'aberration invulnérable qu'il manifeste avec une si belle inconscience, ce n'est pas autre chose que ce que les anciens hommes nommaient L'AMOUR, L'AMOUR sous ses deux formes...

Alors, il fut pris d'une sorte de convulsion; l'horreur tordit son cerveau.

— Non, non, cela n'est pas possible, râla-t-il.

Un bon quart d'heure, il resta prostré. Le surgissement des anciennes civilisations avec leur trame de scélératesses et d'absurdités; tant d'inconcevables forfaits, de crimes indicibles, d'irréparables déchéances dans le passé de la catégorie animale à laquelle il appartenait, l'avaient anéanti d'un mortel dégoût. Quand sa clairvoyance surnagea, une nausée d'âme lui vint qui lui fit expectorer des phrases comme des hoquets :

— Tout ce dont j'avais douté jusqu'ici, tellement cela m'apparaissait abominable, tout cela est maintenant un fait acquis!... Oui, les anciens hommes forniquaient, se reproduisaient à la manière des animaux... Oui, le vertige du sexe plongeait l'individu dans une cuve de folie et, de cette démence transitoire, naissait un être qui réfléchissait toutes les tares organiques, tous les défauts psychiques de ses géniteurs, mais n'en devait pas moins concourir à former l'Humanité civilisée...

Et derechef, entrelaçant ses doigts, tressant ses phalanges qui craquèrent, il lamenta, avec ce qui lui restait d'haleine :

— L'Amour, l'Amour à nouveau parmi nous, les Parachevés! L'Amour, ce stupéfiant de la lucidité et de l'énergie; l'Amour, ce taret dévorateur qui a rongé patiemment l'axe de l'équilibre; l'Amour, cette épilepsie que les sociétés préexistantes n'ont pu évacuer de leur cœur et qui les a précipitées, les unes après les autres, dans l'étreinte du chaos!

Subitement, un vacarme explosa dans le laboratoire de fécondation. Cris d'hommes, halètement de poitrines, plaintes rauques de gosiers essouflés par la course, et deux cents voix mêlant leurs stridulations et leurs appels, tout cela éclata comme un coup de tonnerre et fléchit les genoux de Sagax sur les charnières de la peur irréfléchie. Il lui sembla que le passé exécrable, dont il s'évadait à peine et tout livide encore, prenait la parole; il lui parut qu'un verbe d'abomination sortait des entrailles de l'Antérieur pour détailler avec emphase, pour claironner avec orgueil le panégyrique des turpitudes et des scélératesses dont se parait l'ancien Monde.

Affolé, il bondit, parvint jusqu'aux récipients dont il assumait la tutelle, jusqu'aux cultures qui contenaient l'Avenir et, les yeux sans regards, pris d'une ébriété de terreur, il tendit les mains pour défendre, couvrit, halluciné, de sa toge pourpre, le bocal 4.245, son père, qu'il croyait en butte à un retour des Forces mauvaises.

Mais non, il s'était leurré. Nul cataclysme ne menaçait les liqueurs sacrées qui récélaient les générations futures. Devant lui, c'étaient seulement une marée frémissante de dos prosternés, un grouillement d'échines rampantes, un banc de nuques agrégées où les chevelures longues pendaient comme des algues humides, un moutonnement d'épaules juvéniles feutrées par le varech des épaisses toisons.

Au centre, paraissant marcher sur ce flot vivant qui venait de rouler jusqu'aux pieds de Sagax, un seul homme était debout, et cet homme était Thalès, le chef du Prytanée, dont la mission était d'enseigner les éphèbes, d'orienter l'adolescence sur les constellations adamantines du Savoir et de la Sagesse. Noueux comme un chêne centenaire, la taille de Thalès dépassait sept pieds. Une barbe acajou, soyeuse et drue, lui mangeait la figure, escaladait les pommettes, contournait même les orbites, et, s'unissant aux sourcils, lui faisait ainsi une sorte de cagoule d'où sortaient seulement les flammes vives de ses yeux mauves. Pareillemment au Grand Physiologiste et au Préfet des Machines, il portait la pourpre.

Sa droite étendue plana, telle la branche d'un cèdre tutélaire, et sous son égide prit ses élèves toujours agenouillés. Un souffle courut dans le voile de sa barbe, souleva l'écharpe pileuse qui tombait de sa lèvre supérieure :

— Ne leur tiens point rigueur, Sagax... Leur inconséquence et leur fougue sont celles de la jeunesse. Ils m'ont échappé et se sont enfuis de mon cours comme je venais, enfin, grâce aux documents de Corrégium, de terminer l'histoire des temps révolus.

Une détente des rotules avait mis debout les éphèbes prosternés et, dans l'envol des fronts vers la lumière, les quatre cents prunelles semblaient être maintenant une pelletée de braises incandescentes jetée au hasard dans l'épais taillis des bras velus et haut dressés.

— Oui, oui, pardonne-moi et exauce-nous, toi qui es l'Auguste, toi qui peux tout, toi qui as fait de la Nature asservie l'auxiliatrice du progrès humain... Modifie notre extérieur, donne-nous une autre forme... Nous ne voulons plus, par l'apparence, ressembler aux anciens hommes qui se sont couverts de tant d'opprobres; nous ne pouvons plus être pareils aux pseudo-civilisés qui ont déshonoré à jamais l'espèce humaine dont nous relevons encore !...

Autour de Sagax, les mains tendues dessinaient un cercle d'imploration, s'avançaient pour le happer dans une étreinte de tendresse qui devait le rendre exorable au vœu unanime.

— Jeunesse généreuse! murmura Thalès, rabattant ses paupières et cueillant une larme qui coulait sur la cagoule de sa barbe écureuil.

— Enfants! conclut Sagax en secouant par trois fois son facies émaillé de sueur refroidie, sa bonne figure cuite et recuite au feu des émotions précédentes.

Et, sous la conduite de Thalès, qui avait repris son visage de pédagogue et, présentement, fronçait ses sourcils en paille de sorgho, désespérés de ne pouvoir être exaucés par le Sage, les élèves du Prytanée sortirent un à un, dans un concert de sanglots, dans une détresse générale qui arquait les torses et fléchissait les jarrets.

CHAPITRE IX

Resté seul, Sagax, désemparé par tant de secousses diverses, regagna à pas lents son cabinet de travail. Toute cette pathologie du monde et des hommes qui, à travers quarante siècles, venait de lui souffler à la face ses odeurs pestilentes, ses miasmes mortifères, semblait l'avoir infecté lui-même d'une sorte de malaria morale, et il se sentait sans courage pour entreprendre de nouvelles recherches.

Ce passé des Sociétés, ces monstruosités de leur âge mûr et de leur déclin ternissaient la vie, la lui faisaient apparaître moins belle et moins sereine en démasquant à l'improviste tous les chancres qui l'avaient ravagée jadis. La caisse des documents l'emplissait d'horreur; elle s'offrait à lui comme la réserve des noirs poisons de l'entendement et de la conscience, comme un

herbier monstrueux où auraient été conservés
les aconits, les belladones, les strychnées et les
upas dont les civilisations successives s'étaient
intoxiquées avec méthode. Le cadavre du Mal,
entouré de bandelettes, bourré d'aromates, s'y
était momifié précieusement pour la désolation
des âges actuels. Malgré l'aiguillon de la volonté
qui piquait sa chair molle et lâche, il avait beau
se ramener de force devant elle, il renaclait et
se dérobait, en proie à l'irréductible panique.
Pourtant, il ignorait trois choses encore, trois
choses qu'il lui faudrait savoir coûte que coûte :

1° Quel était l'inventeur du procédé de fécondation artificielle, et quelle époque l'avait, la première, mis en pratique?

2° D'où venaient-ils, eux, les Parachevés, eux
les fils de la Science et de l'Harmonie, et comment leurs ancêtres avaient-ils pu échapper à la
catastrophe planétaire?

3° Par suite de quel phénomène le fils du
bocal *1758* et celui du bocal *1324* réfléchissaient-
ils si complètement la sottise et la pourriture
d'individus qui florissaient vers le début du xx°
siècle?

Ces trois énigmes allaient-elles, derechef, se
gausser de son défaut de perspicacité, allaient-
elles ravaler sa cervelle au niveau d'une matière
grise sans génie? Comment expliquer, d'autre
part, que le poète Carminus et Mathésis en eussent triomphé de suite, eussent été informés
avant tous autres, puisque l'aède en avait pris

prétexte pour insulter au Soleil et que le Préfet des Machines s'était porté garant, devant le peuple assemblé, que lui, Sagax, n'était pour rien dans la défectuosité des cultures dont le monstre et le crétin étaient issus?

Recommencer les fouilles dans les archives sept fois exécrables du passé, jamais plus le grand Physiologiste n'en aurait le courage! Et il sortit alors pour gagner la demeure de Mathésis.

Dehors, dans le vaste secteur, les bouches gigantesques des Machines épanchaient leurs ondes d'enveloppante tiédeur, soufflaient, comme à l'accoutumée, l'éternel printemps sur la Cité, et, grâce aux accélérateurs de vitesses caloriques, la chaleur se diffusait en toute hâte dans les lointains. Bien que ce terroir industriel fût d'apparence hostile, bien que la fièvre continue de la terre y desséchât les rares végétations, bien que les pelouses chétives y fussent atteintes de la pelade, une joie s'y épanouissait quand même, fomentée par la ferveur auguste de l'impartial été.

Pour seconder le soleil tuberculeux, pour débarbouiller la face de l'azur souillé, la lumière factice y prenait son essor irrorant, et des hirondelles en brodaient le ciel de leurs parabolos entrelacées. Turbulentes, des bandes de moineaux querelleurs s'abattaient, quêtant avec ardeur la provende des nids. Là-bas, un chat hérissé, la queue en clef de sol, conviait de ses plaintes farouches quelque femelle au sabbat de ses amours et tachait du phosphore de ses prunelles les trous d'ombre, pour y trouver enfin la pâtée de son désir. Des pollens d'or, des duvets cotonneux, voletaient sur des souffles énamourés et nonchalamment semaient la fécondité au gré de leur caprice. Des chardons améthystes, des sauges pourprées, des bruyères amarantes se redressaient et buvaient la vie au passage, dans l'orgasme de leurs tiges ou de leurs ramilles pâmées. Des nuages, de formes animales, tendaient le couchant d'un panneau barbare où se nouaient des étreintes de fauves, où se chevauchaient des ruts de bêtes fantastiques. Accouplés, des insectes pleuvaient comme des folioles d'arbres effervescents. Vagabondes, la guimpe pailletée d'émeraude, le fuseau imbriqué de lazuli et de topaze, des libellules s'efforçaient à retrouver le chemin des roseaux. Malgré tout, le musc aphrodisiaque, l'haleine odoriférante de la nature en émoi stimulé sortaient des cassolettes végétales du jardin des Délices, et, rabattus par la brise artificielle, poussaient leurs ivresses jusqu'à cette zone de la Ville-Joyau où le machinisme battait ses pulsations d'acier.

Sagax sentit des bouffées de béatitude monter de son cœur jusqu'à son front. Qu'était-ce donc? Pourquoi son âme nageait-elle sur une félicité diffuse ainsi qu'un nymphéa sur une onde calme? Oui, dirait-il pourquoi une langueur subite alourdissait ses reins, prostrait sa volonté, le faisait tituber à l'improviste comme si tout son corps était soulevé par une vague de bonheur. Et sans transition, la face renversée vers le zénith, il poussa coup sur coup plusieurs glapissements dont l'un se maintint quelques secondes, en note de tête. En lui, le souvenir de Formosa était revenu, précisait la plastique de la femme, le flagellait de ses cheveux parfumés et, afin de l'astreindre au silence, lui enfonçait dans la bouche le bâillon d'un sein frémissant. Alors, pour échapper aux doigts de fer de l'obsession renaissante, il galopa, les yeux en flammes, sa toge pourpre voletant de chaque côté de ses cuisses.

Il trouva Mathésis au milieu de la Ménagerie des Machines redoutables dont il était le Belluaire. Là, se groupaient les monstres géants, les pachydermes d'acier, les mammouths de fonte, les dynamos inouïes, les générateurs ahannant des souffles d'asthmatiques, les turbines aux rotations d'astres conjugués, tout le système nerveux, tous les réseaux vascu'aires, tout le vaste cœur magnanime par quoi l'homme avait remplacé la vie défaillante du Monde podagre, la sève du sphéroïde en décrépitude.

Isolées, faisant le vide autour d'elles, s'étageaient les colossales batteries d'accumulateurs chargés de *célestum*, corps aux propriétés étranges dont les moindres étaient de radier la lumière, l'électricité, d'annihiler à volonté la pesanteur terrestre et de susciter la gravitation. A son action combinée avec celle du magnétisme polaire, capté et détourné, étaient dus les chemins solides tracés dans les airs. Ce corps n'était autre chose, en somme, que la Matière initiale, l'embryon des sphères, le germe de l'univers. Grâce à lui, les Parachevés avaient pu, après le cataclysme, rétablir l'équilibre dans les espaces, pallier le désordre et orbiter de nouveau, autour du Soleil, ses planètes domestiques que sa force attractive n'était plus suffisante à maintenir dans l'étroite subordination.

Parmi le hall démesuré, au milieu de la bombination des bielles, du va et vient des pistons, du vagissement des cylindres, de la course des courroies de transmission entrecroisant leurs trame comme un métier à tisser l'énergie, Mathésis était la pensée agissante, l'âme même de ce grand corps du machinisme en sublime labeur. A son ordre, l'équipe de service, 150 ouvriers, venait de descendre dans les sous-sols pour y canaliser de la force. Porté par un chariot qui courait tout seul sur des rails indéfinis, il se lançait au-devant d'un jeu de boutons numérotés — identiques à ceux d'un gigantesque harmonium — et, d'un doigt avisé, en jouait en artiste. Puis, à son simple geste, à son index pointé, des commutateurs enfonçaient spontanément dans l'orbite de porcelaine leur prunelle blanchâtre; des leviers s'actionnaient, dociles; des manettes tournaient, d'elles-mêmes, à deux cents pas de lui, comme si toutes ces choses avaient conquis l'intelligence pour obéir, humainement. Quasi-nu, le varech de ses énormes sourcils se hérissait sous les effluves magnétiques dont il était saturé au passage; ses moustaches boudinées se courbaient en croissant sous le vent des vitesses, et à chacun des poils de son corps tremblotaient des étincelles violettes. Surgissant du profond des pénombres lointaines, disparaissant comme un météore dans les arrières-plans, il revenait, fulgurant, environné d'éclairs barbelés, pour repartir à nouveau, pareil à un Dieu pacifique, semblable à un Zeus intelligent et débonnaire.

A la vue du Créateur d'hommes, son chariot véloce, qui déchaînait les plaintes de l'air perforé, s'arrêta net, sans un crissement, et il sauta sur le sol. Deux minutes après, il avait introduit Sagax dans sa chambre d'études.

Encombré d'instruments de précision doués d'une sorte de conscience particulière, surbondé d'appareils déroutants qui, à chaque seconde, faisaient apparaître des chiffres mobiles pour avertir leur maître que telle ou telle manœuvre allait s'imposer, empli de sifflements aigus, le cabinet de travail de Mathésis n'avait rien de la demeure silencieuse où le sage se plaît à méditer. A l'entrée de Sagax, le vacarme redoubla et le Préfet des Machines toucha un bouton, fit fonctionner un déclic.

Un silence subit tomba et Mathésis eut tout loisir de prononcer :

— J'ai eu bien de la peine, ce matin, Sagax, les nuages étaient spongieux; ils m'absorbaient tout mon calorique. Pendant trois heures, alors qu'il me fallait 27 centigrades à l'ombre, je n'ai pu donner que 26°8. Enfin, j'ai utilisé un peu de l'énergie qui nous venait de la secousse sismique de l'an 4612 et j'ai réussi à faire les deux dixièmes.

Depuis quinze cents ans, la civilisation n'avait plus de houille et il avait fallu suppléer à ce défaut de combustible en emmagasinant la force dynamique produite par les successifs tremblements de terre. Ainsi, toutes ces épilepsies de la planète, s'efforçant parfois d'exterminer d'un coup les parasites qui lui dévoraient l'épiderme, avaient servi quand même l'opiniâtre vermine humaine et avaient été mises en réserve par elle pour assurer malgré tout la pérennité de la vie.

Planté devant le Grand Physiologiste, Mathésis l'examinait curieusement. Peu à peu, sa tension d'esprit devint telle que ses sourcils, broussailleux et ciconflexes, se rejoignirent au-dessus du nez et en vinrent à dessiner sur son front deux ailes battantes de chauve-souris dans le plein de son vol.

— Comment! exclama-t-il, tu ne sais point tout?... Tu n'as donc point dépouillé tous tes documents? L'antiquité ne t'a donc point livré complètement son secret posthume,

Sagax allait s'étonner que le Préfet des Machines pût déchiffrer aussi parfaitement sa pensée. Il passa la main dans ses cheveux couleur feuille-morte, pour s'assurer que son crâne était bien clos de son couvercle et que ses idées ne pouvaient être offertes à la curiosité de tout venant. Puis, il ouvrit la bouche pour requérir une explication, mais Mathésis lui escamota la parole.

— Depuis hier, Sagax, il m'est permis de lire dans le cerveau de mon semblable ainsi que dans un livre ouvert, et mon procédé, comme tu t'en rendras compte bientôt, tient moins de ce que les anciens hommes appelaient la Goétie que de la mécanique. En la deuxième circonvolution gauche de ta matière grise, je vois inscrites les dernières phrases de Morosex, auxquelles tu t'es arrêté. La découverte, que nos congénères d'il y a 5.000 ans pratiquaient l'accouplement à la façon de leurs bestiaux, a produït un grand trouble en toi et ton cœur faible ne t'a pas permis de persévérer dans l'étude des morbidités du monde aboli. Tu es venu à moi pour apprendre tout ce que tu ignores encore...

« Sache donc que peu de temps après la banqueroute du Communisme, quand la guerre dite « du Sexuel » se fut de nouveau déchaînée pour précipiter les uns contre les autres les peuples fratricides; quand la girandole des incendies fabuleux s'alluma devant la scène où l'on venait de frapper une fois encore les trois coups de l'universel carnage; quand la Terre décrivit, derechef, autour du Soleil, une parabole écarlate et se remit à éclabousser l'Infini de ses pertes sanglantes, les habitants de Mars, justement indignés, décidèrent d'en finir avec notre sphère infectieuse, exclusivement déléguée, il fallait le croire, à la véhiculation des monstres et des aliénés...

Grâce à la photographie inter-astrale, ils avaient pu lever des images parfaites de ce qui se passait ici-bas. Et comme nous avions épuisé depuis longtemps le crédit de leur patience, ils se déterminèrent, *par souci de prophylaxie cosmique,* à nous exterminer sans pitié ni délai. Oui, ils résolurent de purger le système solaire d'un globe scélérat qui en était la honte et la désolation...

Sans plus tarder, ils se mirent à l'œuvre, et réussirent à transformer leur planète en une sorte de fabuleuse machine électrique dont le mouvement de rotation, par frottement contre l'atmosphère en partie dissociée, dégagea dès lors un fluide vertigineux, lequel tomba sur nous à l'improviste. Le cataclysme magnétique nous prit dans ses étreintes, nous jeta pantelants dans le creuset des Espaces, nous malaxa dans le sein de l'Univers transformé en baratte d'épouvante, et le choc en retour fut tel qu'il donna des syncopes à la gravitation et ébrécha le Soleil...

Un sifflement de terreur pareil à la stridulation d'une machine sortait des lèvres de Sagax accoté à la cloison, le torse infléchi.

— Ame puérile, réprouva Mathésis, on voit

bien que tu es atteint de cette maladie suprême de la volonté, sur laquelle tu as fini par mettre un nom ces derniers jours... On voit bien aussi que tu n'as jamais étudié que cette mécanique de détail qu'est l'être humain, et que tu ne t'es point, comme moi, penché sur cette exécrable mécanique à produire le désordre, la servitude et l'iniquité qu'est le Cosmos. Mais auras-tu la force de tout entendre?

Le Créateur d'hommes souleva avec effort le paquet de linge mouillé que semblait être devenu son torse. Mathésis disait vrai. Un pouvoir exécrable avait pratiqué en lui l'ablation de l'énergie, et un besoin maladif de larmoyer le travaillait continuellement, sans qu'il pût savoir pourquoi. Il se redressa en partie, mit la main sur sa bouche et son souffle fusa plaintivement entre ses doigts. Ce fut tout ce qu'il put faire pour formuler une approbation.

Le Préfet des Machines le considéra avec pitié. De nouveau, ses sourcils battirent son front mat de leur essor titubant. Il repartait :

— La quasi-totalité du genre humain disparut. Vingt mille individus environ échappèrent seulement. Et, en cette conjoncture, tu vas voir combien la croyance des anciens âges en une force qualifiée Providence comportait d'illogisme. La catastrophe n'épargna que les plus vils d'entre les hommes, ceux dont une Fatalité judicieuse aurait dû, avant tous autres, décréter la

perte. En effet, les Marsiens avaient calculé
qu'aucun mortel, si robuste fût-il, ne pouvait
échapper aux décharges de leur fluide sidérant.
Or, au moment même où les radiations intracos-
miques touchèrent la Terre, il arriva qu'un certain nombre de civilisés forniquaient dans l'immense lupanar qu'était devenue une ville nom-
mée Paris. Ceux-là furent en partie miraculeusement sauvés, car, à leur résistance organique, ils
adjoignaient celle de la femme à laquelle ils
étaient actuellement rivés, face contre face, cuisses contre cuisses. Seuls, ils survécurent à l'universel désastre, et en furent quittes pour une
catalepsie de quelques jours...

Sagax s'était repris. Cette juste exécution des
hideuses Sociétés précédentes satisfaisait enfin
son appétit de justice, qui n'avait pu trouver
le moindre aliment dans la lecture de Morosex. Ainsi tous ces crimes fabuleux n'avaient
pas été impunis! Et cette certitude était le cor-
dial de sa faiblesse, lui servait pour ainsi dire de
réactif, afin de le tirer de sa torpeur d'anéantissement! Fils de l'harmonie, le succès final de
l'intelligence humaine sur les forces mauvaises
de la Nature, la victoire des Parachevés, immer-
gés comme leurs congénères antérieurs dans les
asphyxiantes ténèbres du chaos et de l'hébétude
et surgissant malgré tout à la pure lumière de
l'équité, le triomphe de ses frères actuels réussissait à talonner le cœur maléfique du Grand
Pan, tout cela l'exaltait, le transportait, alors

qu'un mois auparavant, à peine, le fait semblait banal et dénué de lyrisme.

Emphatique, il exclama:

— Ainsi l'incohérence et l'iniquité, qui veillèrent sur les berceaux des premières sociétés, présidèrent pareillement à leur agonie! L'ancien monde n'était édifié que pour le triomphe des dépravés, des fourbes, des malfaiteurs et des turpides et, dans la catastrophe dernière, c'est eux encore qu'il sauva avec dilection!...

Et comme le Préfet des Machines abaissait plusieurs fois la tête par manière d'assentiment, il ajouta :

— Mais d'où venons-nous donc, nous, les enfants pacifiques de la Justice et de la Pitié?

— Nous accourons en droite ligne de ces détritus d'humanité. La fleur de notre civilisation est sortie de cette fange, comme un lys sort parfois de la boue fertilisante. La pourriture, tu le sais, infuse à l'humus les fièvres ardentes qui lui permettent de faire jaillir les plus généreux calices, et la pourpre des roses est tirée souvent du sang des cadavres. Là réside le symbole de l'exécrable Univers. C'est aussi notre cas et voici ce qu'il advint : Après l'anéantissement à peu près complet de l'innommable engeance humaine, une partie de ceux qui avaient abusivement échappé conquirent enfin la lucidité. Ils comprirent que, de la naissance à la mort, du néant au néant, dans cette minute fugace qui menait l'homme « de l'utérus de la femme à cet autre

utérus qui s'appelle la tombe », l'intelligence
devait prendre son parti de trop de vilenies, de
crimes et de hideurs indéfectibles et qu'il valait
mieux ne pas être, puisqu'il était impossible
d'agencer la vie selon le Rythme et la Beauté. Ils
comprirent que le charme apparent des choses,
la magnificence du monde visible, étaient le
blanc gras, le maquillage ranci dont la Nature
paraît sa face de vieille cabotine, pour mieux
cacher ainsi ses rides de cruauté, ses chancres
d'exaction, et son rictus de tourmenteuse. Ils
comprirent que le besoin de Justice et d'Absolu
serait toujours bafoué par l'existence. Ils comprirent que toutes les sensations esthétiques, toutes les joies du pouvoir, de la richesse, de l'art
ou du génie ne pouvaient balancer l'horreur de
la mort et que, dans ses spasmes d'agonie, l'être
pensant ne se souvenait plus de rien, sinon de
son présent supplice et du ridicule de son antérieure agitation. A l'égal de cette secte du III° siècle, à l'exemple des Valésiens, ils se castrèrent
par haine du Mal inextirpable que l'homme avait
pour mission de perpétuer en perpétuant l'espèce !...

« D'autres, à l'opposé, flottèrent un moment sur
la mer désemparée de l'idéal et s'agrippèrent à
la dernière épave de l'espérance. Ils décidèdent
de donner à la vie une rigueur de formule, afin
de la mettre d'accord avec la Science, seule pana-
cée que le genre humain ait pu faire éclore. Les
Parachevés qui, les premiers, sortirent de l'âge

de l'instinct pour pénétrer dans l'âge de l'intelligence, sont les descendants de ceux-là.

Les deux Sages étaient face à face. Et une tristesse morne s'inscrivait sur la figure de Mathésis à détailler ainsi tout cet arriéré d'égarements, cet héritage de désastres que la civilisation actuelle s'était efforcée de liquider pour la mise en œuvre de la compréhension et de la bonté. Certainement, il tuait l'illusion, tutrice de l'enthousiasme, dans le cœur du Créateur d'hommes. Celui-ci n'en viendrait-il pas à douter de la beauté de son œuvre, de son droit légitime à créer, lorsqu'à l'aide de ses bocaux, il lui faudrait susciter l'Avenir, engendrer la postérité? Devant cette puberté hystérique et cette décrépitude gâteuse de l'ancien Monde, ne se dirait-il pas que le statut moral qui, jusqu'au grand cataclysme, avait administré la vie dans l'ignominie et la souffrance, n'était peut-être suspendu que pour un temps? Alors, à quoi bon continuer l'humanité, surtout après ce qu'il fallait lui révéler encore? N'importe, il le fallait. Et les sourcils en ronciers du Préfet des Machines dégringolèrent du haut de son front plissé, vinrent, comme deux auvents de chaume, protéger ses yeux sablés de points incandescents.

— Je devance ta question, fit-il. Qui a inventé le procédé actuel de procréation? allais-tu me demander. Hélas! de cette découverte miraculeuse nous ne pouvons pas nous honorer. Après le bouleversement planétaire, les hommes dont je t'ai parlé, ceux qui avaient décidé de se donner quand même une descendance, ceux qui avaient établi, enfin, que l'instinct animal de reproduction est l'antagoniste irréductible de l'équilibre social, ceux-là exhumèrent, d'un laboratoire casematé qui avait échappé à la destruction, toute une série de fioles étiquetées et de nombreuses liasses de documents. Le Physiologiste, qui avait veillé sur eux, était mort, mais sa pensée, ou plutôt celle de l'Initiateur, vivait. Les fioles étiquetées contenaient les premières cultures d'humanité rationnelle, et les documents indiquaient la manière de s'en servir, pour ainsi parler.

Cette trouvaille de génie qui a permis à notre espèce de rompre le contrat naturel, qui lui a permis d'épurer peu à peu ses veines et son cerveau, qui l'a rédimée de tous les virus, de toutes les malfaisances, de toutes les poussées d'hébétude que le sang des ancêtres avait amoncelés dans son âme, cette inégalable trouvaille est due à un nommé Eliphas, lequel vivait vers l'an 1900 (1). Seul parmi ses congénères, il colla son oreille sur le cœur de la Nature, l'ausculta si l'on peut dire au stéthoscope de l'analyse philosophique, puis, blême, hagard, les moelles gelées d'épouvante, il revint vers ses semblables pour leur faire entendre les pulsations de férocité qui

---

(1) Voir *Le Salon de Mme Truphot*, *Les Aubes Mauvaises* et *L'Affranchie*.

soulevaient rythmiquement le pouls du monstrueux Univers. Je n'ai pas besoin de te dire que
les critiques et les dirigeants, ses contemporains,
le traitèrent de fou et qu'ils reprirent le cours de
la bamboche interrompue, se rassirent avec enthousiasme « au banquet social », où les cham-
bellans de l'injustice plaçaient les convives, où
les panetiers de la politique faisaient circuler les
pièces montées de l'imposture, où les échansons
de l'esthétique les désaltéraient avec l'hypocras
de la stupidité, cependant que, pour toute nourriture, leurs clients et leurs sportulaires affamés
étanchaient de leur langue les rigoles de vomi
qui de la table des maîtres se précipitaient, écu-
meuses, sur la mosaïque par ailleurs ensanglan-
tée.

Sagax, n'y put tenir. Patiemment, il avait
attendu que la tirade de Mathésis fût finie. Il
branla la tête, la rejeta en arrière plusieurs fois
dans les trépidations d'une surprise qui tournait
au ravissement. Et, la main dans ses cheveux
qui le coiffaient comme d'une brassée de goémons séchés au soleil, il coupa :

— M. Eliphas! j'ai parcouru un texte qui portait ce titre : *Les Promenades de M. Eliphas*,
mais je le prenais pour un satiriste. J'ignorais
qu'il fût notre bienfaiteur...

— Il mourut vers l'an 1915, précisa Mathésis.
Son œuvre fut continuée à la dérobée par une
suite de Justes jusqu'au moment du cataclysme.
Hélas! dès l'élaboration de ses cultures, plu-

sieurs d'entre elles furent adultérées par un de ses aides qui se piquait de misanthropie. Ce misérable vicia quelques laitances qui contenaient déjà, en embryons, les générations parfaites. En manière de paradoxe, il les contamina de quelques spermatozoïdes empruntés sournoisement aux crapules et aux imbéciles les plus définitifs de son époque. Additionnées d'autres germes, greffées d'âge en âge sur des souches plus pures, nos pères, confiants, s'en servirent pour ensemencer le vaste champ de la vie. Jusqu'à nous, elles s'étaient comportées de façon louangeable, et elles avaient engendré automatiquement les nobles enfants de la Justice et de l'Equilibre. Nul, jamais, n'avait pu s'apercevoir du crime commis contre la civilisation par le scélérat que je maudis présentement. Mais, pareil à ce grain de blé retrouvé jadis, après plus de trente siècles, dans la main d'une momie, et qui, planté en terre, — comme me l'a appris un document — fit lever un épi, la pourriture et la sottise de ceux qui ont fourni les zoospermes maléfiques ont produit leur plein effet après cinquante fois cent ans. Fasse le sort propice que le fléau puisse être circonscrit, et que tous nos bocaux ne soient point pareillement contaminés, car sans cela, entends-tu, Sagax, nous ne pourrions plus procréer !

Une terreur folle envahit l'âme émotive de Sagax, rien qu'à entrevoir comme possible un pareil désastre. Il vagit plaintivement :

— Jusqu'ici, j'avais cru que tu t'étais efforcé, par un expédient, de m'éviter la honte le jour des Fêtes de la Vie... Alors, ce serait vrai?... La culture *1758* et la *1324* auraient bien, pour point de départ?...

— Un philosophe scélérat qui exaltait les beautés de la guerre, dont le nom, d'ailleurs, s'est perdu, et un autre que nous ne pouvons connaître que sous la dénomination de Polyphème des vespasiennes, oui, confirma le Préfet des Machines compatissant à la détresse de son collègue, dont la voix venait d'être couverte par des sanglots...

Sagax, maintenant, déchirait sa toge. Lui qui, pour l'éprouver actuellement, connaissait la puissance du Mal, lui qui se savait atteint de la fêlure d'amour, il avait vaguement l'aperception qu'une puissance néfaste sapait sournoisement les assises de la Cité. Son trouble venu de Formosa; d'un autre côté, les atteintes, portées à l'Harmonie par le monstre et le crétin, n'étaient-ils pas les signes avant-coureurs, les prodromes d'un désordre plus redoutable encore. Et une idée bien autrement terrible, une suspicion mortelle l'assaillaient, relativement à lui-même.

Au milieu du glougloutement de ses pleurs, il exsuffla :

— Tu n'en doutes point Mathésis, j'aurais préféré être coupable d'impéritie ou d'insuffisance scientifique. Deux magmas impurs, à la rigueur, ce n'était rien, et j'y aurais remédié sans peine...

Mais s'il y en a d'autres, s'il y en a d'autres... Si tous sont également souillés!...

— C'est pour cela que je t'avais laissé ignorer toutes les circonstances du terrible fait, et tu vois que j'avais raison de redouter ta propension au découragement, répartit le Préfet des Machines, sans répondre de façon précise à la dernière partie de l'interrogation du Grand Physiologiste... Je connaissais le côté impulsif de ta complexion et j'espérais que, par tes recherches personnelles, l'initiation viendrait lentement. Peu à peu tu te serais résigné à l'idée qu'il convenait d'analyser une à une toutes nos semences, afin d'éviter le retour de pareils déboires. Cette œuvre formidable n'est pas au-dessus de ton courage et de ton génie. Tu la dois à tes frères.

Soudain, Sagax s'était mis debout, ses larmes asséchées par un feu subit. Sa face tout à l'heure passée à l'écarlate des émotions inattendues, se voilaient présentement des ombres d'une horreur véhémente. En saisissant son interlocuteur aux épaules, il lui criait dans les yeux :

— Crois-tu que, moi aussi, je pourrais avoir comme origine un des zoospermes d'abomination dont nos liqueurs furent polluées? Si tu sais cela, dis-le, car bien des choses, alors, me deviendraient explicables!...

Après avoir hésité, deux secondes, peut-être, Mathésis balança la tête. Une angoisse se peignit sur ses traits, à lui aussi, pendant que le Créateur d'hommes, l'ayant saisi aux omoplates, le

secouait fébrilement, comme pour faire tomber
la vérité de sa bouche, ainsi qu'un fruit mûr.
Mais le Préfet des Machines s'était fixé en une
résolution définitive. Il entraîna son compagnon
jusqu'à la baie vitrée de la chambre d'études,
l'ouvrit, et, sans doute, jugea prudent de détour-
ner le cours de l'entretien.

— Non, Sagax, dit-il, d'une voix mal assurée,
ta désillusion de savant t'abuse. Rien ne t'auto-
rise à penser que tu n'es pas issu d'une lignée de
bocaux sans tache et que, dans le recul des
Temps, ton pédigree ne te relie point à un Juste
aux flancs purs, à l'âme immaculée. Laissons ces
choses pour aujourd'hui, veux-tu? Et tournons
nos visages désolés vers l'éternelle consolatrice,
vers la Science aux maternités vigilantes.

Mathésis échappa au Créateur d'hommes, courut s'armer d'une sorte de trident, le relia à un
fil qu'il dévida hors d'une énorme bobine scellée
à la cloison, toucha trois commutateurs, puis revint vers la fenêtre béante. Consécutivement,
dans le lointain du hall gigantesque, on entendit
ronfler un mastodonte de métal.

Dehors, la Cité reposait, béatement accroupie
dans une lumière d'un blond cendré. Désertes
à cette heure de la sieste, à cette heure du Soporal, ses voies alignaient leurs cicatrices géométriques, alors qu'un Soleil au disque ulcéré, à la
face comme vitriolée de taches d'ombre, paraissait tituber dans le vide, dégringolait en toute
hâte du zénith. Dans la dernière couveuse ouatée

de chaleur artificielle, dans la Ville-joyau où la vie ne pouvait plus éclore que comme un fruit forcé, des aromes de serre venus du Jardin des Délices vaguaient paresseusement pour incliner tous les êtres à la béatitude optimiste.

Dardé vers les nues, le trident de Mathésis y projeta trois radiations noires, rigides et parallèles, qui fusèrent dans les lointains, plongèrent leurs trajectoires dans les distances les plus reculées. Au passage, le Soleil fut marqué de trois rides nouvelles, dont sa clarté avaricieuse ne put masquer la flétrissure. Et quand le Préfet des Machines fit tourner entre ses doigts sa fourche magnétique, les traits de ténèbre qui, dans leur course, faisaient la nuit, dévoraient la lumière honteuse de l'astre, se mêlèrent, s'unirent en une vibration rayonnante, dessinèrent enfin une sorte de cylindre allongé qui s'enfonça, tel un trépan, pour perforer le sein vierge de l'Ether.

Alors Mathésis eut un rire :

— Le crochet à fouiller les ordures de l'Infini, dit-il.

Une minute encore, le vilbrequin inouï creusa férocement les champs stellaires, parut être éclaboussé par la lymphe des nébuleuses, découvrit tout un grouillement d'astéroïdes : ces infusoires en suspens dans les gélatines de l'Incommensurable, et, à l'improviste, fit apparaître une masse énorme, une planète émaciée, entourée d'une écorce de nuages, d'une pulpe d'atmosphère.

— Mars! énonça simplement le Préfet des Machines.

De suite, le cylindre miraculeux sembla détenir la propriété d'attirer à lui cet asservi de la Gravitation. Il accusa son relief, précisa ses contours, pendant que le sol trépidait et que, là-bas, les turbines colossales et les générateurs démesurés, pris d'épouvante moléculaire, soufflaient comme des bêtes domestiques à l'approche d'un fauve. Un moment, on put croire que le globe en rotation allait accourir à l'injonction de Mathésis ainsi qu'un chien à l'appel de son maître. Même, Sagax sentit l'anxiété lui fouiller les flancs de ses doigts de glace. En effet, par une illusion d'optique, la planète, avec ses mers, ses continents, tournait bombinante tout près de lui. Il en vint à passer la main sur ses joues comme pour y essuyer la poussière d'eau des océans en giration. Et, à nouveau, il se déroba, d'un retrait du corps, par crainte, cette fois, de la recevoir — projectile excessif — en pleine figure. Mais le Préfet des Machines brandit son trident, parut vouloir piquer le monstre en plein corps et le sphéroïde se cabra, se recula d'un bond, ce qui permit aux regards des deux Surhumains de prendre du champ et d'en détailler l'hémisphère visible.

Encerclés de cannelures, striés de traits horizontaux, les continents de ce vassal du Soleil étaient déserts, et les rayons noirs qui frappaient leur sol lumineux en faisaient apparaître, par opposition, les plus minimes détails. Les mers et les océans gelés l'écorçaient d'un épiderme nacré où se jouaient les verts-pâles, les roses débiles, les orangés souffreteux, tous les reflets sous-jacent de l'opale. Les rivières et les fleuves y serpentaient, pareils à des poignées de couleuvres desquamées; les forêts givrées s'y éparpillaient, semblables à des chevelures hirsutes de sorcières et, de loin en loin, une chaîne de montagnes, dentelée de pics sombres, apparaissait, identique à une suite d'anthrax par quoi il avait jeté la gourme des pubertés. Un vil plagiat de la Terre, en somme.

Inopinément, Sagax sursauta. Une particularité étrange venait d'attirer son attention. D'est à ouest courait une fabuleuse portée de musique qui donnait à la planète une apparence de fantastique tarte côtelée, de tarte aux pommes grignotée par les rats de l'Infini. Et comme le disque de vision s'attardait sur ce point, en fouillait minutieusement les coins, les replis et les sinus, le Créateur d'hommes reconnut que chacune de ces lignes géométriques, chacun de ces traits gravés en large intaille était fait d'une excavation profonde, large, peut-être, de mille kilomètres, d'où sortait encore une extraordinaire et tumultueuse floraison de tibias, de fémurs, d'humérus et de crânes humains, passés au blanc éclatant par le polissoir des siècles. Sur cette portée de musique, les Marsiens, jadis, avaient dû inscrire les *forte* du carnage, les points d'orgue de l'extermination!

Attentif aux jeux de physionomie de son collègue, Mathésis fournissait l'explication :

— Tu as devant toi les prétendus canaux de Mars. Comme tu le vois, ce n'étaient, en réalité, que des fosses, jamais assouvies, où l'on jetait pêle-mêle les cadavres des guerres civiles. Là-haut, à l'instar d'ici-bas, on lutta dix mille ans pour le triomphe de la Justice et de la Fraternité. Et quand ces deux insociables déesses imposèrent enfin leurs doigts conciliants sur le front haineux des Marsiens, la piqûre anatomique qu'ils s'étaient faite, à travers l'espace, en opérant la boule gangréneuse qui nous portait, ne put guérir. Le cataclysme, qu'ils venaient de déchaîner sur nous, les anéantit à peu près tous, à leur tour. Il en reste actuellement 12.000 qui, à notre exemple, vivent de lumière et de chaleur factice, se reproduisant par une méthode identique à la nôtre. Regarde :

Un écart de la prunelle intra-cosmique fit apparaître, vers l'Equateur, un ombilic lumineux, une façon de grosse émeraude sertie dans un invisible chaton qui, sur la face blême du globe déchu, scintillait furieusement. Une Cité de verre pareille en tous points à celle des Parachevés!

En découpures nettes, la Ville, maintenant, dessinait des rues rectilignes, des avenues spacieuses, des places octogonales, des phalanstères transparents, un jardin illimité, plein d'arbres baroques, aux essences inconnues, aux feuilles plus larges que des parasols et dans lequel des êtres monopèdes sautillaient sur leur jambe unique, à l'imitation des poux de sable. Sagax en distingua un grand nombre qui, d'une simple détente de leur jarret, franchissaient des distances considérables. Et il attribua ce fait à la petitesse de cette sphère, dont la faible pesanteur leur permettait des bonds de deux cents mètres. Et, s'habituant au miracle, il constata que tous les Marsiens posédaient quatre bras dont deux attachés de chaque côté de la région lombaire. A y regarder de près, il se rendit compte, encore, qu'ils étaient privés de nez, que leur orifice respiratoire, une cavité buccale, se trouvait placé à la base du cou, que tous ouvraient un œil énorme et rougeâtre situé au milieu du front et un autre, moins large, qui s'arrondissait sur leur nuque. Muets et ne parlant que par signes, ils n'avaient pas dû connaître les ravages que l'éloquence avait faits sur la planète Terre. De plus, ils détenaient la faculté précieuse de voir derrière eux. Mais la Nature leur avait fait payer cher cet avantage, en leur refusant avec persistance les dons esthétiques dont se réclamaient encore les Terriens. Repoussante était leur face glabre et couleur gomme gutte; hideux était leur visage sans traits que ne couronnait aucune chevelure.

Le Grand Physiologiste, en son enthousiasme, allait étreindre le Préfet des Machines et clamer son émerveillement dans le giron du génie. Mais Mathésis n'était plus à ses côtés. D'une main, il relevait son trident où, comme des algues molles, pendaient encore des fulgurations vertes et ondoyantes; de l'autre, il faisait jouer les commutateurs pour suspendre le cours du phénomène. Et, subitement, Sagax chancela; il sentit son cœur s'en aller à la dérive dans sa poitrine; il lui sembla que son souffle était à jamais soutiré de son gosier, alors que ses prunelles violentées avaient dû se briser, en vingt éclats, dans un bruit de cristal heurté. Inopinément, une verbération d'astre, jaillie des entrailles du vide, venait de l'atteindre et des lanières de clarté améthyste le flagellaient, férocement.

Les bras étendus, trébuchant, il alla tomber, quasi mort, sur les pectoraux de Mathésis qui, éperdu de ravissement, clamait :

— La correspondance interplanétaire est établie! Voilà, voilà, la réponse que j'attendais depuis un mois à ma communication de tous les jours!...

Mais comme il frappait dans les mains du Créateur d'hommes et, ensuite, lui massait les tempes de son pouce pour le tirer de son évanouissement passager, il recula à son tour, la bouche large ouverte, un cri inarticulé lui labourant la gorge.

Sagax avait au front une étoile noire que venaient d'y imprimer les Marsiens...

CHAPITRE X

Le lendemain, ce fut un jeu pour Sagax d'enlever de son front la mauvaise étoile dont
l'avaient blasonné les habitants de la planète
parente. Attaqué par des réactifs dont il composa
immédiatement la formule, le haut de sa face
dégorgea sans trop se faire prier le signe mystérieux qui l'armoriait. Il y perdit seulement une
partie de ses sourcils dévorés par les caustiques,
et le goémon de sa chevelure tourna à la teinture
d'iode. A cela, il remédierait sans grande peine.
Et il se félicita de son succès, applaudit au brio
de son savoir-faire qui triomphait de l'hostilité
des circonstances. Vingt-quatre heures après,
l'étoile noire reparut.

Il ne perdit pas confiance, recommença à éla-
borer des mixtures péremptoires, des dissolvants
sans appel, et l'affligeant stigmate disparut. Mais

à la suivante aurore, il s'étalait de nouveau entre
une ride naissante et la racine du nez. Alors,
il s'acharna, usa de tous les expédients de sa
chimie, pour aboutir à un résultat négatif.
Quand, victorieux, il s'était enfin exonéré du
signe néfaste qu'il portait au-dessus des yeux,
il courait à une glace, étudiait avec patience la
pigmentation de sa peau, n'y découvrait plus
rien d'anormal, et, le jour ultérieur, l'astre minuscule revenait y scintiller de toutes ses dentelures de ténèbre...

Découragé, il eut un moment l'idée de se
transformer en nègre par l'ingestion bi-quoti-
dienne d'une matière tinctoriale appropriée.
Ainsi, la marque abominable se serait fondue
dans la teinte à la sépia généreusement dispensée
à tout son épiderme. Mais avait-il le droit de
faire apparaître derechef l'homme de couleur
parmi l'espèce humaine? Et puis, il répugnait
à se singulariser si complètement. D'autre part,
s'il abdiquait cette aristocratie ethnique conférée
par la blancheur de la peau, Formosa ne conce-
vrait-elle pas de lui un certain éloignement? Et
cette pensée, qui lui était venue sournoisement,
le fit tout à coup rugir de détresse!

Voilà qu'il faisait de cette femme et de l'opinion qu'elle pourrait avoir de lui le critérium
de ses volontés! De quelle maladie du libre
arbitre était-il donc atteint pour se préoccuper
avant tout de l'antipathie que la reproductrice
pourrait nourrir pour sa personne? Comme ré-

ponse, une sorte de ricanement se fit entendre en lui. Il eut une sorte d'hallucination. Devant ses yeux clos, et au-devant de sa bouche, s'élancèrent en une blanche envolée deux seins de stuc veinulés de bleu pâle, et la chevelure blonde aux odeurs de cire fraîche de la Génitrice lui flagella la face... Formosa! Formosa! Ce nom jeta à ses oreilles les arpèges de ses syllabes d'enchantement, alors qu'un vertige chavirait son cœur et que des flammes courroucées circulaient en ses flancs béats.

Cette pâmoison résolue, il se tourna vers les délices amères de la mortification. Il n'était plus bon à rien, sa science, une fois de plus, était mise en défaut; donc il devait passer sa charge au plus digne. Mais à qui? puisque son successeur germinait seulement dans les flancs de celle qu'il avait fécondée artificiellement, et que les hommes ne mourant plus avant l'âge de 200 ans, ses frères s'étaient trouvés en droit de faire fonds sur lui pour plus d'un demi-siècle encore?

A y bien réfléchir, l'anomalie de son visage devait-elle susciter pareil désespoir? Il reconnaissait là les méfaits de son caractère émotif, toute l'impulsivité qu'il n'avait jamais pu vaincre et dont lui avait parlé Mathésis. Ne valait-il pas mieux prendre son parti de l'astérisque qui historiait son front? Ainsi, il se souvenait à temps que les tares du visage n'avaient plus aucune importance pour les Parachevés et qu'elles étaient seulement affligeantes dans les Sociétés du passé, quand l'instinct génésique, obéi de façon animale, fomentait le sentiment esthétique et le goût de la beauté corporelle.

Profondément perturbé par toutes ces émotions, Sagax, pour juger de son état général, alla consulter le *Biomètre*, qui, en la civilisation présente, remplaçait avantageusement le médecin des âges préhistoriques. Terrible fut le verdict de l'appareil. L'aiguille du cadran indiqua des troubles psychiques de la dernière gravité et prononça que la résistance de ses cellules, en leur situation actuelle, ne se prolongerait pas au delà de vingt ans. Ainsi, pour peu qu'il se laissât aller encore, il défunterait âgé de 130 années, c'est-à-dire à peine entré dans l'âge mûr! Voilà où l'avait mené l'appétence pathologique qu'il nourrissait pour la forme extérieure de Formosa! Presque plus de perspicacité, son intelligence à jamais subornée par la déraison, sa volonté quasi annihilée et son génie n'étant même plus capable d'effacer la tache noire qu'il avait au front!

Il décida de prendre l'avis de Mathésis, indemne, lui, de ce mal effroyable qu'il savait maintenant être l'amour. Il décida de l'appeler à son aide pour qu'il l'affranchît, tout au moins, de la flétrissure phénoménale dont il était tatoué.

La face tournée vers l'est, il envoya ses ondes de volition quérir le Préfet des Machines. Et, moins de dix secondes après, celui-ci, impressionné par télépathie, pénétrait dans le Laboratoire de Fécondation artificielle.

Il était accompagné de Thalès, et, dès l'abord, le heaume pileux de ce dernier marqua un étonnement, frémit de toutes ses soies longues, puis se gonfla en hérisson monstrueux, rien qu'à constater le scel déconcertant dont était timbré le front du Créateur d'hommes.

Il fit trois pas à sa rencontre et, avec le ton pontifiant que lui avaient, malgré tout, donné ses fonctions, il proféra, sentencieux :

— Serais-tu l'homme fatal, le Prédestiné marqué pour les besognes maudites?

— Laisse, dit Mathésis, qui s'était départi de son habituelle gravité et dont une hilarité naissante secouait les poils blanchis par endroits, faisait sautiller le menu-vair que déroulait son menton. Je vois à tes paroles que tu étais occupé, il n'y a pas longtemps encore, à te documenter sur la décadence littéraire de l'antiquité et que tu te trouves, en conséquence, contaminé par ce qu'on a nommé le « romantisme ». Cette Ecole réprouvable, sache-le, avait mis un faux nez au Fatum des Grecs, l'avait caparaçonné de ses paillons, pour l'entraîner à sa suite derrière les mascarades de ses affabulations. Il n'y a rien de tragique dans le cas de Sagax. Si son front est devenu firmamental, si Vesper, l'étoile du soir, s'y lève avec ponctualité, c'est tout simplément parce que les Marsiens n'ont pas trouvé d'autre enregistreur que sa figure. Mais avant qu'il ne soit trois jours, je me fais fort d'effacer toute trace de cet accident. Et nul ne pourra plus alléguer que notre collègue a été touché par la main de la Fatalité, dirais-je, pour continuer à m'exprimer comme les Barbares des anciens âges.

On le voit, cinq mille ans d'éloignement n'avaient pu encore, aux yeux des savants, racheter le crime capital du romantisme, c'est-à-dire la fantaisie!

Tout en parlant, Mathésis s'était approché de l'appareil des convergences et, machinalement, il se penchait sur lui. Soudain, il eut un haut-le-corps. Même on put croire, une minute, tellement son visage traduisit une sensation d'horreur, que ses sourcils en ailes de chauve-souris venaient de s'envoler au-dessus de sa face et que ses mains haut-dressées cherchaient à les rattraper.

Intrigué, Thalès s'inclinait à son tour, et la toison paradoxale, dans laquelle son facies se dérobait comme en une capuce rabattue, se boursoufla sous ses cris aigus. La flamme mauve de ses prunelles immergées parut vouloir mettre le feu à la brousse environnante. Sa robe étant tombée de ses épaules, il n'était plus qu'un corps immense drapé dans le cilice de ses crins couleur de bure. Et Sagax qui accourait en toute hâte frôla de sa joue les queues de cheval qui pendaient aux lèvres frénétiques de Thalès, le Grand Pédagogue.

Soudés par un même ahurissement, les trois hommes, maintenant, ne formaient plus qu'un bloc. Et tout à coup, il y eut un balancement des têtes, une trépidation continue des bustes, un entre-choc des épaules que suscitait une commune désolation bientôt muée en stupeur. Un moment, ils se cramponnèrent les uns aux autres pour ne pas choir sur le sol, fléchirent, se redressèrent, s'écartèrent du microcosme, objet de leur panique, puis y revinrent, malgré eux, médusés.

Alors une voix chevrotante sortit de cet éboulis humain.

— Ton appareil est faussé, Sagax?

— Je l'ai réparé dernièrement; il est juste, Mathésis...

Eperdus, les trois Sages s'étaient précipités vers la porte...

Le Secteur des machines, presque attenant à la demeure de Sagax, fut coupé dans un de ses pans en moins de deux minutes, et le trio affolé des Augustes se jeta dans la Voie triomphale. Partout le désordre! Partout le mal victorieux et cynique, s'étalant comme une gangrène patiente, qui a enfin trouvé son heure! Certes, l'appareil des convergences n'avait pas menti. La Cité d'harmonie semblait être peuplée maintenant par les pensionnaires d'une maison d'aliénés en circulation indue. Et Sagax se désespéra à la pensée qu'il n'aurait jamais assez de fluide pour pratiquer l'orthopédie psychique, pour

ramener dans le sentier rectiligne de la raison
pure toutes ces hordes vouées désormais au
cabanon.

De la suggestion, d'ailleurs, à quoi bon, puisqu'elle ne servait à rien? Fait sans précédent, le
couple et le monstre, à qui il avait infligé la
léthargie, s'étaient fait disparaître de leurs cellules de verre!... Ils avaient rompu la contrainte
de son vouloir magnétique. Et ces misérables —
on ne pouvait plus le nier — avaient à jamais
contaminé tous leurs frères.

Obstruant les larges avenues qui semblaient
taillées à bloc dans des pierres précieuses, roulant ses flots polychromes à travers toutes les
rues où se répondaient les éclats alternés de
l'or et des gemmes étincelantes, se dégorgeant
en vagues pressées des familistères, une foule
aberrée errait, déroulant les phases d'une liesse
jusque-là inconnue. Chaque Parachevé tenait
une femme à la taille et, flageolant des jambes,
s'arrêtait, de-ci de-là, pour lui prendre les mains,
pousser des soupirs qui, indéniablement, avaient
pour but d'éteindre le feu adverse des prunelles
brasillantes. Tous marchaient par deux, enlacés,
et on en voyait qui se regardaient dans les yeux,
longuement, comme des enfants qui contemplent,
béats, la lune dans un seau d'eau. Quelques-uns
devaient avoir les lèvres enduites d'une confiture
miraculeuse, car ils se les léchaient réciproquement, et avec persistance. D'autres préféraient
les oreilles dans quoi ils introduisaient la mouil-

lette de leur langue avec des exclamations de ravissement.

On ne pouvait douter qu'un grand nombre fût atteint de démangeaisons cuisantes, de prurits dévorants, de maladies de peau jusque-là inconnues, puisqu'ils se frottaient opiniâtrement contre les hanches et les cuisses de leurs compagnes. Quelques-uns broutaient les frisons qui poussaient en herbes folles sur les nuques féminines. Beaucoup, dont l'extase avait retourné le globe oculaire, s'en allaient trébuchants, et ajustaient sur les nuages des orbites emplies de faïence blanchâtre. Un pollen de folie s'était abattu sur la Ville-Joyau pour ensemencer les cervelles. La plastique humaine et l'odeur de la peau venaient d'acquérir la propriété de précipiter tous les êtres dans une ébriété épileptiforme...

Les trois Sages avaient fait projectile dans cette multitude occupée à se renifler et à se palper avec délice. Nul n'avait pris cure de leur présence. Labourée par leur trajectoire, la cohue dense s'était ouverte, puis refermée sur eux sans un émoi et avait repris le cours de ses insolites divertissements. De toutes parts, s'élevaient un friselis de souffles oppressés, un brouhaha léger dont la trame était faite de petits cris d'aise, et comme un roucoulement d'innombrables palombes qui n'était autre que le bruit des baisers épars...

Cette pérambulation dans l'horrible, l'auguste trio la voulait complète, et chacun s'était juré de ne revenir en arrière qu'après avoir exploré tous les dédales de ce labyrinthe de calamité. Se tenant par la main, pour s'assurer qu'ils n'étaient point sous l'emprise de quelque extravagant cauchemar, Mathésis, Sagax et Thalès avaient pris le galop, et leurs toges pourpres déboulaient afin de mesurer l'étendue du désastre. A chaque pas, ils se cabraient devant une nouvelle désolation. Parfois, leur ruée en avant culbutait des couples abstraits de toute réalité, dont l'haleine rythmée paraissait attiser des braises vives, et qui, allongés sur le sol, bien loin de se relever, continuaient à soubresauter, à la poursuite de difficiles félicités. Souvent, des mains, au passage, s'efforçaient d'agripper leurs robes écarlates et des voix pâteuses les exhortaient à se conformer à l'aberration générale. Même, devant le familistère 132, un groupe, qui avait engagé un tournoi de propos galants, cria à leur adresse :

— Voilà les fous qui passent; voici les présomptueux qui prétendaient avoir changé la nature de l'homme!...

Un jusant de parfums, une bourrasque de senteurs florales leur fit deviner l'approche du Walhalla terrestre, du Jardin des Délices. Ils s'y jetèrent. Et devant cet Eldorado des derniers hommes, devant la gigantesque cuvette revêtue, comme d'une housse strapassée, par la tapisserie lointaine de pelouses, de halliers, de prés et de vergers, devant l'indéterminable coupelle aux versants brodés de fleurs, aux pentes guipurées

par les fines arabesques des rivelettes, aux co-
teaux niellés par l'entrelac des sentiers tourmentés, devant l'immense vallée tout orfévrie de parterres et de corolles, qui recélait les ultimes joies
esthétiques, leur navrement fut pareil. Partout,
partout, la même déraison, partout, partout le
Parachevé flairant la femme comme la bête flaire
sa femelle au temps des stupres.

Et sous les bouleaux à la hampe d'argent, sous
les acacias neigeux, sous les tilleuls efflorescents,
sous les platanes emperruqués de leurs frondaisons excessives, sous les chênes énormes qui, à
l'écart, présidaient des conciles d'arbres, des couples et des couples encore se comportaient pareillement à ceux de la Cité! Même on en pouvait
apercevoir qui s'autorisaient à moins de retenue.
Sans doute, cherchaient-ils à réaliser un acte innommable qui s'était perpétré dans le lointain
des âges. Fallait-il croire qu'ils se trouvaient en
butte à un retour offensif d'une hérédité vieille
de 5.000 ans et qu'ainsi toutes les cultures de
fécondation avaient été viciées à l'origine? Ceux-
là tentaient de s'insinuer dans le chantepleure
de leur compagne et, après mille tâtonnements
et maladresses, conscients enfin qu'ils ne pouvaient parvenir au but de leurs désirs, ils dar-
daient des langues entourées de vapeur, cependant que leurs yeux congestionnés saillaient des
orbites et que leurs pommettes, de dépit, passaient du rouge-groseille au vert-céleri. Bientôt,
sur les gazons et les prairies, dans les bosquets

et les charmilles, à l'orée des bois et au bord
des futaies, ce ne fut plus qu'une cadence de
croupes agitées, un moutonnement d'arrière-
trains qui montaient, descendaient, planaient,
s'acharnaient une minute à mimer un geste
qu'on leur avait enseigné depuis peu, et qui retombaient ensuite... découragés. Un rauquement
d'impuissance, issu de deux mille poitrines, venait mourir aux pieds des trois Sages, identique à l'ancien souffle des océans abolis, à la
respiration haletante des mers en chaleur à qui
le soleil, jadis, infusait ses fièvres chaudes et le
grand rut de ses rayons.

Alors, devant cette vision, le Préfet des Machines menaça de son poing le Walhalla terrestre.
Son courroux tonna une suprême malédiction
contre les délirants vautrés pareillement à de
gros insectes dans le profond des herbes, contre
les hommes qui utilisaient ainsi la lumière et
la vie que leur assurait son génie.

— Ce sont les pucerons qui tombent, le soir,
du ciel bleu, pour faire mourir les roses. Ce sont
les nuées de sauterelles qui accourent des plaines
putrides de l'Instinct pour dévorer les pures
semailles de l'Idéal.

Et il tourna front avec ses deux collègues.
Thalès marchait le premier, les bras écartés, le
dos courbé, les jambes molles, la tête passée dans
l'invisible cangue de la douleur. Soudain, il s'arrêta, tira, du profond de sa toge, un peigne
énorme qui ressemblait à une mâchoire de cro-

codile. Avec minutie, il démêla la cagoule de sa barbe, en exhuma ses yeux et ses lèvres, et dit :

— C'en est fait de l'équilibre, car le poison noir roule de nouveau dans les veines de l'humanité. Rien ne peut résister à l'Amour, qui, dans l'histoire du monde, a causé plus de ravages, stérilisé plus d'intelligences et d'énergies que tous les fléaux : tremblements de terre, guerres et superstitions réunies.

— L'amour! rétorqua Sagax, mais ils sont dévirilisés, ce sont des neutres, comme nous!...

— Raison de plus, repartit le Grand Pédagogue. Les anciens hommes ne révéraient que ce qui ne tombait point sous leur entendement. Les Parachevés vont adorer et désirer l'amour avec d'autant plus de force qu'ils ne peuvent le connaître et l'analyser. Le pouvoir illusionnant et néfaste des mythes fut, jadis, terrible, tu le sais...

Depuis qu'avec ses compagnons, il s'était jeté dans la Ville, Sagax sentait que l'étoile noire de son front allait s'élargissant. Aux paroles de Thalès, un feu intérieur parut en faire bouillonner l'ardente ténèbre, enduite de la sueur de son visage. Mais sans qu'il pût se l'expliquer, il triompha soudain de ses terreurs. Un enthousiasme subit le transfigura. Tout à coup, la main dressée, il attesta le soleil exténué qui, là-bas, vers l'est, crachotait péniblement des flammes sans entrain et qui, de pompeux luminaire, était passé à l'état de lumignon fuligineux, de quinquet mal famé. En promettant de rédimer ses frères, le Grand Physiologiste se promit à lui-même son propre salut :

— Envers et contre tout, nous avons sauvé l'étincelle de vie du cataclysme cosmique; nous l'avons préservée de la froide haleine du néant aux aguets. Mais, sache-le, si, à ta face, nous l'attisâmes de nos ferveurs, ce fut pour continuer à donner des témoins et des juges aux phénomènes de l'Univers, lequel nous avait créés, nous, les hommes, nous, les débiles et les douloureux, à seule fin de nous faire assister aux coups de théâtre de son injustice, aux changements à vue de sa férocité. Après avoir triomphé de l'inimitié de la Nature, après avoir ramené le Monde au sentiment de la mesure, de la pudeur et de la proportion, nous voulons continuer à vivre pour voir ce qu'inventera encore sa systématique iniquité. Non, il ne sera pas dit que le présent désastre nous trouvera sans courage et sans intelligence. Je le jure devant vous, j'apporterai bientôt l'antidote de la nouvelle toxine. Et je sauverai la Cité...

Mathésis inclina le chef en signe d'approbation. Mais s'il aimait les belles périodes oratoires, il savait que l'éloquence a souvent pour but d'éluder la précision et la sincérité. Il questionna :

— Que vas-tu faire?

— Leur conférer de suite l'état pathologique où les acheminerait inévitablement l'abus des plaisirs sexuels : gratifier, en un mot, tous ces convulsionnaires de la paralysie générale dont

l'amour n'est, à mon avis, que le début. Sur
l'heure, gâteux à souhait, ils deviendront inof-
fensifs, et cela me donnera six mois pour trouver
enfin le vaccin immunisant de cette aberration
qu'on pouvait croire à jamais disparue.

Le Créateur d'hommes avait à peine prononcé
que les crinières de cavale dont se tapissait la
figure de Thalès se soulevaient farouchement. Il
s'en fustigea le thorax comme s'il voulait chasser
au loin un essaim de moustiques. La chose était
visible, il répugnait aux demi-mesures et aux
solutions d'opportunisme.

— Et, si tu ne peux guérir tous ces détraqués,
dit-il, il ne faudra point hésiter à les exterminer
en masse, entends-tu...? Nous ne devons pas reculer devant la nécessité d'étouffer le mal dans
son cocon. Incinérer cinq, dix mille corps, c'est
besogne enfantine, d'ailleurs, grâce aux Machines. Avec tes cultures et quelques reproductrices
épargnées, il nous serait facile, alors, d'enfanter
une humanité meilleure et à jamais compréhen-
sive, celle-là...

La nuque de Sagax gela et il sentit un frisson
dérouler dans ses moelles ses anneaux glacés.
Ainsi, pensa-t-il, l'Amour avait à peine montré
son sourire ambigu d'angelot vicieux, qu'il traînait derrière lui des visions de carnage, qu'il
survenait, tenant par la main la Mort, cette
grande régulatrice de ses désordres!

Au hasard, dérivés comme des épaves, les trois
Sages reprirent leur route. Devant les vastes

prairies qui se déroulaient sur la gauche du Jardin des Délices, ils stationnèrent. Echauffée par les canalisations de vapeur d'eau et irriguée sans trêve, la terre y donnait quatre récoltes par année. C'était l'époque d'une des moissons. Au loin, couraient toutes seules des faux gigantesques qui frôlaient le sol, le tondaient au plus près, allaient, revenaient, pareilles à d'exceptionnels et gigantesques tranchoirs. Les blés hauts tombaient, crissants, en lignes parallèles. Dans un coin du champ, des liens de métal, touchés par des décharges magnétiques, sautillaient sur leur base comme des serpents sur la queue, puis se dressaient, pour s'enrouler ensuite autour des javelles qu'ils bottelaient rapidement et à qui ils donnaient ainsi des tailles de femmes grosses. Cette méthode avait été innovée vers l'an 2850 et était venue, par tradition, à la connaissance des civilisés de la Ville-Joyau. Depuis, on l'avait continuée par manière de curiosité rétrospective, et afin de bien prouver à la jeunesse que l'homme barbare s'était jadis nourri de grains, à l'égal des oiseaux.

Devant ces moissonneuses d'invention ancienne, Sagax médita, et la vision des exactes réalités s'offrit à lui. Maintenant il n'ignorait plus rien. Il ne pouvait plus douter qu'un genre humain, qui comptait alors des milliards d'individus, avait espéré, pantelé, imploré, souffert, pour être mystifié un peu plus chaque jour par les forces abominables qui composaient le Monde.

Les derniers jours l'avaient détrompé. Jusque-là, il s'était cru en droit de penser que l'homme avait toujours vécu, lucide, pacifique et juste, et que s'ils n'étaient plus qu'un petit nombre, eux, les Parachevés, leur Société n'était pas différente de celles d'antan. Quelle désillusion avait été la sienne! Désormais, il était certain que ce qu'il avait pris pour le « naturel » n'était que « l'artificiel »; et que la Civilisation des Neutres n'était qu'un à peu près de bonheur dérobé par surprise à la Nature marâtre. Mais après cette protestation de l'Intelligence contre le phénomène néfaste de la Création, la dernière parcelle de l'Humanité devait-elle abréger sa courte halte dans la Justice, et, tendant les bras vers le Désordre, devait-elle, titubante et les pieds saigneux, reprendre sa course sur la route qu'avaient sillonnée toutes les races, sur la route sans fin du Désespoir et de l'Aberration?

Il redressa le front où son étoile noire scintillait toujours, et ses regards pointèrent vers l'horizon. Dans les lointains, des troupeaux paissaient; des troupeaux parfaitement inutiles d'ailleurs, destinés seulement à meubler le paysage, à le rendre plus amène, à lui enlever cette note désertique qui glace les plus beaux décors, et, par une règle d'éternelle esthétique, les rend hostiles à l'œil des contemplatifs.

Il considéra ses collègues. Mathésis paraissait être verrouillé dans une méditation profonde. Thalès s'agitait, employant ses deux mains à

exhumer sa bouche des longues étoupes couleur
de corozo qui feutraient sa face. Désignant les
génisses lointaines, qui promenaient nonchalamment leurs taches rousses dans la brume gris-
perle que transsudait la terre accouvie dans la
chaleur factice, le Grand Pédagogue parla :

— Qui aurait jamais pensé que nos ancêtres
se nourrissaient de cadavres d'animaux, qu'ils
vivaient en carnassiers nécrophages !...

D'horreur, les sourcils en ailes de chauve-souris du Préfet des Machines parurent se blottir
dans ses cheveux.

— Peut-être ne sommes-nous pas loin, nous
autres, de cette régression vers la barbarie, dit-il.

Machinalement, les trois Sages étaient revenus
vers la Voie triomphale qui s'amorçait à la porte
du parc prodigieux, et voilà qu'un piétinement
sourd, un froissement confus de cohortes en
marche, une rumeur aux ondes molles s'entendirent, précisés à chaque minute qui s'écoulait.
Un décharge de cris et d'acclamations trouant
l'espace pour venir s'émietter autour de leurs
oreilles... Puis, un silence inquiet et comme une
menace d'orage accordant les premières mesures
de ses tonnerres... Alors, l'immense avenue fut
prise de hoquets gloudoutants. De suite, elle vo-
mit une foule étalée en larges flaques, dégorgea
un ruissellement ininterrompu d'hommes au

corps velu, fumants de sueur dans leur nudité, et la bouche trompettante.

Thalès, le terrible Pédagogue, venait de comprendre. Deux tisons dardés par ses orbites menacèrent d'incendier la cagoule de sa barbe excessive, et les lèvres enflammées par l'indignation, il proféra :

— Vingt fois, je vous avais dénoncé l'immoralité et le ridicule des pompes et des cortèges; sans relâche, je vous avais demandé d'abolir les fêtes de la Vie, car la simplicité doit être le seul apparat des Justes... Vous n'avez pas voulu m'écouter; voyez ce qu'il advient :

Précédé d'un peloton de chevaux automates et caracolant sur son Pégase, le Poète Carminus surgissait. Apostat lui aussi parmi l'apostasie unanime, la face rubéfiée par l'exaltation sacrée, il clamait la Foi nouvelle :

— Evohé! Salut à la Force immémoriale et toujours jeune! Salut au Principe qui engendre, revigore et transfigure! Salut à l'Amour, Tenancier de l'Univers, Surintendant de l'Equilibre! Salut à l'Amour dont le feu immortel fait arder les astres et permet aux Mondes d'échanger des caresses de lumière, des baisers de chaleur à travers les steppes bleutés de l'éther palpitant! Salut à l'Amour qui a pétri la vie dans une pâte de félicité et avec des bras de frissons! Salut à l'Amour que des aberrés avaient chassé de nos destins et dont la Terre portait le deuil dans ses vêtements de veuve, sous ses voiles de frimas, dans ses crêpes de ténèbre.

Il passa sous une voûte de vivats et, derrière lui, sur un char d'onyx recouvert d'une housse de lys blancs et rouges, sous un dôme de jacinthes, d'œillets, de narcisses, de pivoines, de lotus et de glaïeuls retombant en girandoles et en pendentifs parfumés, venaient les deux Initiateurs, les deux Amants : Amborix et Flamina, sa compagne. Poudrés de safran, le front ceint de myrtes, les flancs brochés d'escarboucles; sur les cuisses des entrelacs de rubis et d'émeraudes, pareils ainsi à deux idoles scintillantes de gemmes, ils accolaient leurs lèvres, s'étreignaient aux hanches, dans un geste continu qui soulevait l'enthousiasme de la multitude.

Après eux, parut Phégor, le fils dénaturé du bocal *1.728*. La tête mitrée, les sourcils peints, les paupières vermillonnées, le ventre constellé de joyaux rutilants, il était porté, sur un trône de pourpre lamé d'albâtre, par six adolescents blonds, aux yeux vert d'algue, aux cheveux enserrés dans une résille d'argent. Et il érigeait une monstrueuse indécence dont la vue faisait pâmer d'aise les spectateurs qui hurlaient :

— C'est un homme, un mâle et non un neutre!... Bientôt nous serons pareils à lui...

Sur les flancs du cortège, en tête, en queue, un delirium avait saisi le peuple, le tordait comme une lessive où entraient dix mille chairs. Le vertigo général semblait culbuter ces masses dans un tourbillon de frénésie, les projetait ensuite en anneaux trépidants, en longues ondulations serpentines, en remous chaotiques. On n'entendait plus qu'un bruit mou d'accolades, qu'un froissement d'épidermes.

Partout des bras courbés en harpons pour agripper des torses; partout des lèvres arrondies en ventouses pour sucer le bonheur! De toutes parts, des gorges assaillies, des chevelures éparses claquant les faces et reniflées farouchement, des trépignements exaspérés, cependant que les larynx libéraient les râles de l'impuissance et que les femmes mettaient les seins au clair! A' même le sol, des monticules faits de corps éboulés ou agrafés l'un à l'autre zigzaguaient, sautillaient convulsivement, mal d'aplomb sur la douzaine de pieds qui se crispaient à leur base. Des poitrines s'y tordaient, des cuisses tournoyantes fauchaient l'air, des visages émergeaient de la houle des ventres, et, tout à coup, une femme, la figure truitée de rouge, en jaillissait, bientôt ramenée au plus profond du tas par des mains concupiscentes et acharnées. Quatre fois moins nombreuses que les hommes étaient les Reproductrices, et la lutte pour la femelle commençait!

Les trois Sages, médusés, assistaient, la parole gelée, au déroulement de cette fresque brossée par le pinceau furieux de la réalité. Devant eux, égaillés dans toutes les directions, s'enfuyaient de vieilles femmes aux mamelles blettes et des macrobites au front chenu qui galopaient, conscients que la nouvelle volupté dont on parlait dans la Cité ne serait jamais connue d'eux, qui avaient trop vécu. On voyait ces derniers s'arrêter de-ci, de-là pour pleurer, jeter impulsivement les bras devant eux, les ramener ensuite sur leur poitrine comme s'ils voulaient étreindre une illusoire amante, alors qu'ils n'étreignaient que le vide sur leurs thorax désenchantés. Ainsi, il n'y avait plus à en douter : toute cette armée de castrats prétendait à la liesse charnelle et, besognant de son mieux, s'efforçait à recréer l'organe à l'aide de la fonction!...

Subitement, une zébrure de feu parcourut en éclair le cerveau de Sagax. Il s'accrocha à la toge de ses deux collègues pour ne pas tomber. Devant lui, Staroth, le crétin issu du bocal *1.324*, passait, exhibant une... ignominie ampoulée qui concurrençait avantageusement celle de son ami Phégor. Désireux de plaire en se réclamant du sexe passif, il s'était, avec les morceaux mal ajustés d'une toge de femme, confectionné un vêtement. Des pétales retombant de ses guenilles, sortait, comme un pistil, le cou filiforme et boutonneux qui supportait mal le potiron gaufré de vert de sa tête spongieuse. Et il allait ainsi, écartant avec ostentation ses deux jambes en lame de cimeterre.

Le Créateur d'hommes avait compris. Sa candeur puérile, sa liliale innocence de Parachevé ne lui avaient pas permis, jusqu'ici, de se saisir

de la vérité. Désormais, il ne pouvait plus l'ignorer : Staroth comme Phégor et comme Amborix,
avaient été imparfaitement dévirilisés au moment de la puberté. De même Flamina et Formosa n'avaient été exonérées qu'en partie de leur
système de sensibilité sexuelle.

Et Sagax rapprocha de ce fait la disparition
subite du chirurgien chargé d'opérer les tout
jeunes pubescents, disparition survenue au lendemain des Fêtes de la Vie et à laquelle il n'avait
prêté, alors, que fort peu d'attention. Le bruit
courait dans la Cité qu'il avait dû sortir de la
Ville-Joyau ou du Jardin des Délices, qu'il s'était
aventuré imprudemment hors de la zone où se
maintenait la vie, et que le souffle de l'éternel
hiver l'avait changé en statue de glace.

Sagax n'en doutait plus : ce praticien s'était
suicidé, incapable de supporter plus longtemps
l'effroyable responsabilité qui pesait sur lui.
Ainsi, tous ceux qu'il avait ratés, les demi-neu-
tres, en un mot, avaient connu des réactions
physiologiques, très faibles à vrai dire, mais dont
ils s'étaient empressés de faire part à leurs frères
pleins d'admiration et de convoitise. Fallait-il
ajouter foi à leurs affirmations et croire avec eux
que ces spasmes étaient agréables pour l'homme,
alors que l'animal qui vient de les subir tombe
incontinent dans une accablante tristesse épidermique? Toujours est-il que l'hystérie contagieuse
de l'heure actuelle ne pouvait avoir d'autre point
de départ.

Chose curieuse, lui, le Créateur d'hommes, venait de passer, en ces derniers jours, par de si terribles émotions, que son cœur, brûlé au feu noir de toutes les angoisses, semblait avoir, pour toujours, expurgé le mal qui l'avait, durant plus d'un mois, travaillé sournoisement. A constater la gesticulation de convulsionnaires de ses semblables, il ne pouvait accorder qu'il avait été sur le point d'être atteint, à son tour, par ce fléau terrifiant. Et, en s'approvisionnant d'allégresse, il se congratula d'avoir repêché son intelligence de la sentine d'hébétude où elle avait chaviré, un moment, sous l'influence envoûtante de la Reproductrice.

La face tournée vers ses compagnons, il vit que la foule jusque-là tout entière à ses vertiges et qui les avait dédaignés, se creusait maintenant devant eux, projetée en arrière par un sentiment de véhémente répulsion. Pour une minute, s'arrêta la furia des hongres, le satyriasis des eunuques qui s'essayaient aux comportements des étalons. Des murmures bruissèrent, des piaulement pointus montèrent vers le ciel, et une voix — celle de Phégor, sur son trône immobile à trois pas de distance — tomba sur l'auguste trio, jetant à Sagax l'ultime exécration :

— Potard de l'Absurde, pourquoi les as-tu émasculés; pourquoi as-tu empêché que la Vie fût, comme en les premiers âges, extraite du creuset mystérieux qu'embrasent les divines caresses? Horticulteur de la Médiocrité, pourquoi,

de ton sécateur maladroit, as-tu voulu châtrer
les lys et les roses, afin de stimuler l'éclosion
des chardons circonvoisins? Pourquoi as-tu
proscrit l'adorable et tragique conjonction de
l'homme et de la femme? Pourquoi as-tu proscrit
aussi l'embrassement des mâles entre eux, qui
permettaient aux amants vulgaires ou raffinés
d'écrouer l'Infini dans l'étroite prison de leurs
moelles et de leurs cerveaux transportés?

Suffoqué par ce qu'il venait de voir et d'entendre, Thalès, à demi-cabré, s'ébrouait violemment,
et sa tête apparaissait comme un énorme cocon
qui aurait été fait de queues de bisor emmêlées.
Les deux vers luisants de ses prunelles y cheminaient, sous-jacents, dans l'espoir de trouver
enfin une issue propice. Il vint donner de l'épaule
contre Mathésis. Egalement hors de lui, le Préfet
des Machines plissa sa face mobile, baissa le
front, parut vouloir engouffrer la chauve-souris
de ses sourcils dans la cavité pénombrale de sa
bouche large ouverte et remontée. Vibrant d'indignation, il cria au Créateur d'hommes :

— Qu'attends-tu donc pour agir?

— Oui, qu'attends-tu pour agir? répercuta en
fidèle écho la voix de Thalès qui, à l'aide de ses
mains, avait creusé sa cagoule pileuse et venait
enfin de faire affleurer ses lèvres.

Sagax inclina le visage et plusieurs fois secoua
la tête comme s'il voulait en faire tomber l'étoile
noire qui l'estampillait toujours. Qu'attendait-il,

en effet? Et il banda les câbles de sa volonté, mit en action le dynamo intérieur de son fluide magnéto-psychique.

Sur lui, sur le cortège, sur la foule, neigeaient maintenant des pétales de jasmin blanc, pleuvaient par averses continues des clochettes de muguet, qui tombaient, pareilles à des gouttes d'eau laiteuse et aromatisée. Le présent, vieux de plus de cinquante siècles, renouait la chaîne du Passé, renouvelait ainsi les fêtes de la civilisation dite gréco-méditerranéenne, car le cycle humain, hélas! ne peut être symbolisé que par le serpent qui se mord la queue. Des écharpes parfumées, expirées par des cassolettes mollement balancées, soutachaient l'air où se jouait l'odeur fauve des chevelures d'hommes, les relents de corne brûlée ou de bois de thuya des toisons féminines. Au loin, l'orgue qui avait servi pour les Fêtes de la Vie s'animait, entamait d'abord une complainte de bègue, s'autorisait bientôt, à des appels mugissants, conviant ainsi les Parachevés à entendre l'épithalame qu'il préparait pour les noces incestueuses du crétinisme et de l'obscénité. La Kermesse du Rut recommençait; la respiration ahannante des multitudes, un instant découragées, accourait derechef, plus furieuse, paraissant sortir de quelque formidable soufflet de forge, invisible et crevé. Et, couvrant l'immense avenue de ses vagues multicolores et exsudantes, tout ce qui restait de l'espèce humaine s'acharnait, abusivement, à la conquête des frissons interdits, s'actionnait, frénétique, vers l'impossible stupre.

Sagax incrusta ses talons dans le sol, se campa, bien assis sur les jambes, et ploya le corps pour mieux éjecter les émanations fluidiques qui devaient asservir la volonté de ces dix mille cerveaux en démence, paralyser net leurs centres nerveux. Ses yeux clos depuis une seconde s'ouvrirent, et il allait donner l'envol aux ondes sans appel lorsque, soudain, il frissonna. Devant lui, entourée comme d'une auréole par un cercle voletant de flamants roses — ceux-là mêmes qui lui étaient réservés — surgissait Formosa portée sur un palanquin de cuir vert estampé d'or par huit reproductrices nues, aux cheveux balayant la croupe, aux seins vibrants à la marche, au corps frotté d'une poudre de perles irisées, au ventre fruité et déjà épaissi, que des franges d'hommes baisaient au passage de leurs bouches concupiscentes.

Six cents poitrines sur les bas côtés, criaient :

— C'est l'artifice qui les a fécondées, mais, bientôt, ce sera notre propre vigueur, quand nous aurons reconquis notre entière dignité !

La forme blonde et nacrée s'érigeait sous le ciel extasié; les yeux souriaient, roulant dans leur orient des paillettes dorées; un frais pourpris vivifiait les joues duvetées; sous le rubis du sang généreux, les lèvres gonflaient leurs lignes pures et Formosa se prosternait devant un Lingam monstrueux, devant un Priape de stuc au sommet rubescent que deux lévites, marchant à reculons, dressaient comme un dieu ressuscité. Un rayon de lumière factice s'attardait sur lui, exacerbait l'incarnat de son dôme de porphyre.

A sa vue, le cyclone de démence recommença à soulever en ressac les épaules et les têtes de l'agglomérat humain. Des clameurs forcenées perforèrent l'espace.

— Los au Piape! Adoration au Lingam. Maître omnipotent de la femme, Axe du vertige sacré, Tige inflexible d'où rayonne l'eurythmie, d'où s'épanouit le renouveau de la Création! Nous te saluons et te révérons, Phallus, car nous avons trop vécu pour les enthousiasmes glacés de l'esprit, pour les exaltations trompeuses de la morose Justice, et nous acclamons l'Amour qui va faire vibrer nos nerfs sous l'archet d'or des voluptés!...

A l'improviste, Sagax venait de pousser un brâmement de bête en folie et il jetait devant lui ses deux poings crispés comme s'il tentait de repousser quelque extravagante obsession. La tête renversée en arrière, il vagissait des sons plaintifs, et, une minute, il resta ainsi, la gorge spasmodique, l'étoile de son front avivant ses dentelures et paraissant lancer des flammes fuligineuses. Alors il voulut se dérober, recula précipitamment, revint fasciné, puis fonça, le buste penché, les bras ramant dans l'air à ses côtés. Il atteignit le palanquin de Formosa, l'enleva, souda sa poitrine à ses seins, colla la ventouse aspirante de sa bouche, qui buvait la fièvre, aux lè-

vres de la femme, plongea ses narines dans la chevelure d'ambre et hurla, entre deux râles :

— Je l'aime, je l'aime! Elle est à moi!...

Eboulé sur lui-même et saturé d'horreur,
Thalès s'agrippa inconsciemment aux rotules du
Préfet des Machines, lequel, les jambes empêtrées
dans les crinières boursouflées qui tombaient de
la face de son compagnon, semblait être captif
de quelque inextricable buisson.

Avec ce qui lui restait de voix, le Grand Péda
gogue clama :

— Javais bien vu qu'il était marqué du signe
fatal; je te l'avais bien dit qu'il était voué à toutes
les apostasies et à toutes les trahisons!...

— Je le sais depuis hier. Dans le bocal 4.245
qui l'a engendré se trouvent des zoospermes venus d'un imposteur, d'un traître connu au début
du xxᵉ siècle sous le nom de Millerand l'Iscariote,
lequel fut Président de la République dite des
Quatre Mers... Tout s'explique, répondit Mathésis.

Et les deux sages s'enfuirent, pleurant sur les
ruines morales de la Cité.

CHAPITRE XI

Sagax et Formosa devaient se rejoindre le lendemain dans le Jardin des Délices. Là, au moins, l'appareil des convergences ne pourrait point révéler leurs actes. Tous deux avaient fait accord de se rencontrer sur la troisième colline du Midi. La Reproductrice ne pouvait s'y tromper. Un éboulis de roches donnait à ce mamelon un profil humain, lui composait un nez rejoignant la ligne du front, lui fournissait des sourcils de quartz. Une caverne immense qui en formait la bouche complétait l'analogie. Même, une escalade de feuillages bronzés secouait dans l'air le cimier dentelé d'une frondaison extravagante et la coiffait d'un casque de guerrier mythologique pareil à l'ex-libris du document de Morosex. La vaste excavation, la grotte profonde lançait haut ses murailles polies où pendaient des frisettes de line des nuits pâmées. Des genêts saluaient son adolescence avec leur tête frisée et toute bouclée d'or. Aujourd'hui, en cette présente minute, les plantes aromatiques, le linge de corps dont, pour ainsi dire, se revêtait la Nature aux fêtes sentimentales du printemps, avaient disparu. Comme lui, sans doute, elle avait perdu la fraîche candeur de ses jouvences, et une fièvre chaude la travaillait. Etait-ce un symbole? En se penchant, le Créateur d'hommes ne vit plus à ses pieds que des mandragores, des belladones, des euphorbes, des digitales, des daturas, des aconits : tous les empoisonneurs patentés qui installent leurs officines en plein vent, et, sur la glèbe complice, agitent l'alambic de leurs corolles vireuses, racolent avec impunité, offrent leurs sucs mortels à tous venants.

Pour tromper les longueurs de l'attente, Sagax philosopha. Partout dans la Nature, se retrouvait ce dosage savant de bonté et de férocité, cet alliage précis d'innocence et d'obscénité qui faisait voisiner la rose et la ciguë, le cygne et le pourceau. Le pourquoi de cet état de choses, jamais un penseur des âges abolis n'avait pu le fournir, car tous, avec ensemble, reprenaient les *à priori* des idéologues précédents, pour y ajouter dans la mesure de leur déraison et en construire des systèmes destinés à fêler les plus solides intelligences. Pourtant la vérité n'était pas difficile à pénétrer. Les épousailles de l'oxygène et de l'azote avaient créé la Vie, fomenté l'espèce humaine où la douleur depuis cent mille ans peut-être s'était fortifiée en des redoutes imprenables. Un peu plus du second gaz; un peu moins du premier, et le Monde ne faisait éclore que les fleurs mystérieuses de l'ombre et du silence : l'Humanité avortait dans la main fermée du Néant. Ainsi, en le conflit mystérieux des Forces latentes roulant leurs tumultes pour crever enfin le sein du chaos, un chimiste s'était trouvé qui avait établi une formule d'où était sortie une éternité de supplices pour le règne pensant, et ce chimiste c'était le Hasard, le Hasard brandissant l'éprouvette de l'Absurde! Si ses doigts avaient tremblé un peu, c'était la Paix, le Bien, l'Absolu, l'Inexistant moral pour Mars et la Terre, pour les deux sphéroïdes jumeaux et pour beaucoup d'autres, peut-être, qui auraient alors déambulé, sans être coiffés de ce morion de malfaisance qu'on appelle communément la calotte atmosphérique.

Et le Grand Physiologiste rendit justice à l'effort des Races. Il entrevit l'homme, dès l'origine, terrorisé par tous les météores, déifiant les éléments, la Lune et le Soleil, attribuant bientôt à la colère des dieux multiples la pyrotechnie de la foudre, croyant que le courroux des habitants de l'Olympe leur faisait fustiger le sol coupable avec des lanières de feu, un knout plombé d'éclairs. Puis comme il ne pouvait accepter l'abomination du Monde telle qu'elle s'offrait à ses yeux, il continuait à enfanter superstitions sur superstitions, faisait succéder les uns aux autres, les différents modes du théisme révélé dans l'espoir d'un peu d'équité, fût-ce dans une vie postérieure, fût-ce au lendemain de la mort. Devant le désordre, devant l'iniquité, partout promulgués en lois irréfragables, sa conscience se révoltait et par ses religions, par ses théogonies, il suppliait le Créateur de tempérer de pitié et de justice la hideur de sa création.

Ensuite, le besoin du Savoir, le besoin de nier, étaient venus, et, de ses doigts meurtris, l'homme tentait de soulever la pierre tombale d'inconscience et d'hébétude qui l'étouffait. Sagax entendit les premiers vagissements de la civilisation rationnelle : art, science, philosophie, littérature, matérialisme, et le râle d'impuissance et de découragement qui sortait à mesure de la gorge des siècles abolis. Etait-ce la faute de l'Humanité, après tout, si, en s'accrochant de ses mains déchirées, de ses genoux à vif, au pic orgueilleux qui portait à sa cime l'inacessible étoile de bonté et de compréhension, la Nature, au beau milieu de son escalade, l'avait jetée à bas, les reins brisés, dans un délire de hargne tragique et d'inexorable cruauté.

Pour les mortels, déduisait encore le Grand Physiologiste, qui peut-être se cherchait une excuse à soi-même, il n'y avait eu jusqu'ici que deux alternatives : vibrer, par conséquent, souffrir, accepter tout le décousu de la vie et résilier d'avance l'harmonie sociale; ou bien éteindre les flammes ardentes de l'être sous les cendres froides d'une harmonie de castrat. Jusqu'en ces derniers jours, comme les Parachevés, il avait déféré au second système, mais voilà qu'une voix impérieuse, qu'une voix plus forte que son libre arbitre lui criait : illusion, duperie! Il voulait goûter à cette félicité abominable et délicieuse qu'était l'amour. Ainsi, sa vie embrasserait le cycle. Il avait trahi la cause sainte de l'Equilibre, soit; mais pouvait-on lui imputer la malfaçon de l'univers, qui seule, après tout, l'avait astreint à cette défection? La Nature *naturante*, avec toutes ses lois inviolables, n'était-elle pas antisociale? N'était-ce pas de l'orgueil de vouloir lutter contre l'obscure énergie du Cosmos qui inclinait la Beauté morale devant la Beauté plastique, surgissant, triomphante, du linceul du Passé?

Le Créateur d'hommes avait pénétré dans la grotte, et il penchait la tête comme pour mieux incruster ces pensées en son esprit. Une petite flaque où une araignée d'eau poussait, avec les avirons de ses pattes longues, la galère minuscule de son corps, lui renvoya, miroitant, le noir astérisque dont son front était toujours orné. Il releva la tête et eut un haut-le-corps brusque, car Formosa apparaissait à l'entrée de la caverne. Le gosier asséché, les oreilles pleines de friselis, il la voyait venir à lui comme une blanche apparition, comme une flamme de bonheur dansant, en rêve, sur l'irréel des choses.

Il courut à elle, l'étreignit et cria le mot nou-

veau, le mot ineffable qui enduisait ses lèvres
d'un opiat de bonheur.

— Je t'aime!

Là-haut, sous la voûte, un bruissement d'ailes,
un émoi d'oiseaux, l'approuvèrent.

Les narines de Sagax battirent; Formosa était
toute parfumée. Pour être venue du gynécée jusqu'à lui, elle traînait avec elle l'odeur des prés et
des bois, l'aphrodisiaque exhalaison de la terre
lascive.

— Respire-moi, dit-elle. Est-ce que ce n'est pas
toute la santé du monde qui, avec mes lèvres,
accourt enfin vers toi? Vois-tu, sur mon passage,
les simples, les herbes, les fleurs, les aromates,
en s'enlaçant à mes pieds, en me grimpant aux
jambes, murmuraient doucement : puisque tu
vas vers l'amour, imprègne ta robe, ta chair, tes
cheveux de nos baumes fervents, de nos chastes
odeurs, et que l'âme suave de la Nature monte
avec la tienne dans ton premier baiser. Ils di-
saient vrai! C'est le sens réel de la vie que tu re-
trouves enfin sur ma bouche; et toute ton aberration antérieure, tout le côté sacrilège de ta précédente impassibilité, vont t'apparaître avec ton
premier frisson. Orgueilleux, qui prétendais
substituer l'intelligence humaine à celle qui a
tout ordonnancé! Femme, j'avais pressenti avant
toi ces vérités, de nos jours diffamées, et je sais,
présentement, que rien ne vaut la félicité de
s'abandonner, consentante, à l'instinct retrouvé.
Ah oui! mon aimé, n'être qu'une bête, une bête

ouvrant ses veines aux sèves palpitantes qu'on entend bruisser partout, qui soulèvent le sein de la Terre, font monter des spasmes jusqu'au ciel, et, pour l'éternelle maternité, fécondent les flancs tumultueux de l'Univers!...

« Quand tout se mêle, vibre et s'enlace, dans une furie d'étreintes, dans un perpétuel renouveau d'embrassements; quand la fleur se pâme au souffle des soirs énamourés; quand le minéral, lui-même, frissonne au contact des fièvres magnétiques, opposer la débilité du vouloir humain à cette fatalité de tendresses et de luxures, quelle puérilité! Va, maintenant, je t'ai conquis! Si tu savais comme la vie était terne et laide et haïssable avant le jour des Fêtes de la Vie, où, pour la première fois, j'ai frémi à ton contact... Je t'aime depuis longtemps, depuis toujours, peut-être. Mais dis-moi, quand tu passais près de moi, jadis, enfoncé dans les frimas de tes abstractions, tu ne voyais donc pas mes yeux qui sont diaprés comme les ailes des libellules; tu ne voyais donc pas mes seins pâles, tu ne sentais donc pas l'arome de ma chevelure où t'attendaient les vertiges et les syncopes?

L'impulsion délirante venait de ravir à Sagax toute verve oratoire et tout esprit d'à-propos. Plongeant sa face dans la gorge de la femme il se saoûla longuement de son odeur et ne put que répéter :

— Je t'aime! Je t'aime!

Satisfaite de reprendre la parole et d'affirmer

sans doute sa supériorité d'élocution, Formosa
répliquait, verbeuse :

— Tu m'aimes, ô mon vainqueur et déjà tu
peux mesurer la vertu magique de ce seul mot.
Ses syllabes de diamant ont jeté leurs éclats
dans les limbes où tu végétais, et voilà que leurs
feux t'ont guidé vers la lumière salvatrice. Orien-
té par une prescience infaillible, tu as retrouvé
la Sagesse et tu as dirigé tes pas vers Celle qui
la personnifiait déjà aux débuts de la Civilisation. Oui, ainsi que Carminus me l'expliquait
tout à l'heure, le symbole est parfait. Ne m'as-tu
pas priée de te rejoindre sur cette colline à profil
grec, sur cette colline à profil de Minerve, la
déesse révérée du premier peuple qui, avant tout
autre, acclama la Beauté et l'Harmonie.

Le lyrisme ampoulé, dont se servirent jadis les
amants, reparaissait.

Dressée, la main droite de Formosa détacha de
la voûte un essor d'oiseaux qui vinrent tourbil-
lonner au-dessus d'eux, dans une acclamation
d'ailes frémissantes.

— Désormais, nous sommes placés sous l'égide de Pallas Athénée, Mère de la Raison éternelle, Protectrice des justes combats et des joies
pacifiques !

Alors, sa robe tomba. Sa forme radieuse et pure
apparut sans voile dans la demi-pénombre qui
exaltait la nacre de sa pulpe, la blancheur de
son épiderme où couraient des moires roses. Le
pied dans une petite vasque, en forme de conque,

elle leva les bras, tordit nonchalamment ses cheveux dans le geste de l'Anadyomène.

— Sagax, tu es Verper et moi je suis Lucine, dit-elle en touchant du doigt la noire étoile de son compagnon. Sagax, par toi j'ai connu la volupté... Pour m'avoir seulement frôlée, le plaisir comme une couleuvre de feu a serpenté dans mon corps, lorsque, remplissant ton office, tu voulus me féconder! Crois-tu que ton ascétisme n'était pas alors un crime contre la joie de vivre? Croyais-tu donc, pauvre égaré, que l'absolu pouvait être aussi doux à la caresse de ton esprit que la saveur de ma chair le sera désormais à ta bouche en émoi?

Le Créateur d'hommes était transfiguré. Son esprit scientifique l'avait abandonné et il s'enthousiasmait à la pensée qu'il devenait stupide, irrémédiablement. Qu'il se trouvât ramené aux âges de l'Instinct, quelle importance cela pouvait-il bien avoir, puisque la parole de Formosa parfumait l'air qu'il respirait! Jamais son oreille n'avait perçu de tels accents. Ces transports fomentés par une ardeur inédite, c'est lui qui les faisait naître. C'était la vue de son corps qui avait grisé la femme par un phénomène identique à celui dont il avait été l'objet, et, pour ne tirer gloire que de son physique, il en venait à mépriser son intelligence à jamais abolie. Il grandit à ses propres yeux, cambra les reins, avança la cuisse, gonfla le mollet dans une pose avantageuse et sentit son cerveau s'amplifier, sa force musculaire s'accroître, alors que la vanité l'habitait. Coûte que coûte, il lui fallait répliquer en équivalence, produire, pareillement à la Reproductrice, un lyrisme exalté.

Donc, il se jeta sur elle, lui encercla la poitrine de ses bras, dénoua son étreinte, s'écrasa d'un seul coup à ses orteils qu'il baisa éperdument, se releva, congestionné, puis comme les vocables de magnificence, les périodes somptueuses tardaient à se produire, il saisit à pleines mains la chevelure admirable et, pour se donner sans doute le temps de la réflexion, l'accommoda à son goût, couronna la femme d'un diadème de tresses blondes étagées. Rien n'étant venu, sa bouche qui se refusait au bien dire explora en vitesse la plastique adorée. La caresse de ses lèvres courut dans le plus intime de Formosa.

— Oh! tes petites mains, tes petits pieds, tes hanches rondes, tes seins durs, ton sexe adorable..., proféra-t-il, enfin, sur des intonations différentes, en se rengorgeant, satisfait, malgré tout, de son improvisation.

La Reproductrice le considéra une minute, déconcertée, l'eau profonde de sa prunelle charriant des paillettes violâtres qui noircissaient. Néanmoins, elle creusa les reins, et, une fois de plus, lui offrit la corolle de sa bouche. Après avoir soufflé une haleine rauque, celle du Créateur d'hommes s'y juxtaposa farouchement. Formosa poussa un léger cri. Ce savant ignorerait-il toujours les subtilités de ce qu'un peuple nomma le *suavium?* Enlacée au Grand Physiologiste, les cheveux de la femme s'étaient écartés en une nappe d'or qui battait l'air de sa senteur pesante. Ses oreilles s'empourprèrent, mais sa gorge resta sans un frisson, sa chair ne s'émut pas, ses dents froides et serrées s'opposèrent à celles de Sagax, la framboise de ses tétins bleuit à l'improviste comme si le gel l'eût touchée, et sur son front une blêmeur de cire allait s'élargissant...

Surpris, le Créateur d'hommes considéra sa compagne qui, le corps raidi, les reins légèrement arqués, la tête penchée en arrière, semblait pour toujours inanimée... Alors avec des plaintes, il se précipita sur elle, roula son bras autour de ses flancs, parut la pétrir de ses paumes, esquissa ainsi des feintes, des attaques en tout point pareilles à celles du pugiliste, et, finalement, lança sur sa nuque, ses lombes, son torse, ses épaules, son giron, une nouvelle escalade de baisers frénétiques. Rien ne put faire tressaillir Formosa, ni le faire palpiter lui-même. Dérouté un peu plus encore, il s'enragea, récidiva, jeta cette fois à l'assaut des colonnes de caresses plus précises qui l'exténuaient, emperlaient d'une goutte de rosée chacun des poils de sa poitrine haletante, cependant que sa gorge modulait les gammes de l'essoufflement et que ses membres étaient tirés dans tous les sens par les ficelles du délire impuissant.

Toujours rien! aucune sensation, aucune béatitude physique, pas la moindre secousse agréa ble dans ses fibres attentives. Alors il noua ses doigts aux cheveux de Formosa, lui ramena, plein de rage, la figure en avant, la frotta ensuite contre la sienne, comme s'il voulait effacer à jamais l'étoile noire qui le marquait au front.

— Pourquoi m'as-tu illusionné? Pourquoi m'as-tu fait entrevoir des joies qui n'existent point? Pourquoi m'as-tu menti avec ta beauté inutile et tes discours perfides? Pourquoi, en m'abusant, m'as-tu fait trahir mes frères?

La Reproductrice ouvrit les yeux, le considéra de bas en haut, et l'index pointé vers le bas-ventre de Sagax, avec un souverain mépris dans la voix, elle s'y reprit à plusieurs fois pour prononcer un mot difficile et jusqu'alors inusité :

— Eu... eu... eu...

Puis elle finit par proférer le terme qui exprimait désormais toute sa réprobation de femme pour les Parachevés :

— Eunuque!

Honteux pour la première fois de son état, le Créateur d'hommes se mit à huir de détresse, et il esquissa un bond qui le déposa à l'entrée de la grotte, tout près de la bouche même de Pallas Athénée, laquelle, bien loin de lui être propice, le chassait comme indigne de ses fertiles leçons de tendresse et de lucidité Mais Formosa, à genoux, s'était agrippée à lui, et l'entravant de ses deux mains qui avaient saisi sa rotule, la joue posée sur sa cuisse droite, elle lui criait :

— Non, non, ne t'en va pas... Viens goûter

avec moi les prémices; viens savourer avec moi les joies sentimentales, les seules qui nous soient permises, puisque, moi aussi, je suis à peu près neutralisée!...

Ils sortirent et dévalèrent la côte. Un petit bois de camphriers s'ouvrit devant eux; bientôt, son odeur trop forte, les rejeta. Au bord d'une rivelette indolente, qui sommeillait, paisible, sous une courtine de sagittaires et de lentilles d'eau, sous une courte pointe de bleus nymphéas, Formosa trempa son pied dans l'onde claire et sourit à deux libellules qui se pourchassaient. De ses lèvres, revenues à la ferveur, Sagax se préparait à sécher la jambe tout emperlée de sa compagne, quand, à l'improviste, il se dressa d'une détente, laissa fuser une plainte longue, et se remit à courir, traînant derrière soi la femme, parce qu'un couple de merles s'était cultivé devant lui et lui avait fait mesurer tout ce que son amoindrissement avait d'irréparable... Déjà, il n'avait supporté qu'impatiemment la provocation des insectes qui se fécondaient dans l'herbe, par manière de bravade sans doute, et dont certains s'appariaient au vol, pour tomber ensuite, les élytres frémissants. Dans une hétraie profonde, étoilée de routins moussus où ils se jetèrent, une hase, en bouquinage, détala vertigineusement à leur approche, emportant sur le dos son mâle croché à elle et inassouvi. Vingt pas plus loin, un cerf, dont les brâmements luxurieux touchaient le clavier des lointains échos, dégaînait son ardeur pour servir sa femelle et, au préalable, affouillait le sol de son sabot fumant.

En hâte, ils sortirent de la futaie, mais au pied d'un chêne, ils butèrent soudain dans une grosse souche noirâtre étendue parmi les pariétaires. La souche se dressa, exhiba un visage turgescent, un front pourpre, et, à son tour, fit lever une femme, alezane. Tous deux avaient les joues ocellées de rouges suçons, et des herbes foulées s'y étaient imprimées en mailles capricieuses. Les mains implorantes, le pas hésitant, ils vinrent vers le Grand Physiologiste.

— Rends-moi la virilité, Sagax, toi qui peux tout !...

Et voilà que d'autres souches se levaient, là-bas, de tous côtés, et vers lui accouraient, remorquant chacune une amante aux seins enduits de salive, à la poitrine plissée de rides rouges pour avoir été sans doute trop malaxée, aux cheveux embroussaillés et pleins de luisantes fourmis. Bientôt le Créateur d'hommes fut entouré d'une sorte de taillis humain, aux troncs nuancés, aux corps fourrés de poils d'ébène, d'or, de cuivre, de bronze pâle, d'acajou. Un vent de deuil secouait le taillis vivant qui exhala un plaintif concert de lamentations.

— Tu es notre père; donne à tes enfants la faculté d'aimer...

Un géant aux cheveux carotte, aux prunelles garance, pareilles à des baies de sorbier, lui embrassait les chevilles. Et quand il se releva, ayant sur le thorax deux escarbots au corselet cloisonné de chrysoprase et de lazuli, perdus dans ses crins rudes comme deux fastueux boutons de plastron, il présenta le placet de ses larmes et requit plaintivement :

— Toi qui es l'Auguste, fais que nous puissions connaître l'amour, cette seule joie qui permette d'endurer la vie!...

Sagax eut, des mains et des épaules, un geste qui traduisait son impuissance. Ses yeux parlèrent quand sa bouche resta muette. Jamais, jamais, il ne pourrait greffer sur eux la bouture de vigueur!

Dans son entour et aussi loin que son regard pût porter, il vit la consternation fléchir les têtes hirsutes des Parachevés, que les trémoussements antérieurs avaient coiffées en nids de corbeaux. Sans transition, les huit cents orbites, ajustés sur lui, s'emplirent de flammes allumées subitement par le commutateur d'une colère unanime. Un murmure s'éleva qui sombra bientôt dans un silence où l'on sentait que la haine en marche faisait halte pour mieux concerter son offensive. Des poings se dressèrent, disparurent, revinrent, érigés plus haut, martelant l'espace au-dessus des visages. Alors un cercle redoutable, qui propageait une rumeur de torrent, s'avança comme une immense faucille pour abattre Sagax. Bousculés, des hommes au premier rang vacillèrent une minute, s'écroulèrent sous la ruée des autres, puis rampèrent entre les jambes des files précédentes afin de reprendre leurs places. Campé dvant le Grand Physiologiste, le colosse aux yeux sanglants sabrait de son bras l'air qui sifflait, et sa rage de ne pouvoir redevenir un mâle était telle que ses mâchoires grinçantes rendaient un bruit de rabot formidable. Des clameurs explosaient comme les fougasses des anciennes armées et, peu après, montaient des piaulements aigus, des cris de femmes. La main passée sous le périnée de leurs hongres, elles étalaient sur les paumes des mentules dérisoires.

— Monstre, pourquoi les as-tu estropiés?

Pas à pas, Sagax reculait, protégeant de son mieux Formosa que la terreur avait nouée, ainsi qu'une liane, à son corps. Une vocifération plus sauvage, dont il sentit les souffles à sa figure, faillit le jeter à terre.

— Pourquoi es-tu marqué au front d'un signe abominable? Réponds, n'est-ce pas pour te mieux désigner à la juste vengeance de tes frères?

Que faire? Les stupéfier de son fluide, mais sa volition en désarroi n'était plus à la hauteur des circonstances. Derrière lui, il ne restait qu'un étroit espace libre, par où la fuite pouvait être tentée, à la rigueur. Pareilles à des lunules, les bouches imprécatoires se rapprochaient et il reçut sur sa peau la chaleur rayonnante des faces adverses. Un moment encore, et les doigts en tenailles de la foule allaient le happer. L'amour avait ramené le meurtre parmi les hommes!

Aussi, il n'hésita plus, jeta la femme sur son

dos, et, d'un bond d'isard, échappa. Furieusement, il détala, franchit une rivelette, sauta, les forces décuplées, une haie en fleurs, traversa une prairie où ses talons rapides lançaient derrière lui des mottes entières de gazon humide, cependant que la meute se découplait avec des aboiements discords. Un petit bois lui fit signe; il y courut, zigzagua à travers les troncs épais, les frêles baliveaux, brouilla sa trace, coupa des sentiers, se crut sauf, et, lorsqu'il se retourna, le géant aux yeux groseille le suivait à trente pas, le corps ployé en deux, les narines large ouvertes, comme un limier qui tient la voie. Sur le revers pierreux d'une colline, il buta dans les caillasses, et, quand il se releva, il vit que les molosses à face humaine avaient gagné sur lui. Même, des coups de gueule joyeux annonçaient la prise imminente de la bête forcée qu'il était. En quelques foulées, néanmoins, il reprit son avance. Alors il sentit un feu ardent dévorer sa poitrine; un essaim de mouches bourdonnantes lui parut s'envoler dans sa tête vide et il devint avare de son haleine, ne respira plus que parcimonieusement.

Le versant opposé escaladé à toute allure, il s'intéressa stupidement à des détails sans importance, à un liseron qui défaillait sous le baiser d'une guêpe, à des rainettes que l'herbe éjaculait, à un lézard qui rentra sa tête parcheminée dans son trou. En des affres de douleur, il pensa qu'avant peu, il ne verrait plus ces choses jusque-là banales et pour lui pleines de saveur maintenant. La crête atteinte, dépassée, il se pencha et, au lieu de filer droit devant soi, il rusa, galopa latéralement. Et, soudain, il eut la joie de voir le vautrait humain, emporté par son élan, foncer, puis, dans un virage trop brusque, culbuter en tas, femmes et hommes mêlés, tout en submergeant le colosse dont la chevelure trouait d'une tache rouge cet éboulis de dos, d'épaules, de torses, où nageaient des bras, où ruaient des jambes. En bas, un ravin glouton avalait successivement une vingtaine de corps qui roulaient sur euxmêmes, telles de grosses pierres, alors que sur la droite, lancé ainsi qu'un projectile, un des Parachevés ricochait plusieurs fois, et, s'immobilisant après quelques soubresauts convulsifs, semblait téter, inerte, le mamelon d'une grosse fourmilière.

Sagax était sauvé. Une vaste futaie l'appelait du balancement rythmique de ses premiers arbres. Il ramassa ce qui lui restait de force, banda ses muscles, tendit ses nerfs comme des cordes, et il allait l'atteindre, indemne et libre, lorsqu'il fut brusquement tiré en arrière. La chevelure éployée de Formosa s'était nouée aux épines sournoises d'un roncier qu'elle recouvrit d'une housse d'or et, comme de ses mains maladroites, il s'acharnait, râlant, à la délivrer, il comprit qu'il était perdu. Le laisser-courre recommençait, appuyé d'une rescousse inattendue. Là-bas, sur ses derrières, selon un chemin étroit, rectiligne, Ma-

thésis, pour lui barrer la route, avait suspendu
la pesanteur, fait jouer le magnétisme du pôle,
et, sur le plancher des airs, accouraient une cen-
taine de Neutres qui, dans quelques secondes,
allaient pleuvoir sur lui. Leur masse, d'abord in-
décise, grossissait. Ralliée par le limier de pointe,
et profitant de son désarroi, la meute venait de
le tourner, puis les babines engluées d'écume, les
yeux saigneux, s'apprêtait à le couvrir. Par-dessus les grands peupliers frissonnants, un vol de
grues, de leur gosier sonore, trompettaient déjà
l'hallali.

Non, il ne voulait pas, il ne devait pas mourir.
Et il eut une inspiration. Il retrouva le mensonge,
ce baume social des anciennes civilisations. Il
se détermina à l'imposture, ce seul moyen d'apai-
ser la colère des plèbes et de les gouverner. La
crédulité ne devait pas avoir disparu tout à fait
du cerveau humain. Promettre l'irréalisable pour
ne point concéder le possible avait toujours réussi aux politiques, aux tyranneaux et aux sociologues d'antan. Pourquoi ne les imiterait-il pas
en désespoir de cause, quand sa vie était en jeu?
Il tenta la chance.

Doucement, il laissa tomber la Femme, étendit
la main pour implorer un armistice d'une seconde, rallia son souffle et, sous le rauquement des
haleines voisines, devant les canines découvertes
qui l'allaient dépecer, il cria :

— Si vous me tuez, jamais, jamais, vous ne

redeviendrez des hommes... Accordez-moi un délai et je vous compléterai.

— Quand? questionnèrent dans la horde assassine ceux qui, malgré le rude pourchas, avaient conservé l'usage de la parole.

— Dans quatre semaines au plus tard, précisa Sagax.

— Il a dit! Il a dit! Salut et respect à lui; il est toujours notre père...

Et, soudain prosternée, rampante, avec des échines respectueuses et des langues embuées de vapeur, la meute, à cropetons, vint lécher les pieds du Grand Physiologiste qui s'éloignait, emportant Formosa.

Depuis dix minutes déjà, Sagax marchait pensif, ployant sous le faix de son précieux fardeau, lorsque, tout à coup, il sentit un vague prurit, une légère cuisson à ses pieds. Il n'y prêta pas grande attention, augurant que, dans sa randonnée furieuse, il avait dû se meurtrir, s'excorier à vif. Vingt pas plus loin, la cuisson exacerbée, était devenue intolérable, semblait pousser des aiguilles rougies jusqu'à l'os et, en se penchant, il vit que, sous lui, les herbes flambaient... Où que son pied se posât, la brousse s'allumait, instantanément, et, fait bizarre, s'éteignait, d'elle-même, quand il était passé. De suite, il s'ingénia à choisir les endroits dénudés. La planète retournait-elle à l'état igné? Quelle était la cause de cet inconcevable phénomène?

Comme il s'attardait, la durée d'un cillement d'œil, à vouloir la trouver, le sol rougeoya, des flammes bleues coururent devant lui, processionnèrent un moment, capricieuses, et vinrent se jeter dans ses jambes. Botté de feu, sa toge commença à brûler. D'un ondoiement d'épaules, il s'en débarrassa, et il n'eut plus qu'une pensée : sauver Formosa, coûte que coûte, préserver du mystérieux incendie la chevelure d'ambre et le corps adorable. Plus haut, il la dressa sur ses bras où se levaient des cloches et, avec des hurlements d'épouvante sacrée, il précipita sa course furieuse, talonnant ainsi les torches fumantes qu'étaient les grosses racines dont le sol se hérissait, pétrissant de ses orteils une poix bouillante dont la terre s'engluait. Heureusement, un ruisseau était là tout près; il s'y jeta et les narines pleines de l'odeur âcre de ses poils roussis, il remonta le courant, fendit l'onde, la femme serrée farouchement contre son sein et semblable ainsi à quelque triton fabuleux des premiers âges qui vient de ravir une sirène.

Le long des rives, les buissons se dentelaient de feu; des brasiers ambulants, des fournaises véloces qui le poursuivaient, accouraient avec des crépitations furibondes pour se cabrer tout à coup et renverser leurs crinières d'étincelles au bord même de son refuge liquide. Une invisible main allumait un à un des saules ébranchés, des saules à tête d'hydrocéphales, qui tout à l'heure seraient les cierges fantastiques entourant sa couche mortuaire. Un brûlot d'herbés errantes dérivait, qu'il n'évita qu'à grand'peine, en se jetant dans une petite infractuosité de la berge. Ivre de panique, il voulut nager, mais des nénuphars embrasés vinrent toucher sa bouche comme des charbons ardents. Des sagittaires lui percèrent les flancs de leurs dards chauffés à blanc; des mousses pressèrent sur sa poitrine leurs éponges incandescentes. L'eau même commençait à bouillonner et une érosion de poissons argentés parut à sa surface, gicla en des jets circonflexes. Sagax comprit que, dans quelques secondes, il serait ébouillanté... Une grosse roche émergeante lui offrti un abri précaire sur lequel il s'arrêta pour mourir.

Une dernière fois, il tourna les yeux en arrière, et des éclairs continus, des éclairs couleur topaze qui accouraient au loin du Secteur des Machines lui firent découvrir la vérité. Soudain, il poussa un cri de joie sauvage. D'autres blocs, énormes et polis, menaient à la source qui coulait sous la bouche même de la colline au profil de Sagesse, sous la colline de Minerve. Et voilà que le Créateur d'hommes ramassait tout ce qui lui restait d'énergie, voilà que l'espoir de vivre et de goûter à l'amour le faisait sautiller sur les pierres froides avec la précision d'un héron. Maintenant, les dents scellées à la chevelure de la femme, il la hissait avec lui, d'un effort des bras, dans la grotte de Pallas Athénée...

Désormais en sûreté, il souffla durant un long quart d'heure, aéra méthodiquement sa poitrine d'où sortaient encore des râles. Plus calme, il vérifia le désastre commun. Ses cheveux et ses sourcils avaient disparu et, sur les cuisses, les reins et les côtes apparaissaient de larges brûlures qui, profondément, avaient gaufré sa chair, transformant par places son épiderme en gaze tuyautée. Il en était de même pour les pieds que ses sandales épaisses avaient heureusement préservé en partie. Et, profitant de la tenace syncope de Formosa, il s'employa à l'examiner avec des minuties de savant. Joie. Elle était à peu près indemne, n'avait rien, pas une blessure, seul le duvet de son corps était grillé. L'haleine de Sagax en fit envoler la cendre qui lui nimba le visage d'un petit nuage ocreux respiré avidement. Alors, il utilisa la circonstance, s'autorisa à une investigation plus intime. Comme il s'en était douté, comme elle-même l'avait affirmé, la Reproductrice n'avait été qu'imparfaitement *défiminisée*. La malfaçon opératoire avait, plus tard, rendu possible des demi-sensations. Et parce qu'il avait été torturé pour elle, il considéra la femme avec un attendrissement alangui. A la manière des héros de la Préhistoire, ne l'avait-il pas conquise? Envers et contre tout, il l'avait arrachée à la géhenne, aux tentacules de feu qui s'efforçaient de les agripper au passage. Dorénavant, ce haut fait ne pouvait-il balancer son infirmité de castrat et n'était-il pas digne d'être aimé, tout au moins platoniquement?

Quelques aspersions d'eau froide rappelleraient, peut-être, Formosa à la conscience. Il se releva, chercha machinalement autour de lui une flaque quelconque. Et, comme il n'en trouvait pas, il alla, à tout hasard, passer la main sous une grosse roche moussue à laquelle, jusque-là, il n'avait point prêté attention. Brusquement, la roche remua, oscilla de droite à gauche. Une force inconnue parut même en détacher le sommet qui se dressa, déroula sous lui une masse frétillante que Sagax vit s'exhausser progressivement. Apeuré, il recula avec un cri, car le bloc prenait forme humaine, imposait une apparition de fantôme revêtu d'un suaire de poils pareils à des fibres de noix de coco. Thalès, jusque-là immobile et la tête entre les genoux, surgissait devant le Créateur d'hommes comme la statue vivante du remords. Il avait émondé la toison de son facies et, par surcroît, pratiqué aux ciseaux deux petits hublots pour les yeux. Ainsi, sa tête semblait être coiffée d'une sorte de casque de scaphandrier.

Sans perdre son temps en vaines circonlocutions, le Grand Pédagogue marcha droit à Sagax, puis, écartant la laine de barbet qui obstruait ses lèvres, il lui cria, sa dextre scandant l'anathème et l'objurgation :

— Est-ce donc le fait de la Science de se

frotter à la femme à la manière du bouc qui
renifle sa femelle? Pourquoi retournes-tu à la
bestialité? Pourquoi détruis-tu, en un seul jour,
le travail persistant de cinquante siècles de civilisation supérieure? Pourquoi blasphèmes-tu l'intelligence humaine qui, de ses alluvions patientes, a fait lever l'îlot de corail de notre Cité
par-dessus l'océan agressif du Monde abstrait,
jadis balayé par les tempêtes du Mal, les oura-
gans de l'invincible sottise? Pourquoi viens-tu
arracher le lys impollué de notre Justice, la fleur
virginale et fragile que nous avions plantée
comme une suprême protestation de l'Idéal sur
le sein vindicatif de la Nature adverse? Pourquoi,
de tes doigts sacrilèges, as-tu souffleté l'impas-
sible Face de l'Harmonie? A la Fraternité sainte,
nous avions fait le sacrifice de la joie sensuelle;
nous avions assis la Ville-Joyau sur un sol qui
ne trépidait plus des convulsions mauvaises de
la Chair. Les abominables mots de « douleur »
et « d'iniquité » n'avaient plus de sens dans le
langage présent; ils avaient été biffés de l'idiome
des hommes, et voilà que tu surgis pour tout
rapporter, pour affirmer la suprématie du génitoire sur le cerveau!

« Oui, nous avions réalisé ce miracle de faire
naître les hommes égaux intellectuellement et
physiologiquement. A notre gré et suivant nos
besoins, nous pouvions créer le génie... Et tu as
tout remis en question; tu prétends tout renverser, afin qu'un de tes vésicules puisse épanouir

un spasme dans tes fibres subitement enchantées... Pourquoi as-tu pondu parmi nous des
œufs de scorpion? Pourquoi as-tu suscité le chaos
en exhumant les cadavres fossiles, les momies
fardées de l'Amour et de la Volupté? Ne sais-tu
pas que leur odeur fétide, leur relent d'hypogée
vont verser aux hommes l'ébriété mortifère et
les forcer à déserter les routes géométriques de
la lucidité, les sentiers lumineux de la Vertu?
Ignores-tu que la seule pacification que nous
puissions connaître nous vient de la Vérité?
Allons, suis-moi, retourne vers elle; éloigne-toi
de sa rivale hypocrite, de la Beauté physique,
qui a toujours versé le désespoir au plus grand
nombre et la joie à seulement quelques-uns. Entends-moi : Exécration! sept fois exécration! à
la Beauté aux yeux d'artifice, aux seins gonflés
d'ivresses passagères, au cerveau absent, au
masque enluminé de mensonge qui, par son
essence même est aussi injuste qu'amorale, et
dont le ventre peint a trop longtemps laissé tomber parmi nous les ovules de haine délirante et
de prétentieuse vanité!

Les paroles de Thalès faisaient vibrer l'air sonore de la caverne et tintaient comme un glas.
Tirée de sa torpeur par leur grondant écho, Formosa venait d'ouvrir les yeux, et, toute soupi-
rante, ajustait sur Sagax ses deux prunelles
semblables aux asters des jardins. A la voir revi-
vre, le Créateur d'hommes, dans un geste d'enthousiasme, posa la main sur sa tête blonde. La

souffrance le poignait; son épiderme rissolé se soulevait comme un placage de bois que la chaleur a gondolé; malgré tout, ainsi qu'un catéchumène illuminé, il confessa sa foi ardente. Ormuz et Ohrimane, les deux principes de la Vie, le Bien et le Mal, entraient de nouveau en conflagration.

— Hors d'ici, Cornac de l'Incompréhension! Ne sais-tu pas que je veux vivre, vivre sans me soucier d'autre chose? Béni soit le Désordre, s'il me permet d'aimer! Béni soit le Mal, s'il me permet de goûter accidentellement au bonheur! Béni soit le chaos, s'il me permet d'évoluer en homme! Bénie soit l'injustice, si elle me permet d'avoir un cœur plein d'angoisse et d'amertume, mais plein aussi de fougueuses passions! Et bénie soit la Douleur, si, grâce à elle, je ne suis plus un théorème ambulant, et si je palpite autrement qu'en froide équation!

Exaspérés, pépiants, les oiseaux de la voûte, dans une chute soudaine, accouraient au secours de Sagax et l'aidaient à chasser Thalès. Par nuée compacte, becs dardés, ailes frémissantes, en un vacarme de cris suraigus, ils se jetaient à la figure du Grand Educateur, menaçaient ses orbites, picoraient la laine longue de sa face et le poussaient dehors.

Ainsi, le Créateur d'hommes venait de retourner à la conception antérieure de la vie policée. Pour s'être replacé sous l'égide de la Nature, pour être revenu se désaltérer à la « source éternelle de fécondité et de sagesse », une vigueur nouvelle, une jeunesse effervescente s'épanouissaient en ses moelles enchantées.

Combien stupides lui apparaissaient les doctrines de la beauté abstraite et de la loi morale qui, jusque-là, avaient régi les Neutres! Le sens plastique du Monde, si longtemps sacrifié à l'eurythmie sociale, ressuscitait en lui pour restituer aux choses leur véritable signification. L'Absolu que les hommes avaient, sur terre, réalisé, n'était-il pas monstrueux? puisqu'il était attentatoire au relatif et au contingent de la Création, se disait-il. Pourquoi l'Humanité aurait-elle donné une leçon à son logeur, le Cosmos? N'était-ce pas trop de superbe, et l'Univers ne serait-il pas enclin, quelque jour, pour cela même, à congédier sa présomptueuse locataire?

Quand tout se hait, s'entre-choque, s'entre-dévore, et se détruit, les hommes auraient vécu, fraternels et pacifiques, dans le conflit gigantesque? Là, était la dissonance, la faute contre l'Harmonie universelle, que la Nature ne pouv~ tolérer. Le pied sur la Matière pour toujours asservie, on aurait vu l'être pensant construire des idéologies parfaites, des systèmes de bonheur impeccables, sans jamais palpiter dans sa chair. Antinomie! Le genre humain pouvait être envisagé comme une série de corpuscules qui avaient prospéré, ainsi qu'une végétation saugrenue, sur un des rouages du Grand Tout. Pourquoi, grain de poussière, l'Espèce raisonnante voulait elle faire obstacle à la fabuleuse mécanique des Espaces? Ne valait-il pas mieux participer à l'éternelle vibration qui produisait la lumière et la vie, même si le mal était la seule clef qui permît de remonter le mouvement perpétuel de l'Infini?

Ces pensées furent à l'esprit de Sagax un vin fort dont il se grisa, et, tout à coup, il constata que l'entrée de la grotte s'empourprait, pareillement à ses rêves d'avenir. La bouche de Minerve se rubéfiait, passait par des rouges capricieux, des tons de pampre, des violets de muqueuses enfiévrées, et se fixait définitivement en des blancs crus de verre fondu. L'instant d'après, elle se plissa, fit la moue, parut minauder, coquette. Même ses lèvres eurent des frissons de plaisir, se froncèrent sous un baiser qui l'appelait, lui, Sagax, puis se tendirent, et leur granit bouillonna, se liquéfia en larges coulées qui cherchaient à se joindre.

Là-haut, les oiseaux de la voûte s'apeuraient, voletaient, égarés, se heurtaient, chutaient en pluie versicolore pour se relever et engager ensuite une bataille criarde. Des vaincus tombaient sur le dos, lapidaient le sol de leurs corps mous et, avec leurs pattes, griffaient l'air dans les spasmes d'agonie.

Sagax voulut connaître le pourquoi de ce nouveau phénomène, et il fonça, la tête en avant, son front exsangue avivant encore de sa pâleur l'étoile noire qui y gravitait. Une gifle de vapeurs fusantes le rejeta au loin, près de Formosa, qui, prise de terreur, les bras arc-boutés à terre, poussait des glapissements continus. Sous l'averse plus drue des oiseaux moribonds, le Créateur d'hommes vit le jour se rétrécir peu à peu; il vit le disque de lumière se contracter et n'être bientôt plus qu'une pâle prunelle. Maintenant, une lueur courte, un éclat de clarté froide, aigu e' plat comme une lame d'acier, perforait seul la pénombre croissante. Une seconde encore, puis, brusquement, la nuit impérieuse et muette... Alors l'évidence s'imposa à Sagax : l'entrée de la caverne avait été fermée à la manière d'un goulot de flacon scellé à la lampe. Debout sur le Hall des Machines, Mathésis l'avait emmuré vivant avec Formosa!

Non, non! il ne mourrait pas. Cette fois encore, il échapperait. Lui aussi détenait un pouvoir terrible, et il baissa le chef, le rentra dans les épaules comme un taureau qui se ramasse. A travers les murailles de sa geôle sans issue, il envoya le fluide magnéto-psychique qui devait sidérer son adversaire au poste de combat...

Ainsi, la Raison et la Sensation, ces deux forces irréconciliables, se disputaient la victoire, cherchaient, en somme, à s'arracher ce qui restait du Monde. L'une attaquait dans la Lumière; l'autre se défendait dans la Nuit. Vingt fois, le Créateur d'hommes déchargea le courant à grand voltage de son magnétisme, et vingt fois, il espéra que, sous le forceps de sa volonté, la valve de la caverne allait enfin s'ouvrir pour accoucher du jour. Rien.

A la chaleur plus intense, à l'air devenu rare, il comprit que Mathésis triomphait. Et il se jeta à droite, à gauche, devant lui, en arrière; l'hélice de ses bras affolés battit le noir, pendant que ses pieds s'enfonçaient dans la litière caressante des corps d'oiseaux. A ses talons s'attachaient des entrailles tièdes. Alors, il eut un suprême raidissement, cambra les reins et des flammes de soufre crépitèrent autour de sa tête pour faire à la ténèbre un fugace tortil de diamants avivés. Effort inutile...

Déjà ses artères ne roulaient plus qu'un sang lourd qui soulevait ses tempes de ses assauts précipités. Les hallucinations de l'ouïe survenaient, avant-coureurs certains de la perte de toute conscience. Il lui sembla que des milliards de rats devaient grignoter les parois de sa prison. D'un bond, dans lequel il mit ses dernières forces, il se gara d'eux, abusé. Et il conçut que, désormais, toute révolte était inutile; il sentit que la mort approchait pour nouer à son cou ses doigts d'étrangleuse, pour le presser contre son sein de paniques, pour l'étouffer dans une étreinte qui brassait le vertige. Farouchement, il se saisit de Formosa, de nouveau en syncope, souda sa bouche à la bouche de celle pour qui, déjà, il avait tant souffert. Dans un dernier et sauvage baiser, il roula avec elle, inanimé, sur le sol.

CHAPITRE XII

Le Créateur d'hommes n'était point mort, emmuré. Miraculeusement, il avait été sauvé par les Neutres qui le traquèrent dans le Jardin des Délices et qu'il désarma ensuite parce qu'il croyait, alors, être un mensonge. Il était le dernier espoir des Parachevés. Sur lui seul, ils pouvaient compter pour reconquérir l'état humain, et patiemment, ils avaient, de leurs ongles, creusé les murailles de terre de la grotte de Minerve. Ce qu'il avait pris pour le grignotement d'une myriade de rongeurs, c'était le salut qui approchait, c'était l'affouillement tenace de ceux à qui il avait donné parole de leur restituer, avant peu, et dans toute sa plénitude, la faculté d'aimer.

Sagax, libre, s'était réfugié dans le cercle propice de ses bocaux de spermatozoaires. Là, était l'asile inviolable et sacré où le Préfet des Machines ne pouvait l'atteindre sous peine de détruire aussi les Cultures et de priver, par cela même, la Ville Idéale de toute postérité. Avec ardeur et une frénésie qui n'excluaient point la méthode, il avait travaillé sans faiblesse ni loisir.

Au soir de la troisième journée, il avait rendu à Formosa une parfaite sensibilité sexuelle.

Deux semaines ne s'étaient point écoulées qu'il s'était refait des génitoires.

Ces deux merveilles avaient été accomplies grâce au fluide vital — improprement dénommé « âme » par les siècles lointains — fluide qu'il était parvenu à extraire de l'organisme humain, à isoler et à capter ensuite. Depuis longtemps, il était sur la piste de cette découverte; depuis un demi-siècle, déjà, il concevait que l'antérieure théorie de la pensée ne pouvait plus être acceptée.

Il savait, en effet, que, pour détendre ou contracter un nerf, il faut un agent matériel, un fluide, impondérable si l'on veut, mais physique, et non un phénomène de l'ordre moral dénommé « volonté ». Un fil de laiton, qui canalise l'électricité et réagit sous son passage, pouvait être assez exactement comparé au nerf animal. Et il s'était mis à la recherche de l'émanation mystérieuse qui impressionnait ce nerf pour déterminer le mouvement. Cette hérésie de mécanique qui prétendait influencer une fibre conductrice sans y décharger aucun courant, l'ancienne explication de la Locomotion, en un mot, il l'avait, à jamais, détruite. Pour lui, le corps de l'homme était analogue à une pile aux éléments multiples et concordants, qui élaborait un fluide dont le pôle principal était le cerveau. Animé par ce fluide qui n'était autre que la radiation des astres dans laquelle baignait la planète, l'encéphale entrait en vibration et, par l'objectif de ses cinq sens, clichait les images concrètes du monde sur la matière grise de ses circonvolutions. Ensuite, il les immatérialisait, et, de leur association harmonisée, créait la volition et la cogitation, c'est-à-dire le penchant de l'individu, son inclination vers tel ou tel ordre de secousses nerveuses susceptibles de lui procurer le maximum d'aise matérielle ou spirituelle. La masse cervicale, actionnée par l'effluence improprement qualifiée « âme », travaillait les impressions reçues à la manière d'un alambic en ébullition qui distille le marc, le résidu, pour en extraire l'essence, « l'esprit ». L'identité de ces deux fonctions était telle que le même mot servait à désigner leur produit.

Ainsi, le Libre Arbitre n'existait pas. L'idée, considérée comme effet, n'était plus envisageable comme cause. D'autre part, tous les êtres baignaient dans les vibrations du Cosmos, dans les ondes rayonnantes de la souveraine Matière : énergie, dynamisme, magnétisme, et, dans la période de vie, ils n'étaient que des corps mauvais conducteurs, des réceptacles, où l'effluve universel venait s'épanouir de façon transitoire et momentanée. Un accident, qui détruisait un ou plusieurs éléments de la pile, amenait la mort, les rejetait du Cycle de l'universelle Palpitation.

Le septième matin, peu après le réveil de la terre, le Créateur d'hommes, après avoir pratiqué l'ablation de ses glandes desséchées, s'était greffé, à leur place, une bourse de taurillon opéré vivant (1). Les sutures de la rhinoplastie toutes fraîches encore, il se traversa plusieurs fois, du crâne aux talons, d'un courant de *fluide vital* intensifié. Le lendemain, il lui parut que son être était décuplé. Une vigueur exaspérée, une vie paroxyste amplifiaient ses moelles, à l'étroit désormais dans le creux de ses os. Et, sûr de lui, il ne voulut pas différer d'une minute l'ineffable félicité. Il toucha un bouton qui ouvrit toutes grandes les baies du laboratoire. Là, devant les Neutres accourus à son appel, il fit prendre à Formosa la posture du tombeau, qui est la posture d'amour. Puis, avec un cri de victoire qui insultait à l'irrémédiable défaite de Mathésis, il plongea la tête dans la gorge de la femme comme en une touffe de frais jasmins. Quand il la prit, quand des laves de bonheur coulèrent dans ses flancs transportés, quand le plaisir eut tordu sa chair convulsive comme un sarment, quand il eut goûté enfin à l'inéprouvé, un coq, là-bas, claironna furieusement le triomphe de la Sensation, la victoire d'Eros ressuscité.

---

(1) Devons-nous rappeler que la première édition de ce roman a paru en l'année 1908? bien avant les concluantes expériences du docteur Voronoff.

Longtemps ensuite, il resta prostré. Toute sa force nerveuse semblait avoir été absorbée par la divine réaction. Ses nerfs frappés de stupeur le plongeaient dans une sorte de coma, où une détresse physique, une imprécise angoisse d'esprit se délayaient mollement. Dehors, la foule des Parachevés grossissait à chaque minute; d'autres groupes, avides, eux aussi, d'être initiés au surprenant miracle, accouraient. Une clameur monta, tressée en force par les mille rumeurs éparses, s'éleva comme un brusque jet d'eau au-dessus d'une vasque.

— Tu l'as vu! Tu l'as vu! Il a aimé! Bientôt, comme lui, nous pourrons posséder notre amante!

Sagax, la salive rare, la bouche fiévreuse, se libérait avec difficulté de l'empâtement moral et charnel en quoi s'engluaient son intelligence et sa chair. Une tristesse morne suintait dans son cerveau, et, pour lui, la similitude tragique des deux spasmes, celui du trépas et celui de l'amour s'avérait. La volupté était le diamant rouge servant de fermoir au cercle qui embrassait toutes choses et rapprochait l'étreinte du Néant. Sûrement, en cette courte seconde, la Mort et la Vie se rejoignaient, se pénétraient, réconciliées, pour se ruer de nouveau, l'instant d'après, à la lutte fratricide, qui faisait du Monde un perpétuel renouveau de baisers et d'agonies.

Fait curieux: depuis qu'il avait possédé Formosa; depuis qu'elle était femme et depuis qu'il était homme à son tour, il avait vu la figure de cette dernière se bestialiser lentement. La noble expression de la face, l'inspiration qui, jusque-là, avait transporté son âme, et s'était traduite par la pureté du regard et la poésie de la parole, tout cela avait disparu peu à peu. Sous lui, le plissement du front désormais agressif, le battement animal des narines, le jeu hargneux des prunelles mauvaises, les incisives découvertes par le rictus de la bouche, ne traduisaient plus qu'une hostilité, un antagonisme évidents.

Un instant, il eut peur de l'être inattendu, de *l'adversaire*, qu'il découvrait, pressé contre sa poitrine orageuse et tout pantelant encore dans l'étreinte fervente de ses deux bras.

Mais la force physique revenait à Sagax, et avec elle la faculté d'illusion. Il voulut alors remercier la Nature, les êtres, les choses, le destin, de l'immense joie qui venait de lui être impartie. Et, sur le mode lyrique, le seul qui convînt à ces conjonctures, il chanta son délice, en montrant Formosa à la foule :

— J'ai meurtri ta face avec ma face, et tes jambes, comme des serpents, se sont nouées aux miennes! Tes dents, contre mes dents, ont cliqueté ainsi que des crotales, et un ruisseau de feu a couru dans mes veines! Sur les ailes embrasées de l'ivresse, dans les gouffres sans fond du vertige, mon intelligence et mon vouloir ont culbuté... Tu es mienne! La science était menteuse qui prétendait ériger les joies de la Connaissance, l'orgueil du Savoir au-dessus du délire sacré qui consiste à sacrifier à l'instinct, à s'immoler à l'Espèce, pour la continuer dans les soubresauts farouches de la chair en plaisir...

Il fit halte afin de renouveler son haleine, et, pour la félicité que son génie avait su faire naître en la femme, il s'attendit à un répons de reconnaissance formulé en termes lyriques.

Formosa, le regard dur, la face plus rancunière encore depuis l'assouvissement, se haussa sur les pointes. De son doigt elle frotta l'étoile noire dont le front de Sagax était toujours blasonné. Triviale, elle répliqua :

— Faut pas t'gober, j'espérais mieux...

Outragé, le Créateur d'hommes, impulsivement, fit retraite. Mais, trébuchant, il se reprit soudain, voulut donner l'essor à une nouvelle période, dont la beauté impérieuse, cette fois, hisserait sa maîtresse au degré d'exaltation où, présentement, il s'était établi. Pourquoi Formosa s'était-elle ainsi métamorphosée; oui, pourquoi? Dans la grotte, qu'elle-même avait dénommée grotte de Minerve, c'est elle qui détenait l'éloquence, alors qu'il apparaissait, lui, comme un incurable balourd. Maintenant que la vibration sexuelle l'avait doué d'un verbe en tous points magnifique, la Reproductrice douchait ses effervescences avec l'eau sale des plus basses matérialités. La fonction de l'amour était-elle donc d'élever l'homme pour abaisser la femme? Le sexe conjugué n'aimait-il point à regarder au-dessus de soi, de peur de se donner un torticolis?

Il ouvrit la bouche au moment même où Formosa marchait vers les grandes baies pour les pousser. Avec le désir satisfait, la pudeur était née en elle. Son ongle rose pointé vers la cohue des Parachevés, elle ajoutait :

— Non, mais... regarde un peu tous ces malhonnêtes qui s'intéressent aux amours des personnes...

Et elle leur tira la langue.

Dressée sur le pied droit, Formosa, brusquement, étendit les bras, et son corps, sur l'axe de ses pointes rapprochées, gira plusieurs fois, entra en rotation continue. Cela dura une bonne minue. puis, arrachée de terre, elle vint donner de la tête contre la poitrine de Sagax qui rendit un bruit de gong. Stupéfait, le Grand Physiologiste voulut crier, mais les cheveux de sa maîtresse, enroulés autour de son cou, le strangulaient de leur lazzo parfumé. Et quand il releva la tête, il la serra plus fort contre ses pectoraux, lui fit une œillère de chacune de ses paumes afin de l'empêcher de voir ce qui survenait...

Devant eux, la coulée compacte des torses et des épaules aux fourrures chatoyantes, sur laquelle, tout à l'heure encore, ondulait la floraison des têtes délirantes d'extase et secouées des tics de l'approbation, toute cette bigarrure d'hommes aux couleurs disparates était en proie à une catastrophe suscitée par un élément exaspéré et inconnu. D'abord, un crible gigantesque parut

faire danser tous ces corps comme des grains
de blé cherchant en vain les mailles d'un capricieux tamis. Presque aussitôt, un vaste entonnoir
creusa le centre de la multitude pour rejeter vers
les extrémités des vagues humaines qui défer-
lèrent, s'escaladant. Alors, on entendit s'entrechoquer les visages, vibrer les crânes, éclater les
ventres, et dans une culbute unanime, des milliers de croupes roulèrent à la dérive. Soudain,
il y eut des courants tumultueux, frangés d'une
écume de cervelles répandues. Des masses de
Parachevés, accrochées l'un à l'autre, furent em-
portées, coulèrent par nappes étales, puis, sou-
levées en lames de fond, disparurent vers l'horizon dans un reflux convulsif. Certains, décapités
et lancés en l'air, festonnaient l'espace d'arabesques rouges dessinées par le sang qui sortait de
leur col sectionné. D'autres, l'abdomen percé à
jour, nouaient autour de leurs flancs la ceinture
de pourpre des intestins échappés. Crispées, des
mains souffletaient des visages au hasard et des
langues arrachées voletaient capricieusement,
pareilles à des pétales incarnadins que le vent
aurait dispersés. Une mitraille d'yeux extirpés
grêlait sur le sol pour ricocher ensuite. Déblayé,
le terrain apparut, poissé de flaques écarlates,
coupé de marigots purpurins, et à l'improviste,
le cyclone fabuleux et magnétique ramena tout
ce qui restait de la foule prise dans ses spires
ainsi qu'en des rets indéchirables. Il arracha les
survivants aux lointains, les pétrit en tas, les

brassa de nouveau en ses tentacules de dévastation, joua une seconde avec eux, et, sournoisement, les offrit à la faux serpentante de formidables éclairs qui embrasèrent l'Orient... En des fulgurations de turquoise, d'émeraude, d'améthyste, de rubis et de saphir, la foudre artificielle sabra les débris de la cohue avec ses cimeterres de feu, tailla en pièces les derniers fuyards avec ses yatagans embrasés. La chair grésilla, braisée vive; des toisons flambèrent comme des touffes d'alfa. En quelques minutes tout fut victimé. Là-bas, dans le cercle du rayon visuel, des milliers de corps se consumaient doucement, fumaient ainsi que des encensoirs entourant l'invisible autel du Crime ressuscité. Lentement, s'éteignait la barbare symphonie des cris d'horreur qui avaient servi de chant liturgique au massacre prodigieux, au Grand Office de l'Extermination...

Conscients que ceux qui venaient d'assister au spectacle de l'Amour étaient morts à jamais pour les œuvres de l'intelligence supérieure, Mathésis, avec la complicité de Thalès, s'était servi du *Celestum*, avait lancé l'éclair, pareillement à l'ancien Zeus. Il les avait supprimés afin d'empêcher le chancroïde de s'étendre, afin de sauver la civilisation, malgré tout.

Les dents claquantes, le front verdâtre comme celui d'un cadavre avancé, Sagax entraînait Formosa dans le sous-sol où, augurait-il, ils seraient plus en sûreté. Une pensée l'arrêta. Pourquoi le

Préfet des Machines l'avait-il laissé vivre, alors que pour lui c'eût été un jeu de l'anéantir, en épargnant le Laboratoire de Fécondation? Comme il allait disparaître sans avoir trouvé de réponse à ce postulat, ses yeux cillèrent impulsivement sous une clarté subite et irritante qui tomba de la nue assombrie. Au-dessus de sa tête, en lettres rouges colossales, une inscription était tracée sur le ciel fuligineux. Elle énonçait :

Traître, nous t'avons fait grâce pour te donner le temps de connaître le dégoût et l'horreur de ton œuvre.

Sagax, alors, jugea inutile de se dérober dans la ténèbre, puisqu'on lui avait fait sursis pour mourir. A n'en pas douter, sa perte était irrévocable, et il était certain que Mathésis l'exécuterait à son heure, comme il venait d'anéantir le tiers des habitants de la Cité Equitable, le tiers des derniers bombyx qui rongeaient encore l'Arbre de la Vie. Mais que lui importait? N'allait-il pas se sublimer au feu d'un délire si exceptionnel, n'allait-il pas se saturer d'une joie si formidable que toutes les choses de ce monde, y compris la mort, apparaissaient comme futiles et misérables désormais? L'amour ne permet-il pas de nier tout ce qui n'est pas lui-même? Le voile diapré de divines illusions dont il drape la réalité ne nous fait-il pas ricaner de ce que nous redoutions la veille? Sa force exaltante, son pouvoir de centupler la confiance en soi n'autorisent-ils point l'individu à se croire le maître des faits et l'ordonnateur de l'avenir? L'adversité n'existe plus pour ses élus et cet espoir se rit de toutes les désespérances. Sagax qui spéculait ainsi, en venait presque à croire qu'il lui suffirait d'un peu de volonté pour être le plus fort, pour terrasser Mathésis à son tour.

Après avoir fait briller la lumière électrique sans fil, il s'était allongé aux côtés de Formosa sur la coupe nuptiale, sur le lit de fluide qui les soulevait de terre. Et il voulut la prendre une seconde fois. Mais, sans qu'il pût savoir pourquoi, la femme, hostile, se refusa, et, comme il récidivait, elle lui sauta, tout à coup, au visage, d'une seule détente de ses muscles, le griffa, hargneusement, dans une fusée de cris aigus. Puis, avec des souplesses et des étirements de félin, elle parut s'offrir toute, ronronna de plaisir anticipé et, sans transition, se remit en défense, prête à bondir à la moindre alerte, les ongles en arrêt, l'œil phosphorescent. Stupéfait, le Créateur d'hommes porta la main à sa face guillochée de fines écorchures, voulut se lever, mais elle le retint, les doigts crochés à ses cheveux mordorés. Et un roulis de sanglots souleva la gorge de Formosa; ses yeux commencèrent à sourdre de grosses larmes oblongues qui tremblotaient une seconde à ses cils pour tomber ensuite sur ses seins. Sagax, ému par l'adorable pureté de la poitrine découverte, et oubliant l'injure faite à l'amant qu'il était, avança la bouche afin de goûter au sel délicieux des pleurs de sa maîtresse.

D'une paume molle, elle le repoussa. Contrariée par les soupirs, sa parole sombra d'abord, se reprit, plaintive, parmi les tressauts de son larynx, se précisa peu à peu, eut encore quelques défaillances, et, finalement, se maintint au ton de la réprobation. Toute la nuit, ne s'arrêtant que pour reprendre souffle, elle reprocha au Grand Physiologiste « d'avoir fait le malheur de sa vie ».

Six heures durant, Sagax, résigné, vécut sous ce lamento. Donc, Formosa comptait pour rien le miracle dont elle avait bénéficié; elle traitait de négligeable son coup de génie, à lui, qui avait œuvré pareillement la Nature, elle-même, qui avait pour ainsi dire recréé son amante en la complétant. Dans son ingratitude, elle allait jusqu'à regretter sa vie amorphe d'antan. Sa trahison, sa mise hors la loi, ce qu'il avait consenti pour connaître et décerner l'amour, tout lui restait pour compte. Il était seul...

Au retour du Soleil, qui s'était réclamé de l'aide humaine pour congédier la nuit grêlée d'étoiles, Formosa, de ses poings, avait enfin épongé son ruissellement. Spontanément, elle déclara que sa vêture était ridicule, que les toges amples étaient faites pour celles « qui n'avaient point de taille ». Elle se pencha, fureta dans les coins, passa sa main entre les réseaux de fils conducteurs, la glissa derrière les bocaux de spermatozoaires, et, bientôt, avec un cri, revint triomphante. Une sangle rouge pendait à sa dextre dressée orgueilleusement. De suite, elle la

boucla sous ses tétins, s'en fit une ceinture haute,
et, penchant la face, se regarda avec complai-
sance, esquissant sur les pointes une pirouette
de satisfaction. Encouragée, elle reprit ses recherches, découvrit une vieille tige de métal toute
rouillée qu'elle passa au feu et dont elle vérifiait
la chaleur, avec une grimace, en l'approchant de
sa joue. Assise devant une vitre, qui lui servait
de miroir, elle resta là jusqu'à midi, le front
plissé d'attention, roulant ses cheveux sur le fer,
les attouchant minutieusement, les étirant d'un
doigt précautionneux, se contemplant de face, de
profil, de trois quarts, faisant alterner des moues
satisfaites et des lippes découragées. Tour à tour,
elle se coiffa haut et plat, se bichonna en co-
rymbe, en bandeaux, en cadenettes, en boucles
longues, en accroche-cœurs. Pourquoi n'aurait-
elle pas été frisée, ondulée, calamistrée, comme
l'étaient les anciennes élégantes, d'après ce que
lui avait appris le poète Carminus. Sa beauté
n'égalait-elle pas la leur? Ah! autre chose! Elle
se souvenait maintenant. Les femmes de l'antiquité portaient des couvre-têtes dénommés
« chapeaux ». Par suite du bon goût de leur
coiffure, leur influence était plus grande sur les
hommes. Et elle accorda jusqu'au soir à Sagax
pour qu'il lui en procurât un, n'importe comment.

— Tu m'en donneras un, dis, chéri, car sans
cela, tu sais, je ne pourrais plus t'aimer...

Le Créateur d'hommes était prêt à tout pour

reconquérir l'amour de sa maîtresse. Presque sans hésiter il se décida. Il alla quérir la housse nacarat qui recouvrait son père, le bocal 4.245, et, incontinent, se mit à l'ouvrage. La passion l'avait rendu intuitif et, par une trouvaille d'imagination, il arriva à se représenter la forme de l'objet que convoitait la femme. A l'aide de laiton qu'il tressa serré et tendit de toile à filtrer, il parvint à composer une monture en forme de galette et pour le moins aussi grande que la roue du char qui l'avait mené aux Fêtes de la Vie. Avec un large carré d'étamine, il confectionna une voilette immense, pareille à l'enveloppe de gaze dont, 5.000 ans auparavant, se servaient les boutiquiers pour empêcher les mouches de s'oublier sur les lustres. Quand il eut recouvert l'armature du pourpris, qui jusque-là magnifiait le récipient cher à sa piété filiale, Formosa trépigna d'enthousiasme. Sans plus tarder, elle voulut essayer le tout, courut à la vitre, se mira longuement et revint dépitée.

— Il ne me va pas... cabosse-le, dit, mon aimé...

Souvent il dut recommencer, besognant à même le sol, aux pieds de Formosa... Et lorsque son regard implorait grâce, cette dernière le stimulait, rien qu'en avançant sa lèvre pour traduire son mépris. Tour à tour, la galette excessive se mua en cloche à melon, en arceau de troïka, en tub renversé, en toit de pigeonnier, en aile d'albatros, en ruches d'abeilles, en nid de cigogne. Un retroussis élégant et un léger appendice d'arrière qui lui donnaient l'aspect de la poêle à marrons dont se servait l'antiquité, séduisit Formosa. Ravie, elle le posa sur le bouillonnement de frisettes qui, maintenant, moussait à ses tempes.

— Oh! il me va! vois-tu, mon adoré, il me va...

Alors, se dandinant, elle fit le tour du Laboratoire de Fécondation, défila, minaudante, devant les jarres formidables en lesquelles les pilons monstres tournaient tout seuls, imita, de son mieux et par dérision, le grondement des gaz qui emplissaient de leurs rumeurs de prisonniers les tubulures de cuivre rougeoyant. Retroussant sa toge, elle montra son mollet aux cornues gigantesques, fit risette, à droite et à gauche, aux dix mille Cultures qui s'alignaient sur les rayons parallèles. Arrêtée, son doigt méprisant les désigna :

— Alors, ça ne te dégoûte pas de mettre tes mains là-dedans... Oui, je sais, tripoter toutes ces malpropretés, tu appelles ça la Science... Tous les hommes sont les mêmes...

Et sa gorge éploya les gammes d'un rire prolongé. Elle hoquetait encore, qu'elle accourait vers le Grand Physiologiste, s'écroulait à ses pieds sous le poids d'un désespoir subit.

— Non, non, décidément, il est hideux ce chapeau... Il lui manque des fleurs, attends-moi, je vais en chercher au Jardin des Délices...

Sagax dut la retenir de force, mais elle lui

échappa, se précipita vers ce qui lui servait de glace et, boudeuse, se décoiffa, se recoiffa, inlassablement, sans trêve ni répit.

Il y avait danger de mort à sortir du Laboratoire. Lui, Sagax, laisserait-il la femme courir ce péril? Allons donc, il n'était point un lâche! Il irait cueillir les fleurs nécessaires à sa parure. Déjà il en venait à trouver ce désir fort légitime. Et il marcha vers la porte, l'atteignit. Bravement, il sortit, redressa la tête, défia de l'étoile noire de son front le Hall des Machines, d'où à chaque seconde l'éclair pouvait fulgurer et le pulvériser. Un instant, ainsi, il resta immobile, savourant l'indicible joie d'être un héros. Vivait-il encore? N'était-il pas dupe d'une illusion en croyant que son cœur battait toujours? Etait-ce cela le Néant? Et la minute formidable s'écoula, placide. Alors, à pas lents, foulant la cendre des victimes de la veille, butant parfois dans les petits tumuli de poussière humaine, le pouls égal, les nerfs soumis, la chair sans un émoi, la volonté tendue vers le but, il gagna, superbe et tranquille, le Jardin prestigieux.

Quand il revint, au bout d'une grande heure, les bras chargés d'une moisson de roses, pressant contre son cœur les myrtes frais coupés, Formosa avait disparu.

Immédiatement consulté, l'appareil des convergences lui révéla que sa maîtresse s'était réfugiée dans une salle du Phalanstère 117...

Là se trouvaient Phégor, le monstre, et Sta-

roth, l'idiot, accompagnés du poète Carminus,
d'Amborix et de Flamina. Tous s'exclamaient,
ravis, devant les nouveaux atours de la reproductrice. L'aète décréta qu'à l'avenir toutes les
femmes devraient être attifées mêmement. Puis
Formosa présida une sorte de banquet renouvelé
de l'antique où, durant trois heures, on mangea
des animaux tués et cuits dans leur sang :
agneaux, porcelets, faisans, paons et des oiseaux
bizarres, aux cris discordants, qui vivaient dans
les parties les plus sauvages du Jardin des Délices et que nul n'avait pu capturer jusque-là.
Phégor fit briller son érudition toute récente : il
indiqua le nom qu'ils portaient jadis dans les
fastes culinaires grecs, latins ou français. Mais
comme nul n'entendait le sens de ces termes, il
dut les écrire, ce qui permit au Créateur d'hommes de savoir que, 70 siècles auparavant, on les
appelait « poules de Numidie » et plus tard
« pintades ».

Les tempes enguirlandées de lys et de passe-
roses, les convives buvaient un liquide rouge,
pareil au contenu des veines humaines, et ils
paraissaient en glorifier les vertus connues d'eux
seuls. Chaque fois que le monstre, fils inverti de
la culture *1.324*, levait sa coupe de sa main gauche, Sagax remarqua que son bras droit dispa-
raissait sous la table dans la direction du crétin,
produit mal venu de la culture *1.758*, assis à ses
côtés, et dont la croupe soubresautait alors, convulsivement. Au rire unanime, aux paroles qui

lui parvinrent, répercutées par les plaques vibratoires, le Créateur d'hommes s'aperçut que tous les attablés s'autorisaient à ce que, dans la Préhistoire, on appela des « calembours ». Naturellement, les suffrages, les applaudissements allaient à celui qui avait donné l'envol à la plus lourde insanité dans ce genre de prétention. A un certain moment, Carminus tira vanité d'en détenir un stock considérable, qui lui venait, disait-il, d'un des meilleurs faiseurs, d'un nommé Clemenceau, lequel, vers l'an 1917, gouverna le pays des quatre mers. Devant la malpropreté de tous ces comportements, Sagax se souvint qu'ils furent, jusqu'au cataclysme planétaire, qualifiés d' « aristocratiques », ce qui, par étymologie même, voulait dire « les meilleurs ». Ils permettaient ainsi de juger l'élégance morale, l'affinement de ces époques barbares, lesquelles, cependant, se prétendaient éduquées.

Bientôt, la plupart des têtes dodelinèrent; quelques-uns des goinfres se mirent debout, et d'un pas trébuchant, gagnèrent les coins de la salle pour rejeter une partie de la cargaison de leur estomac pris de panique. A la place des chaînes d'or de l'éloquence, des jets écarlates leur sortirent de la bouche, ce qui ne les empêcha point de se remettre à manger, peu après. Vers la fin de ces agapes, une horreur et un désespoir subits précipitèrent Sagax sur les genoux avec une telle force qu'il y laissa un lambeau d'épiderme. Longtemps, il hésita à se relever, mais le besoin de se gorger d'amertume le redressa. Le torse penché, poussant des glapissements de rage impuissante, le Créateur d'hommes vit Formosa, nue, montrer orgueilleusement à tous les commensaux ses particularités nouvelles, puis, en extase devant les avantages excessifs quoique imparfaits du monstre, se laisser attoucher par lui... pâmée.

Au matin, le Grand Physiologiste avait décidé de mourir, car une torture sans précédent, un sentiment jusqu'alors inéprouvé : la jalousie, étirait douloureusement chacune de ses fibres. Se supprimer était chose simple. Il n'avait qu'à commander à son cœur de s'arrêter pour que sa volonté fût obéie, instantanément, pour qu'il abdiquât, sans regret, le mode humain. Le *Biomètre*, d'ailleurs, lui révéla que le désordre de son économie était tel que sa vie serait abrogée dans cinq ans, sept mois et onze jours, exactement. Une inspiration de *mensigène* lui permit de se rendre compte que les lésions de son intelligence étaient si profondes qu'il ne pourrait jamais y remédier, quel que fût son génie. Alors, à quoi bon souffrir plus longtemps, en admettant même qu'il vînt implorer le pardon aux pieds de Mathésis et que celui-ci lui fît quartier? Immerger le peu de conscience qui lui restait dans l'Inconscience du Grand Tout, était le seul expédient honorable. Il s'y détermina. Mais comme il désirait mourir debout, il se jeta à bas de la couche sur laquelle il n'avait pas voulu du sommeil, et à la seconde précise où il allait donner l'ordre à son organisme de suspendre le cours de ses fonctions, au moment même où il allait décrocher ses rouages intérieurs, Formosa entra, l'allure provocante et le pas relevé.

Son immense chapeau, posé de guingois, retenait mal la voilette déchiquetée en dents de scie. Détrempées par les salives amoureuses, les frisures de son front pendaient exténuées en pas de vis sur ses joues, et sa toge était constellée de taches insolites. Le teint brouillé était couleur gris souris; sous les yeux, deux croissants violâtres se montraient. De plus, imprégnée d'odeurs fâcheuses, de relents aigrelets, l'orgie nocturne l'avait nantie de la malebouche.

Enervée, elle enleva son chapeau d'un geste brusque. Horreur! elle avait coupé ses tresses adorables, source de luxures pour Sagax. Elle s'était tondue!

Comme le Créateur d'hommes paraissait atterré par l'irrémédiable désastre de la nuque de sa maîtresse, elle expliqua :

— Pourquoi donc aurais-je gardé les cheveux longs? Est-ce que nous, les femmes, nous n'avons pas le droit de ressembler aux hommes? Toutes mes compagnes m'ont imitée dans la Cité. Nous voulons désormais être coiffées à « la friponne ».

Elle fit une pause, satisfaite de sa mutilation qui lui donnait une apparence d'androgyne; puis, volubile, elle exclama, presque d'une seule haleine :

— Tu sais, mon chéri, Sulpicia, ma compagne du gynécée est en danger de mort, et on s'étonne que tu te sois encore trompé à ce sujet, puisque tu avais trouvé le moyen de préserver les êtres contre la maladie en immunisant les germes... Alors hier, quand tu m'as laissée seule, j'ai pensé que mon devoir était d'aller la soigner. J'ai couru près d'elle; j'ai passé toute la nuit à son chevet... Oh! elle souffre, elle souffre! Elle crie, elle crie si fort qu'on doit entendre ses plaintes d'ici... Dis, mon adoré, écoute, ne les entends-tu pas?...

Avec une mine de compassion, elle inclinait légèrement la tête, tendait l'oreille, attentive.

Sagax, outré de tant de cynique imposture, l'avait saisie aux poignets, l'attirait à lui, balayant sa face de son souffle coléreux.

— Tu mens! tu mens!

— Je mens?... Alors, tu ne m'aimes plus, puisque tu ne me crois pas?...

Dérouté par l'inattendu de ce raisonnement, Sagax resta immobile. Braquant ses prunelles diaprées sur les prunelles assombries de son amant, Formosa reprit :

— Lâche qui insulte une femme sans défense, répète-le donc que je mens... Regarde-moi bien en face, est-ce que je pourrais soutenir ton regard, si je mentais comme tu le dis?

Et ses yeux étaient purs.

Le Créateur d'hommes desserra les bracelets brûlants que ses mains faisaient aux poignets de sa maîtresse et, grelottant d'horreur, recula peu à peu. La Reproductrice le suivit pas à pas, s'approcha jusqu'au point de le frôler, et tira tout à coup de sa poche un objet bizarre, composé d'une plaque de matière phosphorescente qui supportait deux tiges, deux petites potences de métal se faisant vis-à-vis et entre lesquelles brillait un prisme de pierre bleue. Brusquement, elle l'approcha de la figure de Sagax, l'éleva à hauteur de ses orbites, poussa un déclic et une flamme mauve fulgura, emplit le cerveau du Grand Physiologiste d'une clarté saugrenue, qui sembla, en vitesse, explorer les moindres recoins de sa matière grise. Nettement, il eut l'impression d'avoir été atteint de la foudre; il lui parut qu'un éclair rapide, dont le zigzag s'articulait sur quinze charnières de feu, illuminait l'intérieur de sa calotte crânienne et que toute sa pensée était arrachée furieusement, traînée sur le dehors, livrée à autrui.

Quoiqu'il n'eût ressenti aucune douleur, aucun trouble physique, il se crut mort, touché par une étincelle d'astre. Et il ne fut certain d'être toujours vivant que lorsqu'il vit Formosa se pencher rapidement sur la feuille de matière phosphorescente, où maintenant des caractères éclosaient, où des lignes blanches apparaissaient, tracées parallèlement, où des mots se lisaient déjà en toute netteté. Opiniâtrément, une langue de feu s'enfonçait encore dans les circonvolutions du Grand Physiologiste; d'irréels vers luisants cheminaient, pleins de nonchaloir, dans ses méninges, et, dans sa stupeur, ses maxillaires claquaient, sonores, l'un contre l'autre.

Formosa, dont la voix s'était amplifiée, s'enfuyait, tonitruant :

— Il veut se suicider... il veut se suicider, le scélérat qui refuse de rendre à ses frères les attributs virils qu'il leur avait promis... Je vais le leur dire afin qu'après sa mort son nom soit à jamais maudit comme celui d'un renégat et d'un parjure...

Le dos penché au-dessus du carré des convergences qui réflétait la Cité, Sagax passa douze heures à guetter Formosa. Son attente fut vaine, et, découragé, il dut se rendre compte qu'au sortir du Laboratoire de Fécondation, la Reproductrice n'avait pas pénétré dans la Ville-Joyau. Sans doute, les dernières paroles de celle-ci n'étaient destinées qu'à l'abuser et à légitimer sa disparition. L'opinion que les Neutres pourraient avoir de lui après sa mort l'indifférait. Il était au-dessus de ces préoccupations qui avaient constitué un des plus beaux fleurons du tortil de crétinisme dont s'était armoriée jadis l'Humanité nécrophage. D'autre part, il était à présumer que les Parachevés le laisseraient désormais tranquille et qu'il n'avait point à redouter leur soulèvement. Après l'extermination partielle que Mathésis avait réussie en grand artiste, ils devaient avoir à jamais abdiqué l'espoir de porter haut la crête, à la manière des mâles.

Mais comment Formosa avait-elle pu savoir

qu'il était prêt à résigner la vie? L'appareil qui avait fabuleusement éclairé sa cavité cervicale était-il donc un appareil permettant de lire à volonté dans l'esprit de son congénère? Il ne pouvait le croire.

Fait baroque, éternelle contradiction de la nature humaine, Sagax, maintenant, ne voulait plus mourir. Il répugnait à licencier ses cellules, à leur donner congé de se désagréger. Coiffer la luciole de son esprit de l'éteignoir farouche du Néant ne lui souriait plus. Pourquoi ne pas espérer que la femme serait prise, tôt ou tard, de la nostalgie de son génie et quelle lui reviendrait, repentante? Sûrement, il convenait d'attendre, oui d'attendre, en lui cherchant des excuses qui serviraient d'opium, d'anesthésique à sa douleur d'amant.

Au préalable, il lui fallait la retrouver, coûte que coûte. Et comme les journées qui suivirent, il n'en releva point trace, comme elle semblait s'être soustraite à l'inscription de sa forme matérielle par l'appareil des convergences, il conclut qu'elle avait dû se réfugier dans quelque retraite souterraine. En conséquence, il résolut de fabriquer un instrument qui le tiendrait au courant de ses comportements, c'est-à-dire qui lui annoncerait chacune de ses trahisons.

Le plaisir sexuel étant produit par une excitation violente de certains pôles du cervelet déterminée par le sens visuel, le sens olfactif et le sens tactile, en collaboration étroite et spontanée, il savait depuis peu que cette hyperesthésie dégage du magnétisme animal en quantité beaucoup plus grande que les autres actes physiologiques. Il suffisait donc d'enregistrer à distance les décharges de ce fluide. Sagax œuvra toute une nuit. A l'aurore, la plaque ultra-sensible était établie, les fils reliés à un petit timbre et le compteur placé à trois pieds au-dessus de sa tête.

Le premier jour l'appareil sonna deux fois, matin et soir.

Le second jour, il vibra cinq fois, à intervalles largement espacés.

Le troisième jour, il resta muet, et le Créateur d'hommes, ivre de joie, cria :

— Je lui pardonnerai, je lui pardonnerai! C'est moi le coupable; je n'ai pas su m'y prendre, car j'ignorais tout du métier d'amant...

Et il sautillait dans l'excès de bonheur, tendait les mains devant lui comme pour appeler et étreindre sa maîtresse.

Mais le quatrième jour, Sagax le passa sous un continuel tintement de la sonnette qui n'arrêta plus, laissa couler désormais un flux persévérant de sons acidulés. Sans doute, l'acte ne pouvait être entièrement consommé avec Formosa, puisque les partenaires qu'elle choisissait étaient encore émasculés, mais lui, le Grand Physiologiste, n'avait-il pas imprudemment restitué, dans son entier, à sa maîtresse, la faculté de goûter le plaisir? Cette volupté elle la recevrait d'autres que lui. Voilà ce qui le torturait.

En se tordant les doigts de désespoir, le Créateur d'hommes implora l'appareil, parut lui demander· grâce, cependant que le carillon inexorable déversait toujours ses notes aiguës et aigrelettes, lesquelles tombaient sur lui comme des gouttes de folie. Délirant, il se roula à terre, se redressa sur les genoux, le torse incurvé, vagit des plaintes inarticulées, se mit debout enfin, pour essayer d'attendrir une dernière fois le sort contraire, le destin hargneux. Ironique, le glas chevrotant redoubla, vibra, sans lassitude, s'emporta même jusqu'à la frénésie, impitoyablement... Ah! pourquoi ne s'était-il pas donné la mort avant le retour de l'infidèle? Et, s'écroulant à nouveau, il rampa sur le ventre, se cogna rageusement le front sur le sol afin d'y laisser, avec sa vie, l'étoile noire et indélébile qui le matriculait. Alors, le timbre s'exaspéra, retentit plus furieusement encore...

Soudain, une voix formidable — celle de Mathésis — creva le plafond et tonna :

— *Misérable, tu as recréé la Femme, cet être qui pense par l'utérus, et qui désola toutes les civilisations antérieures.*

C'était vrai! c'était vrai! l'effrayante Parole venue du Hall des Machines n'avait point menti! Déjà, il sentait le remords enfoncer lentement dans son sein ses tarières déchirantes. Ne mourrait-il donc pas? Et durant que, de son mieux, tentait de se retirer la vie, durant qu'à nouveau il heurtait furieusement sa tête contre le dallage pour briser sa boîte osseuse, car il n'avait plus assez de volonté pour arrêter net les battements de son cœur, il entendit un bruit bizarre... Grondement lointain, pareil à une éclusée d'ondes tumultueuses échappées de quelque océan glacé pour noyer le peu de terre encore habitée et lui dévorer la face avec le sel des ondes bouillonnantes... Bientôt, ce fut un halètement rapproché, à la cadence sourde, qui parut sortir du profond de la Cité Equitable. Etait-ce une tempête intra-planétaire, un spasme tellurique qui allait, une fois de plus, bouleverser le relief du globe et l'aider à se desquamer de la dernière lèpre humaine qui le ravageait?...

Non, à n'en pas douter, c'était le bruit, le tumulte de ses artères, de ses tempes affolées la rumeur débutante de son agonie, pour tout dire. Oui, c'étaient les voix de la Mort qui saluaient son approche, qui l'appelaient, impérieuses et discordantes. Cependant, il ne perdait pas conscience, son pouls battait encore derrière une brume de sang, ses yeux voyaient toujours et cherchaient en vain la gueule vorace de l'abîme où il devait culbuter pour rouler jusqu'au cœur de la nuit pacifiante et éternelle. Alors? Etait-il donc immortel?

Surpris, il leva le front, s'appuya sur les paumes et les rotules, fit jouer le ressort de ses reins et il était à demi dressé, quand la cloison translucide, la cloison du Nord frissonna une seconde, puis s'abattit dans un sanglot prolongé de verre concassé. Une trombe d'êtres humains tombait sur lui. Par-dessus ses épaules, ses flancs, son thorax, ses joues, sa bouche, sautaient des corps velus qui lui balayaient l'épiderme de leurs toisons hérissées, et qui dégageaient maintenant des senteurs fétides de bêtes puantes, des remugles de sueur aigre dispersés par les aisselles où tremblotaient les gouttelettes d'une épaisse rosée. Vainement, il tenta de se relever. Submergé, il rebondit sur une houle de dos rapprochés, plongea, reparut, tangua, disparut, pour resurgir et, bientôt, décrivant une trajectoire, ricochant plusieurs fois en écrasant des figures d'hommes, il alla tomber entre les bras du poète Carminus, roula avec lui, sur le plancher, comme une futaille talonnée.

Cent mains — les plus proches — l'avaient saisi, après avoir, chacune, jeté au loin un instrument en tout point identique à celui que Formosa avait brandi, la veille. Des gorges démoniaques, dont il dut boire le souffle pestilent, hurlaient à son visage :

— Le sais-tu? Mathésis vient de lancer quelque chose de plus terrible que le cyclone magnétique et exterminateur de l'autre jour...

— Un invention maudite qui surpasse toutes les œuvres scélérates jusqu'ici connues...

Et comme les prunelles de Sagax interrogeaient anxieusement :

— Il a livré enfin le secret de l'appareil qui permet de lire dans la cervelle du prochain comme dans un livre ouvert... L'homme ne peut plus mentir à son semblable!..

Quarante chœurs de forcenés reprenaient, faisant alterner l'anathème et les lamentations :

— Oui, oui, le misérable a rendu ainsi la vie impossible, car nous ne pouvons plus nous faire illusion sur notre semblable. Et, sans le mensonge, tu le sais, toute société, fût-ce celle des Parachevés, est destinée à périr!...

Au dehors, la multitude qui, faute d'espace, n'avait pas pénétré, clamait :

— A bas l'Avenir, détruisons la postérité!

En l'intérieur du Laboratoire, une plainte excessive répondit et les vitres trépidantes l'appuyèrent de trémolos successifs.

— A mort, à mort les amants! A mort ceux dont vient tout le mal!...

Une démence meurtrière s'emparait maintenant des Parachevés; et Sagax, par eux réduit à l'impuissance, sentit le sang se congeler dans ses artères. Un Neutre colossal, à la toison de chanvre, avait saisi Phégor aux talons, le faisait tournoyer dans un moulinet qui coupait l'air stridulant, et, d'un seul coup, abattait la première rangée des bocaux de zoospermes. Dans un fracas tintinnabulant, l'alentour fut aspergé de liquide caséeux et un hourrah formidable, repris par la foule extérieure, approuva. Des mouchetures pâles pommelèrent les fourrures de couleur qui s'étaient approchées. A la tempe, un trou béant qui dégorgeait lentement une gelée vermillon, les bras rétractés en faucille, l'occiput fracassé et pareil à une éponge rouge où crevaient des bulles gazeuses de sang épaissi, le fils inverti de la culture *1.324*, jeté au loin, pantelait sur le côté, un roulis de convulsions dans sa poitrine lézardée.

— A mort, à mort, les fauteurs du désastre!...

Une autre planche de bocaux s'écroulait, balayée par un gros projectile qui traçait derrière lui une parabole écarlate et n'était autre que la tête sphérique de Staroth, décapité au préalable. Bientôt ses jambes courbes, son tronc étique et supplicié, soubresautèrent dans un coin, pendant que son col fusiforme et semblable, présentement, à une betterave sectionnée, rentrait dans les épaules, en ressortait, impulsivement, plusieurs fois... mû par les dernières contractions de l'agonie, et bavant lentement des fibrines écarlates.

— A mort, à mort! la prostituée d'Eros, le dieu au sourire scélérat qui a ramené la discorde parmi nous!...

Un cri, un cri que le Créateur d'hommes reconnut pour sortir d'une gorge adorée, et voilà que Formosa, lancée par la catapulte des rages déchaînées, rasait tout dans son essor, laissait pendre derrière elle, retenu par des brides, le couvre-chef ridicule, dont elle s'était recoiffée. Une dernière fois, elle montra sa chair laiteuse, ses cheveux courts poissés d'ordures, son abdomen duveté, qui, sur le bocal 4.245, alla s'ouvrir avec un bruit mou et une subite floraison d'entrailles verdâtres. La gélatine pourpre dont il était issu, lui, Créateur d'hommes, le Porphyrogénète, recouvrait maintenant la femme d'un brocart aux bords dentelés en crête de coq. Des lambeaux de sa cervelle pleuvaient comme des points d'exclamations roses!

Alors Sagax échappa; il bondit sur le cadavre tailladé de sa maîtresse, le ceintura, suprêmement, pour mourir avec elle, se teignit de l'incarnat qui coulait de ses veines ouvertes. Saisi, enlevé à son tour, tenu aux chevilles, son corps fustigea l'espace. Un vingtième de seconde, peut-être, il eut conscience qu'il venait de faucher, lui aussi, une planche de récipients, et il s'étonna de n'en avoir ressenti qu'un éblouissement subit et un choc formidable qui semblait avoir pour toujours expulsé sa lucidité. Une vague douleur, quelques menues piqûres aux tempes, une impression de fraîcheur aux gencives subsistaient; une grosse mouche bourdonnait de plus en plus fort dans le profond de ses oreilles, et un prisme aux mille facettes colorées de bleu, de vert, d'orangé, scintillait à l'intérieur de ses prunelles. Stupidement, tout ce qui lui restait d'intelligence s'acharnait à nier le désastre et la mort imminente... Une courte trêve succéda, pendant laquelle il lui parut que des voix étrangères concertaient en lui. Et, à la façon d'un fléau aux chutes rythmées, ainsi qu'un énorme maillet, il plana, retomba, battit, martela l'affreux monticule de débris humains, d'éclats de toutes sortes, de tronçons sanguinolents qui bossuait le sol, en tira comme d'un harmonica monstrueux, une cacophonie de sonorités argentines et de notes sourdes. Alors visionnant une dernière fois l'horrible scène de son regard enténébré, il entra lentement dans un émerveillement de paix et de silence, dans une béatitude d'anéantissement et de sérénité... Il n'était plus.

Un délire de carnage s'était emparé des Parachevés qui s'entr'égorgeaient. Des morceaux de vitres servaient à fouiller des ventres qui crevaient, à l'égal de fruits trop mûrs. Les jarres immenses avaient éclaté; les pilons monstres avaient jailli et, continuant à tourner tout seuls, broyaient des chairs encore vives, les transformaient, rougies, en moût de pressoir d'où coulait une affreuse et inébriante liqueur. Arrachés, déroulés, les fils qui canalisaient la chaleur intensifiées, traçaient des traits de feu dans les toisons humaines. Comme des chaumes touchés par la foudre, s'allumaient les fourrures naturelles, et une buée rousse, sabrée d'éclairs garance, accusait parfois d'un brusque trait à la sanguine, d'une tache de carmin, toutes ces silhouettes rugissantes de possédés. Des mains d'étrangleurs se nouaient au hasard et, sur les poitrines, des faces bleuissantes retombaient, pour se balancer ensuite au bout des cous tordus pareillement à des linges mouillés. Dans les thorax ouverts, des têtes gorgoniennes plongeaient et mordaient rageusement au cœur mis à nu... Bientôt, le sang, échappé en rigoles bondissantes, fit des crépines pourpres aux deux murs translucides restés debout.

Soudain, on perçut une déflagration monstrueuse, suivie d'une autre plus formidable. Un long frisson secoua l'espace apeuré, auquel s'accorda bientôt le grelottement ininterrompu du sol. Brusquement, le pouls de la planète moribonde parut s'arrêter, et une effroyable plainte de terreur panique monta de son sein vers les nues. Là-bas, Mathésis avait détruit les Machines, aboli à jamais la source de lumière et de vie... Sauvage, la nuit définitive accourait afin d'enlinceuler le globe de son drap d'angoisse et de deuil. Les gestes se gelèrent et, dans le froid des espaces stellaires qui tomba, subit, on entendit se fendre les épidermes de ceux qui restaient; on entendit éclater leurs os comme des sarments trop secs. L'hiver, indéfectible, survint, avec ses attouchements de givre, ses accolades de frimas, pour étouffer enfin la scélératesse des hommes et des choses en les pressant contre son sein de glace et de stupeur.

Ainsi s'éteignit le Monde, produit incestueux de l'Inconscience et du Hasard.

FIN

Etabliss. Busson, imprimeurs, 23, rue Turgot, Paris. — 30/5/28